La berceuse des sorcières

HESTER FOX

La berceuse des sorcières

ROMAN

Traduit de l'anglais (États-Unis)
par Élisabeth Luc

J'AI LU

TITRE ORIGINAL
A Lullaby for Witches

Pour les perdus, pour les oubliés
et pour ceux qui n'ont pas eu la chance
de pouvoir raconter leur histoire.

Prologue
Margaret

En 1876, en été, j'étais belle. À Tynemouth, sur la côte déchiquetée du Massachusetts, il était facile d'être superbe avec l'air du large qui me rosissait les joues et le soleil qui striait ma longue chevelure châtain de reflets cuivrés. Cela suffisait à me faire oublier – du moins à ne pas me soucier d'être marginale, un objet de curiosité qui faisait l'objet de messes basses quand je parcourais les rues boueuses de notre bourgade.

Ma beauté me manque-t-elle ? Bien sûr. Enfin, ce qui me manque le plus, c'est que les gens me trouvent belle. Cette admiration était pour moi de l'ambroisie qui rendait supportable mon existence par ailleurs solitaire. L'admiration d'un homme en particulier, Jack Pryce, me manque terriblement.

Il venait me voir, derrière la maison de ma famille, quand j'aidais notre bonne à étendre le linge ou quand je désherbais le jardin pierreux.

Il m'apportait un petit cadeau, un caramel entouré de papier paraffiné provenant de l'épicerie de ses parents, une petite fleur verte qu'il avait cueillie parce qu'elle lui rappelait la couleur de mes yeux. Un présent qui me donnait l'impression d'être spéciale, que les ragots affirmant qu'il fréquentait la fille Clerkenwell étaient mensongers.

— La voici ! disait-il en s'approchant, les mains dans les poches, un sourire narquois sur ses lèvres pulpeuses. Ma jolie fleur sauvage.

Il affirmait me surnommer ainsi parce que j'aimais me promener pieds nus dans l'herbe tendre, quand il faisait chaud. J'oubliais alors la tâche que j'étais en train d'accomplir pour l'entraîner loin de la maison, à l'abri des regards. Adossée à un tronc d'arbre, je laissais ses mains s'aventurer sous ma jupe et remonter le long de mes cuisses. Nous atteignions l'extase dans un enchevêtrement pantelant de bras et de jambes, de promesses murmurées d'une voix rauque. La brume marine se mêlait à la sueur, dans ses cheveux, à mes lèvres douces comme deux fruits rouges et à la certitude viscérale qu'il devait m'aimer. Il le devait. Il le devait !

Toutes les bonnes choses ayant une fin, l'été fit place à l'automne avec ses vents mordants et ses gelées meurtrières. Les visites de Jack se firent de plus en plus rares. Au début, il affirma avoir été retenu par son travail au magasin, puis qu'il ne pouvait plus être vu avec une fille qui, selon la rumeur, pratiquait la sorcellerie et la magie noire au clair de lune. Enfin, un jour de pluie glaciale, alors que même les cris des mouettes ne pouvaient rivaliser avec le hurlement du vent, je compris qu'il ne reviendrait pas.

Le temps qui passe est différent, à présent. À l'époque, il était marqué par les cloches des églises, les anniversaires, les pendules et les fêtes des moissons. Il se mesurait avec mon flux menstruel... jusqu'à ce qu'il cesse et que mon ventre s'arrondisse. Maintenant, ou plutôt devrais-je dire « ici », le temps est fluide comme l'eau qui coule et qui s'insinue dans la moindre faille, le moindre espace vide, tels mon utérus et mon cœur.

Je ne voulais pas abandonner le bébé, quitte à imposer le chagrin et la douleur à ma famille. Le cœur d'une mère est obstiné. Dès les premiers mouvements de vie en moi, je compris que je ferais n'importe quoi pour protéger mon petit.

C'était une folie, je le sais à présent. Une femme de mon genre ne pouvait espérer engendrer un enfant dans ce monde cruel, ni croire en les belles paroles d'un Jack Pryce. Quelle ironie du sort que je n'en prenne conscience que trop tard, une fois que mon sang s'est glacé dans mes veines et que mon cœur brisé a cessé de battre. Une fois que l'homme dont je croyais être aimée s'est penché sur mon corps, à regarder la vie s'arrêter comme un ruisseau qui se tarit. Qu'une fois morte, froide, beaucoup moins belle...

Chapitre 1
Augusta

— Coucou !

Augusta jeta ses clés sur la tablette et posa son sac sur une chaise de la cuisine. Naturellement, une pile d'assiettes en équilibre précaire occupait l'évier. Les vestiges d'un repas chinois à emporter traînaient sur la table. Avec un soupir, elle couvrit les restes de film alimentaire et rangea le tout au réfrigérateur. Enfin, elle se laissa guider vers le salon par les sons d'un jeu vidéo.

— Je suis rentrée, annonça-t-elle un peu sèchement aux deux hommes penchés sur leurs consoles.

Doug leva à peine les yeux vers elle et Chris, le petit ami d'Augusta, lui lança une œillade par-dessus son épaule.

— On termine la partie, marmonna-t-il avant de s'acharner de plus belle sur la manette, repoussant une mèche brune de son front en insultant son adversaire.

Chris et Doug n'étaient pas les meilleurs colocataires du monde. Certes, ils payaient leur part du loyer en temps voulu, mais la maison était constamment en désordre. Les jeux vidéo l'emportaient sur les tâches ménagères. C'était sans doute le prix à payer pour vivre avec son petit ami en acceptant que le frère de celui-ci, sans emploi, s'installe avec eux.

— Je suis dans la chambre si tu as besoin de moi, fit-elle, trop fatiguée pour déclencher une querelle à propos du désordre dans la cuisine.

— Tu peux rester nous regarder, proposa Chris sans se retourner.

Elle venait de passer une journée longue et pénible. Entre la climatisation en panne et la découverte qu'il ne lui restait que quatre-vingt-dix-huit dollars en banque après le règlement de son forfait de téléphone, elle n'était pas d'humeur à regarder Chris et Doug se massacrer au bazooka. Elle prit une pomme et se rendit dans la chambre en fermant la porte pour ne plus entendre les détonations et les explosions. Dehors, elle vit passer les phares d'une voiture. Au loin, un chien aboya. La solitude enveloppa la jeune femme tandis qu'elle s'asseyait devant son ordinateur pour consulter des sites d'offres d'emploi.

Malgré son uniforme en synthétique d'un vert écœurant, elle aimait son travail de guide touristique à la Old City Jail, l'ancienne prison de Salem, un bâtiment historique assez proche de chez elle pour qu'elle s'y rende à pied. En revanche, cela n'avait rien de stimulant. Sa licence d'histoire de l'art décrochée au prix de tant d'efforts ne lui servait pas à grand-chose. Sans parler de son prêt étudiant qu'elle remboursait encore. Le pire, c'était d'avoir affaire au public. Si certains de ses visiteurs s'intéressaient à ses commentaires, l'ancienne prison attirait surtout des touristes qui n'avaient que faire de ses explications et préféraient prendre des photos pour leur compte Instagram qu'en découvrir davantage sur l'histoire des lieux. Quelques jours plus tôt, elle avait dû rappeler à un adulte qu'il ne pouvait entrer avec un cornet de glace. Par la suite, elle avait dû nettoyer ladite crème glacée qu'il avait fait entrer en douce avant de la faire tomber. Et les sorcières ! Les gens s'attendaient à des histoires de sorcières, puisqu'ils se trouvaient à Salem, et peu leur importait que la prison ne date pas de la même époque que les célèbres procès en sorcellerie. Bref, elle rentrait souvent chez elle irritée et frustrée.

Dans l'autre pièce, elle entendit le cri de joie de Chris qui venait de faire sauter la base de Doug. Augusta augmenta le volume de sa musique. La plupart des offres d'emploi dans les musées concernaient la collecte de fonds ou les demandes de subventions. Elle ne pouvait se montrer difficile. La petite voix de la raison lui intimait qu'elle avait déjà de la chance d'avoir un emploi. Titulaire d'un diplôme d'informatique, Chris se faisait courtiser par les entreprises et son poste dans une industrie technologique de Boston lui assurait un salaire et des avantages sociaux.

Alors qu'elle allait éteindre son ordinateur, une nouvelle annonce apparut. Harlowe House, à Tynemouth, cherchait un gestionnaire des collections qui seconderait sa conservatrice. À mesure qu'elle parcourait l'annonce, son cœur s'emballa. Cette propriété ne lui était pas familière, mais quelques recherches rapides lui apprirent qu'elle faisait partie d'un trust dédié à l'héritage d'une famille de marins du XIXe siècle. Augusta passa en revue les compétences requises : un diplôme d'Histoire de l'art, des études de muséologie ou d'anthropologie et au moins cinq ans d'expérience. Elle devrait gonfler un peu ce dernier critère mais, sinon, ce poste était taillé pour elle. Elle plaça l'annonce dans ses favoris et se promit de mettre son *curriculum vitæ* à jour dès le lendemain matin.

Chris apparut et s'écroula sur le lit à côté d'elle. Il était grand, athlétique, avec des cheveux bruns trop longs. Il portait un tee-shirt délavé à l'effigie d'un groupe de rock et un short.

— Avec Doug, on commande des sandwiches. Tu veux quoi ?

— Vous venez de manger chinois, non ?

— C'était à midi.

Augusta fit l'inventaire de ce qu'elle avait mangé au cours de la journée, combien de calories elle avait consommées et combien d'argent elle pouvait dépenser. Elle sortit dix dollars de son sac et les remit à Chris qui regagna le salon, la laissant seule. Elle prit un livre qui ne parvint pas à l'intéresser et se retrouva sur son téléphone, à jouer à un jeu stupide consistant à former des paires de joyaux pour vider l'écran. Encore un samedi soir de folie…

Durant ses études, Augusta avait eu un groupe d'amis très soudé. S'ils ne passaient pas la nuit en boîte, ils se voyaient souvent pour dîner ou aller au musée. Que s'était-il passé au cours des dernières années ?

Elle le savait très bien, mais son cœur refusait de l'admettre. Chris.

Elle était avec lui depuis la mort de son père. Elle avait croisé cet ancien petit ami du lycée lors des funérailles. Dans la tourmente, elle s'était accrochée à ce visage familier comme à une bouée de sauvetage. Très vite, il était apparu que, au-delà d'une vieille histoire, ils n'avaient pas grand-chose en commun. Mais Chris était fiable et Augusta avait besoin de stabilité. Une année s'était écoulée, puis deux, trois, quatre. Elle avait investi tellement de temps dans cette relation, sacrifié tant d'amis, que rompre aurait été accepter la défaite. Pour sa part, Chris semblait se satisfaire de ce *statu quo*. Cinq ans plus tard, ils en étaient encore là.

Ce soir-là, Chris s'était retourné en ronflant légèrement pendant qu'Augusta pensait à cette offre d'emploi. Le nom de Harlowe House hantait son esprit, signe d'espoir, promesse de quelque chose de meilleur.

*

Le lendemain, ce fut une véritable torture sans climatisation. Les effectifs étant réduits, Augusta dut enchaîner les visites guidées avec à peine le temps de boire un verre d'eau. Pas moyen, dans ces conditions, d'allumer son ordinateur pour remplir une candidature pour Harlowe House. Malgré le stress et la cadence infernale, son travail à l'Old Jail empêchait son esprit de vagabonder et de s'attarder sur les incertitudes et les échecs de son existence. Peut-être serait-il plus facile de rester ici… Ce n'était pas l'emploi de ses rêves mais, au moins, elle connaissait l'exercice et s'entendait avec la plupart des autres guides. Les boulots de rêve, c'était pour les gosses de riche ayant des fonds de placement et des économies. Il n'y aurait rien de pire que de postuler sans succès. Si elle se retrouvait coincée ici, elle voulait au moins faire comme si c'était par choix. C'était la solution de facilité, le nœud du problème. Si elle était honnête avec elle-même sur ses motivations à jouer la sécurité professionnelle, quels autres aspects de sa vie devait-elle reconsidérer ? La perte de son père suivie de deux semestres d'absence pour dépression, avant de repartir de zéro à vingt-deux ans, ce n'était pas évident. Serait-elle capable de se jeter à l'eau une fois de plus ?

— Oh la la ! tu es en plein dilemme, toi ! lança une voix familière qui la fit émerger de sa rêverie.

Elle leva les yeux vers ses collègues Maureen et Vin, qu'elle considérait presque comme des amis. Maureen prit place en face d'elle autour de la table ronde. Elle écarta ses longs cheveux noirs de son visage pendant que Vin choisissait un muffin. Maureen avait le teint mat et un regard pénétrant. Ses lèvres pulpeuses lui donnaient un air espiègle.

— Alors ? fit-elle. Qu'est-ce que tu regardes ?

Si quelqu'un d'autre lui avait posé cette question, Augusta aurait sans doute inventé quelque histoire. Or Maureen avait le chic pour inciter Augusta à lui confier ses secrets. Peut-être était-ce la curiosité qui perçait dans son regard acéré, ou l'envie qu'avait Augusta d'impressionner cette fille aux yeux soulignés d'un trait de crayon.

— Une offre d'emploi que j'ai trouvée en ligne. Je pense postuler.

Ses collègues échangèrent un regard. Vin dévorait son muffin, sa chaise inclinée en arrière.

— Enfin ! s'exclama Maureen. On se demandait quand tu commencerais à chercher mieux.

— Ah bon ?

Vin avait le visage hâlé et parsemé de taches de rousseur, sous une longue tignasse brune et bouclée qu'il relevait sur le dessus de sa tête pour travailler, même s'il ne cessait de passer la main dans ses cheveux.

— Ne te méprends pas, on adore travailler avec toi, mais cela fait combien de temps que tu bosses ici ? Deux ans ?

— Trois.

— Trois ans ! La plupart des gens restent un an maximum, déclara Maureen. Tu n'avais pas remarqué ?

— Je ne suis là que depuis le mois de juin et je cherche déjà un autre poste, admit Vin.

Augusta commençait à croire qu'elle était à côté de la plaque.

— Ah oui ?

— Et comment ! Ce boulot est un bon tremplin, mais on ne peut pas rester éternellement. Tu n'en as pas assez de faire tous les jours la même visite ? Moi, j'en ai marre. Je déteste cet uniforme et le fait que Ron veuille que j'aie une coiffure plus « sobre ».

— Moi, je ne fais ça que pour gagner ma vie en suivant des cours du soir de biologie et de chimie. Ensuite, je reprendrai mes études de science médicolégale, renchérit Maureen. Si je suis encore là dans deux ans, je vous autorise à abréger mes souffrances. Je ne veux plus répondre à une seule question de touriste sur les sorcières.

Augusta se mordilla la lèvre. Entendre quelqu'un d'autre énoncer ses raisons de ne pas vouloir rester était plus difficile que d'écarter ses propres raisons de ne pas vouloir rester.

— Affiche le formulaire, dit Maureen en s'approchant. Je vais t'aider à le remplir.

Augusta voulut protester, en vain. Quand Maureen était déterminée à faire quelque chose, rien ne l'arrêtait. Augusta se mit donc à l'œuvre tandis que Maureen lui suggérait de gonfler son expérience. Lorsqu'elle se mit à rédiger sa lettre de motivation, Maureen la laissa tranquille et porta son attention sur Vin.

Augusta relut sa candidature avant de l'envoyer. Voilà. Plus moyen de revenir en arrière. Elle ressentit une étrange ivresse car elle avait fait preuve de courage. Son sort était désormais entre les mains de l'univers.

— Tilly a eu ses chatons. Ils sont trop mignons, regarde !

Maureen lui tendit son téléphone.

— Le copain de ma sœur lui en prend deux et Vin adopte le roux et blanc.

— Je vais l'appeler Bruce, précisa Vin avec fierté.

Maureen leva les yeux au ciel.

— Tu ne l'auras pas si tu l'affubles d'un tel nom.

Vin haussa les épaules et reprit sa position précaire.

— Dans ce cas, tu n'auras plus de gâteau indonésien de ma mère.

— Tu n'oserais pas ! souffla Maureen.

— Oh si ! À moins que tu ne me laisses appeler le chat Bruce, triompha Vin.

— Tu es odieux, mais tu sais combien j'adore ta mère, alors c'est d'accord, concéda Maureen en se tournant vers Augusta. Tu en veux un ? Je préfère les confier à des personnes que je connais et non à des gens au hasard, sur Internet.

Augusta regarda à nouveau la vidéo des chatons avant de lui rendre son téléphone à regret.

— J'adorerais en avoir un mais mon mec est allergique. On ne peut avoir aucun animal.

Vin et Maureen la dévisagèrent comme une bête curieuse.

— Tu as un *mec* ? demandèrent-ils en chœur.

— Je…

— Tu ne nous l'avais jamais dit, s'étonna Vin d'un ton réprobateur.

— Ah non ?

Augusta ne s'était pas rendu compte qu'elle n'avait jamais mentionné Chris. Elle ne le cachait pas, loin de là mais, pour elle, Chris représentait un aspect de sa vie bien distinct de son travail. Chris était… il était là, voilà tout. Et ils ne faisaient jamais quoi que ce soit qui vaille la peine d'être raconté.

Maureen soutint son regard si longtemps qu'Augusta en fut mal à l'aise.

— Je m'en souviendrais.

Un homme robuste en uniforme de ranger et à la mine sévère apparut sur le seuil de la salle de repos, épargnant à Augusta le besoin de s'expliquer.

— Il y a le groupe de quatorze heures dehors et personne pour les recevoir, annonça-t-il en les foudroyant du regard.

Le téléphone de Maureen diffusait toujours la vidéo de chatons.

— Il y a trop de boulot pour prendre du bon temps en ce moment, reprit-il. Vin, attache-toi les cheveux convenablement. Maureen et Augusta, c'est à vous.

Ron parut ignorer le regard assassin au profit de l'assiette de muffins.

— Je m'en charge, s'empressa de répondre Augusta.

Cette visite lui changerait les idées et l'empêcherait de consulter sans cesse sa boîte mail pour voir si elle avait une réponse de Harlowe House. Affichant un sourire forcé, elle salua la douzaine de touristes qui patientaient à l'entrée. Récitant son texte, elle les fit passer de la chaleur de ce début d'automne à l'atmosphère étouffante du hall d'entrée. Elle connaissait si bien cette visite qu'elle aurait pu l'assurer dans son sommeil. Le sens des mots s'était atténué depuis longtemps.

L'Old Jail était l'un des nombreux musées de Salem. Le bâtiment restauré proposait des visites, ainsi qu'une boutique de souvenirs et de nombreuses occasions de faire des selfies derrière des barreaux. Au contraire d'autres attractions touristiques de la ville, l'Old Jail n'avait aucun rapport avec les célèbres sorcières de Salem. Il n'y avait aucun personnage de cire et, Dieu merci, n'exigeait pas que les guides soient en costume d'époque. Fidèle à sa fonction d'origine, la bâtisse était dépouillée, sans vie, or l'Histoire était censée être vivante, un moyen pour les gens de se connecter avec le passé et d'en tirer des enseignements. Ce ne semblait pas être le cas à l'Old Jail.

Une femme portant un tee-shirt à l'effigie de Myrtle Beach, station balnéaire de Caroline du Sud, et un sac banane à la ceinture interrompit Augusta tandis qu'ils passaient devant les anciennes cellules.

— C'est là qu'on enfermait les sorcières avant de les brûler ?

— On ne brûlait pas les sorcières, répondit Augusta en déployant des trésors de patience. On les pendait. Et cette prison date de 1842, soit 150 ans après les procès en sorcellerie.

La touriste sembla déçue et murmura quelques mots à son compagnon. Lorsqu'ils avancèrent vers le bureau du surveillant, Augusta résista à la tentation de jeter un coup d'œil sur son téléphone. Si elle décrochait ce poste, elle n'aurait plus à répondre à des questions sur les sorcières posées par des touristes agressifs.

Chapitre 2
Margaret

Quand les coques se mueront en clochettes d'argent
Alors mon amour me reviendra
Quand les roses fleuriront au cœur de l'hiver
Alors mon amour me reviendra.

Extrait de *The Water is Wide*,
chanson traditionnelle écossaise.

Savez-vous ce qu'est la solitude ? La vraie solitude, même au cœur de la foule ? Au sein d'une famille ? Peut-être que si ma mère avait été une sorcière, comme moi, dotée de ses propres pouvoirs, elle m'aurait prise sous son aile pour me guider sur ce parcours singulier. Hélas, ce n'était pas le cas et j'ai dû découvrir par moi-même ma différence, sur un chemin semé d'embûches.

N'étant pas une enfant stupide, je savais qu'il n'était pas normal d'invoquer les esprits ou de charger les oiseaux de faire mes quatre volontés. L'eau n'était pas censée chatoyer de messages de l'au-delà. J'étais donc différente des filles de mon âge. Comment pouvais-je me livrer à leurs jeux idiots en sachant que les arbres parlent un autre langage et chantent dans le vent ? Comment me soucier des réceptions, des mondanités quand la lune m'appelait à découvrir les secrets de la mer ?

Mon enfance fut sans histoires à défaut d'être normale. On naît sorcière, mais il arrive aussi qu'on le devienne. Les pouvoirs d'une sorcière peuvent se développer au contact de la nature et sa vision s'affine grâce à des rêves nocturnes et éveillés. Je suppose que j'ai toujours porté mes pouvoirs en moi, mais j'ai dû attendre d'être en âge de voir le monde tel qu'il était pour entrer vraiment dans mon univers.

Un jour, je ne devais pas avoir plus de huit ans, je regardais les bateaux rentrer au port quand un pêcheur revint avec un dauphin qui s'était pris dans ses filets et était mort. Sa peau nacrée scintillait au soleil et ses yeux noirs n'étaient que deux fentes mornes. Il y avait une foule d'enfants curieux et d'ivrognes. L'apparition du dauphin suscita un mouvement d'enthousiasme. Une femme élancée au teint hâlé et coiffée d'un turban violet croisa mon regard et le soutint comme si elle lisait mes pensées. Puis elle reporta son attention sur le dauphin.

Toutefois, ce n'était pas ce spectacle qui m'attirait. Je voulais savoir où l'esprit de ce grand animal était parti. Pourquoi ne pouvait-il plus nager et jouer ? Si sa dépouille était bel et bien perdue, un autre réceptacle pouvait-il encore renfermer un soupçon de vie ? J'avais entendu parler de ces hommes qui, depuis quelques années, tentaient de ramener des morts à la vie. On les appelait les *Resurrection Men* car ils volaient des cadavres dans les cimetières et les portaient dans des laboratoires pour tenter de les réanimer. Je n'étais peut-être qu'une petite fille mais je comprenais où résidait le problème. Un corps, une fois mort et en décomposition, ne pouvait receler la vie. Une âme, en revanche, n'avait besoin que d'un réceptacle pour s'épanouir.

Au fil des années suivantes, je réfléchis souvent à cette vérité, mais mon intérêt pour la magie ne se limitait pas à cette question. La vie et la mort, quoiqu'omniprésents, sont plus compréhensibles à travers d'infimes détails, les complexités du monde naturel. Si l'un de mes frères s'écorchait ou se coupait, j'étais fascinée par le sang qui perlait sur sa peau. Si je trouvais un oiseau blessé, je m'empressais d'examiner ses os brisés. Un matin, en me réveillant avec du sang gluant entre les cuisses et mon drap taché, je n'eus pas peur, j'étais simplement curieuse et impressionnée que mon corps soit capable d'un tel miracle. Quand ma mère m'apprit que le corps d'une femme devait être dompté, ligoté et soumis, je célébrai les rondeurs généreuses de mes cuisses et mes seins, je me délectais de mon flux de sang écarlate, chaque mois, aussi régulier que le cycle lunaire.

Chaque lever de soleil, chaque goutte de pluie était un paradigme de magie, une preuve du miracle qu'était le monde. J'étais particulièrement attirée par les herbes aromatiques que Molly, notre bonne, cultivait dans le jardin. Je cueillais souvent quelques branches de thym ou de romarin pour frotter les tiges odorantes entre mes doigts.

— Ne mange pas ça, me prévint Molly un matin alors que je l'aidais à cueillir du sureau pour la tisane. Ça donne des maux de ventre et des suées quand c'est mal préparé.

J'observai les petites baies rouges d'aspect inoffensif, si simples et mystérieuses. Comment une plante pouvait-elle à la fois donner une infusion réconfortante et être mortelle ? Je harcelais Molly pour qu'elle m'apprenne ce qu'elle savait sur les plantes et les herbes. Quand j'eus atteint les limites de sa patience et de ses connaissances, je me tournai vers les encyclopédies de botanique que me procurait mon frère George. Au-delà du nom latin et de la taxonomie, j'étais guidée dans mes explorations par une intuition profonde. Les plantes me parlaient dans une langue que je comprenais sans l'avoir jamais entendue. Elles me confiaient des secrets, des choses qu'aucun livre n'oserait énoncer noir sur blanc : comment soigner une peine de cœur et comment la provoquer. Comment mesurer son cycle menstruel en fonction de la lune croissante et décroissante. Comment tomber enceinte, comment empêcher un enfant de se développer dans son ventre. Ma curiosité était sans limite. Très vite, je m'aventurai dans le vaste océan du savoir interdit.

Mes capacités habituelles auraient pu passer inaperçues si je n'avais pas croisé par hasard un homme et une femme, en pleine forêt, alors que je cueillais des fraises des bois. Cachée derrière un arbre, je vis l'homme se plaquer contre la femme en dépit de ses suppliques. Grand et fort, il n'eut aucun mal à avoir le dessus. En les observant, je sentis mon sang bouillonner dans mes veines. Pourquoi les hommes pouvaient-ils prendre tout ce qu'ils voulaient uniquement parce qu'ils étaient plus grands et plus forts ? Pourquoi les sentiments de cette pauvre femme n'avaient-ils aucune importance ? Je me consumais de rage. Serais-je soumise aux mêmes injustices quand je serais adulte ? Étais-je promise à une existence de soumission et de violence ?

Je ne savais pas quoi faire. Je ne pouvais rester là sans réagir. Je surgis de ma cachette et me dirigeai lentement vers l'homme, une main tendue, les doigts tremblants. Au moment où je le rejoignais, il se tourna et m'aperçut. Il afficha alors un sourire satisfait.

— File, petite, sinon ce sera ton tour ensuite.

Je ne bronchai pas. Je me calmai et concentrai ma colère, mon dégoût, jusqu'à ce que mes doigts se mettent à vibrer d'énergie. Au fil des années, mes pouvoirs s'étaient renforcés et j'attendais un moment comme celui-ci pour m'en servir. Des mots jaillirent soudain comme un geyser.

Dans un cri, l'homme fut projeté en arrière et tomba assis sur le sol. Nous échangeâmes tous les trois des regards tandis que des nuages filaient dans le ciel. Les feuilles bruissaient sous le vent. Il régnait un silence particulier. Même les oiseaux s'étaient tus.

L'homme fut le premier à réagir. Il prit ses jambes à son cou et faillit trébucher sur une souche en m'adressant un ultime regard plein d'effroi. Dès que le bruit de ses pas se fut éloigné, je m'adressai à la femme aux yeux écarquillés.

— Si vous vous retrouvez enceinte, venez me voir et je vous aiderai.

J'ignore si elle avait peur à cause de l'épreuve qu'elle venait de subir ou de la scène à laquelle elle venait d'assister. Elle semblait terrifiée, incrédule. Je lui adressai un sourire qu'elle ne me rendit pas. Sans me remercier, elle se contenta de filer dans la direction opposée.

La nouvelle ne tarda pas à se répandre : la fille Harlowe possédait des pouvoirs surnaturels et proposait des remèdes que le médecin de la ville ne prescrivait pas. Les femmes commencèrent à me rendre visite dans ma cabane, en forêt. Je ne leur demandais pas d'argent en échange de mes prestations. De l'argent, j'en possédais en abondance grâce à mes parents. En revanche, je recueillais les secrets, les ragots, les histoires de mes clientes. Je savais lesquelles trouvaient du plaisir en dehors du lit conjugal et quels maris étaient impuissants. Je savais qui avait des dettes et qui était économe. Je savais que l'époux de Delia Fisk la battait, qu'elle l'aimait toujours et ne voulait que son affection. Lorsqu'elle était venue me demander un philtre d'amour, j'y avais ajouté ce qu'il fallait pour qu'il souffre d'atroces douleurs abdominales. Je ne voulais pas connaître ces secrets pour moi-même. Je voulais un récit des événements qui touchaient la vie de ceux qui m'entouraient. Aux yeux de la société, le mari de Delia Fisk était un homme intègre et généreux qui versait de l'argent à l'orphelinat local. Qui pouvait savoir que, derrière la porte close, c'était un monstre ? Il n'assumait aucune conséquence, ne purgeait aucune peine pour les sévices qu'il infligeait à la femme qui l'aimait. Il était rare qu'un homme soit traduit en justice pour avoir battu son épouse, car les hommes se serraient les coudes, ils se protégeaient. Je recueillais ces secrets et je les consignais par écrit afin que, quelque part dans l'univers, il existe un semblant de justice pour ces femmes.

Chapitre 3
Augusta

L'autoroute défilait par la fenêtre du VTC. Augusta avait les mains moites et le système d'air conditionné ne diffusait qu'un souffle tiède dans l'habitacle. Si elle décrochait ce poste, elle devrait trouver un moyen de transport. Elle ne pouvait prendre un Uber tous les jours pour aller travailler.

Avec des « si »… Les emplois à temps plein dans un musée et offrant des avantages sociaux étaient rares. La concurrence était rude. Elle refit sa queue-de-cheval pour la centième fois et tenta de se changer les idées avec son téléphone durant le reste du trajet.

La voiture s'arrêta devant une vaste pelouse, dans la rue principale. Augusta sortit dans la chaleur étouffante. Des touristes arborant sacs de plage, tongs et chapeaux de soleil la croisèrent, profitant de la vague de chaleur de ce début d'automne. Elle était venue à Tynemouth plusieurs fois déjà, quand elle était enfant, pour la journée, en été. La station balnéaire était réputée pour la pêche et son passé de port baleinier. Elle était très touristique, avec ses hôtels en bord de mer et ses restaurants branchés. Se protégeant les yeux du soleil, Augusta observa l'imposante bâtisse de style géorgien.

Harlowe House constituait une carte postale idéale, de son jardin regorgeant d'hortensias bleus et de lys d'un jour aux tons fauves à son bardage orangé et ses volets blancs. Augusta gravit lentement les marches menant au gazon. Ses boucles dorées frisottaient déjà et son chemisier acheté en solde lui collait à la peau. Si son appréhension ne provoquait pas sa perte, la chaleur s'en chargerait.

Au milieu des touristes et des boutiques des alentours, la maison était d'un autre temps, d'un autre monde. Sans doute était-elle autrefois entourée de bâtisses similaires. À présent, à l'exception de quelques devantures de boutiques en briques, elle était l'ultime survivante de son époque.

— Augusta ?

La jeune femme sursauta alors que la porte s'ouvrait.

— Désolée, je ne voulais pas vous effrayer. La sonnette est en panne et je vous ai vue monter l'escalier. Je suis Jill Wei. Nous nous sommes parlé au téléphone.

Jill était menue, avec des cheveux noirs et raides coupés au carré. Son pantacourt et son corsage fleuri étaient impeccables.

— Ravie de vous rencontrer, répondit Augusta.

— J'adore vos boucles d'oreilles, affirma Jill en lui serrant la main. Vous devez mourir de chaud. Entrez vite ! Il fait une chaleur insupportable.

Augusta l'apprécia d'emblée. Elle se détendit un peu et pénétra dans le musée climatisé où flottait un parfum familier de bois ciré et d'agrumes.

— Nos jours de fermeture au public sont le lundi et le mardi, de sorte qu'il n'y a aucune visite guidée aujourd'hui.

Elle entraîna Augusta dans un hall élégant orné d'une crédence en acajou et de tapis d'Orient. Un escalier majestueux en bois sculpté dominait l'ensemble. Le papier peint était d'inspiration chinoise, dans les tons taupes et gris. Une lumière douce filtrait par la fenêtre située au sommet des marches. En dépit des proportions gigantesques de l'entrée, l'atmosphère était chaleureuse et accueillante. Après les cellules sombres et oppressantes de l'Old Jail, Harlowe House était une bouffée d'oxygène. Jill remarqua l'intérêt de la jeune femme pour les détails historiques et sourit.

— Si nous avons le temps, ensuite, je vous ferai visiter les lieux rapidement. J'ai un rendez-vous à Boston à deux heures, donc cela risque d'être juste. Vous êtes déjà venue ?

— Non, admit Augusta. J'en ai toujours eu envie mais sans en trouver l'occasion.

Jill ne semblait guère s'en soucier.

— Pour l'instant, je vais vous donner la version résumée. Nous avons une donation des descendants vivants de la famille Harlowe. Il y a trois propriétés : Harlowe House, une compagnie de navigation et une résidence à Boston qui abrite aujourd'hui nos archives et une maison d'été non meublée que nous louons pour des mariages et autres réceptions. Le plus gros de la collection se trouve ici, à Harlowe House. En plus de nos visites guidées habituelles, nous faisons beaucoup de sensibilisation communautaire et d'activités publiques.

Elles traversèrent un salon pour gagner une arrière-salle moderne, puis elles montèrent un escalier.

— On pense que les Harlowe habitaient cette maison dès les années 1780, déclara Jill par-dessus son épaule. Mais c'est surtout la quatrième génération, lors de la seconde moitié du XIXe siècle, qui laissa son empreinte dans l'industrie de la pêche, dont la pêche à la baleine.

— J'ai lu le nom de Harlowe sur de nombreux bâtiments dans la région, dit Augusta. Je n'imaginais pas qu'il s'agissait d'une seule famille.

— Ils avaient beaucoup d'argent, confirma Jill. Ce qui permet d'inscrire son nom un peu partout.

Le parquet craqua lorsqu'elle introduisit Augusta dans son bureau, au bout d'un couloir. La pièce semblait avoir été une chambre avant d'être transformée en service administratif. Il y avait des moulures au plafond et les murs étaient d'un jaune pâle apaisant. Jill lui désigna une chaise, face à son bureau.

— Je vais chercher notre administratrice, qui assistera à cet entretien. Mettez-vous à l'aise, je reviens tout de suite.

Augusta en profita pour reprendre son souffle et envoyer un bref texto à Chris. En entendant un bruit de pas, elle remit vite son téléphone dans son sac, mais personne n'entra. Elle eut soudain l'impression d'être observée.

— Bonjour, fit-elle.

Pas de réponse. Ce devait être son imagination. Cette sensation s'évanouit aussi vite qu'elle était venue. Bientôt, elle entendit la voix de Jill qui franchissait le seuil.

— Augusta, voici Sharon, notre administratrice.

Elle était un peu plus âgée que Jill. Ses cheveux poivre et sel encadraient un visage chaleureux et bienveillant.

— Et si on commençait ? proposa-t-elle avec un large sourire.

Augusta acquiesça et croisa les chevilles sous sa chaise pour dissimuler ses tremblements.

— Il semble que vous ayez une solide expérience dans le domaine des relations avec le public, dit Sharon en consultant son CV. C'est très bien. Pourquoi souhaitez-vous changer de direction pour travailler dans les coulisses ?

— Ma formation initiale me conduit plutôt vers les collections. J'ai passé une licence de culture matérielle et arts populaires américains avec pour spécialité la céramique. Mon expérience à l'Old Jail de Salem a été très enrichissante. J'ai beaucoup appris sur la gestion d'un monument historique, mais j'aimerais revenir aux collections. Les objets et les œuvres d'art me manquent.

Elle mourait d'envie de ne plus jamais avoir affaire au public, de pouvoir se perdre dans une collection de merveilles.

Jill et Sharon échangèrent un sourire.

— Vous êtes à la bonne adresse. Dans les années 1820, Elijah Harlowe a importé des tonnes de porcelaine. Ici, la céramique ne manque pas. Une grande partie a été mal cataloguée dans les années 1980. C'est un projet d'envergure qui nous tient à cœur. Vous verriez un inconvénient à fouiller nos réserves pour voir ce qui s'y trouve ? Vous pourriez même monter une exposition.

— Franchement, ce serait formidable, répondit Augusta.

Elle se détendit encore. Elle se sentait à la hauteur de la tâche. La suite de l'entretien fut presque une conversation à bâtons rompus. Augusta était de plus en plus enthousiaste. Elle serait responsable de l'entretien de la collection, de la surveillance des objets et rédigerait des rapports sur leur état. Elle aurait des collaborateurs qui partageaient sa passion. Jusqu'alors, un tel poste n'était qu'un fantasme. À présent, elle savait que sa place était à Harlowe House.

Dès qu'elle émergea du bâtiment, l'air chaud la frappa de plein fouet. Au lieu d'appeler aussitôt un VTC, Augusta prit le temps de flâner dans les rues pittoresques de Tynemouth. Malgré la chaleur, une douce brise océanique soufflait. Les cris incessants des mouettes lui rappelaient qu'elle était à deux pas de la mer. Sans réfléchir, elle suivit la direction de la plage. Ôtant ses ballerines, elle marcha au bord de l'eau. Les yeux fermés, elle savoura la caresse régulière et rassurante de l'eau fraîche sur sa peau. Depuis combien de temps ne s'était-elle pas baignée ? Les rires des enfants, les aboiements s'atténuèrent et, l'espace d'un instant de bonheur, ce fut comme si le monde s'arrêtait. Elle fut parcourue d'un frisson et, du plus profond d'elle-même, une voix se mit à chantonner, au rythme des vagues. *Rentre, rentre à la maison*.

En rouvrant les yeux, elle fut éblouie par les reflets du soleil. Elle avait déjà eu des intuitions, mais celle-ci était différente. La voix provenait de l'intérieur d'elle-même, mais ce n'était pas la sienne. Désireuse de retrouver l'air climatisé et le Wi-Fi, elle regagna la plage et, ôtant le sable de ses pieds, oublia vite.

Chapitre 4
Margaret

C'est un soupir porté par la vague tourmentée
C'est un cri qui retentit sur la côte
C'est le chant funèbre murmuré dans l'humble tombeau
Que les temps difficiles ne reviennent plus.

Hard Times, chanson irlandaise.

Cette maison est à la fois ma prison et une loupe à travers laquelle j'observe le monde physique. Je ne suis peut-être pas capable d'examiner ce qui transpire à l'extérieur de ces murs, mais je me demande si les passants ralentissent, s'ils ressentent des picotements sur la nuque et se sentent épiés, s'ils lèvent les yeux pour ne trouver que le vide.

Elle m'entend, pourtant. Elle vient comme si on l'avait appelée et peut-être est-ce le cas, à certains égards, car ce lieu portera toujours ma voix dans les rais de lumière et mes désirs dans les lattes du parquet qui craquent sous ses pieds. Comme il est exaltant de savoir que, après toutes ces années, je suis encore capable de lancer une pierre dans l'eau et de créer des ondes ! Avec ses lunettes et ses vêtements sages, elle est modeste, discrète. Si je ne savais pas qui elle est et ce qu'elle recèle, je la remarquerais à peine. Or quand elle entre, un chant résonne soudain en harmonie avec la mélodie qui bourdonne dans la maison.

Elle a faim sans savoir de quoi au juste. Et j'ai tant à donner, à condition qu'elle accepte.

Comment peut-on entendre mon histoire sans me trouver mémorable ?

Par une belle journée ensoleillée balayée par un vent marin frais et vif qui transporte une fumée de bois, je m'aventurai sur la plage pour ramasser des coques.

Outre les mouettes et les agiles bécasses, j'avais en général la vaste étendue rocheuse pour moi seule. Ce matin-là, une silhouette élancée et drapée dans une cape noire était penchée au bord de l'eau telle une balafre sombre barrant le sable clair. N'ayant pas coutume de partager la plage avec quiconque à part un pêcheur de temps à autre, je me redressai fièrement et me dirigeai d'un pas décidé vers la silhouette occupée à ramasser quelque chose sur le sol.

Je n'avais pas fait de bruit, mais la silhouette se déplia lentement à mon approche. Sa capuche tomba, révélant la tête d'une femme à la peau foncée. Elle était digne et belle, avec un long cou gracile et des yeux fauves qui semblaient s'insinuer dans mon âme. Elle pouvait avoir entre trente et cinquante ans.

J'en eus le souffle coupé.

— Je vous ai déjà vue, quand ils ont ramené le dauphin sur le quai, déclarai-je.

Cette entrée en matière ne parut guère l'impressionner.

— Et dans bien d'autres endroits, en ville, sans doute. Je ne vis pas en reclus.

Sa franchise me déstabilisa un instant. En général, mon franc-parler ne donnait pas lieu à discussion.

— Qu'est-ce que vous faites là ? lui demandai-je.

— Vous n'êtes pas la seule à savoir quand les coques arrivent.

Elle se pencha de nouveau et passa son petit râteau rouillé dans le sable, ramassant les mollusques quand les dents de son outil heurtaient leur coquille.

Je l'observai, à la fois offusquée et un peu amusée. Je n'étais pas aussi singulière que je le pensais.

— Comment vous appelez-vous ?

— Phebe Hall, me répondit-elle sans s'interrompre.

— Je suis Margaret...

— Margaret Harlowe, compléta-t-elle à ma place. Oui, je sais qui vous êtes.

Face à mon silence incrédule, elle m'adressa un sourire entendu :

— Qui n'a pas entendu parler de la fille de Clarence Harlowe, la jolie sauvageonne ?

Ma réputation me précédait, ce qui n'était pas pour me déplaire. À compter de ce jour, je ne quittai plus Phebe Hall. Elle ne me repoussait jamais et me transmettait généreusement son savoir sur les plantes et la vie qui grouillait dans les bassins créés par les marées. Encore une qui comprenait les petits miracles du monde et se moquait comme d'une guigne d'être vue avec du sable collé au bas de sa robe ou en compagnie d'une inconnue.

Nous nous retrouvions dans les bois, les nuits de pleine lune, la démarche légère et avec révérence. Elle m'apprit tout ce que je savais de la féminité, de la façon de me tenir au moyen de ne pas tomber enceinte. Si seulement j'avais tenu compte de ses mises en garde sur les jeunes hommes et leurs mensonges ! Mais j'étais jeune et je me sentais invincible.

Avant que Jack Pryce n'entre dans ma vie, l'époque était aux bottines de cuir et aux corsets. Une femme avait toujours la tête penchée sur quelque ouvrage. C'était ainsi. À dix-neuf ans, j'étais la petite dernière de la famille, avec trois grands frères adultes et installés dans la vie. C'était donc à moi qu'il incombait d'aider mes parents à gérer le foyer et à recevoir leurs invités. Mais la nuit, j'étais libre. Parfois, je longeais la plage rien que pour le plaisir de sentir le sable entre mes orteils. Ou alors j'accompagnai Phebe pour la cueillette. Toutefois, c'était dans la forêt que j'aimais me perdre. On limite souvent la côte aux rochers, à la mer et au vent salé, or Tynemouth regorgeait de bois sauvages et de jardins luxuriants. Autrefois, il y avait un hameau là où serpentent les sentiers forestiers. À mon époque, il n'en restait déjà que des ruines envahies par la végétation et fréquentées par les chiens errants.

Si les gens de la ville pensaient peut-être que je dansais avec Lucifer et que je m'entretenais avec les démons, il n'y avait nul diable dans les bois. Les seuls esprits maléfiques avec qui je conversais étaient ceux que j'inventais. La vérité est toujours plus triviale. C'est là-bas que je pratiquais mon art, dans une cabane abandonnée, loin du regard indiscret des domestiques et des parents. Là-bas, je trouvais les plantes dont j'avais besoin pour mes teintures et breuvages phytothérapiques. Je m'y rendais parce que les bois n'attendaient rien de moi, ils ne connaissaient pas de conventions sociales. À présent, je regrette d'y être allée car j'y ai rencontré Jack Pryce.

Je l'avais déjà vu en ville. Comment ne pas remarquer ce jeune homme élancé qui travaillait dans l'épicerie de ses parents où je faisais souvent nos courses ? Nous n'avions échangé que quelques banalités. Aussi, lorsque nous nous sommes retrouvés face à face, au clair de lune, j'eus l'impression de rencontrer un homme étranger quoique familier.

Je sentis un courant d'air frais sur ma nuque. L'odeur salée de la mer se mêla à celle des pins tandis que je cueillais des orties. En entendant un bruissement dans les broussailles, je me figeai, songeant à un renard ou à un chien. Le hameau habité par des pionniers était abandonné depuis longtemps mais quelques vagabonds hantaient parfois les lieux et je n'avais pas envie de me frotter à l'un d'eux. Grâce à mes fines pantoufles, je foulai les feuilles mortes sans un bruit et me réfugiai derrière un arbre.

Je vis alors un groupe de jeunes hommes dans les sous-bois. Ils ne cherchaient en rien à être discrets, à respecter ce sanctuaire. Ce n'étaient pas les négociants avec qui s'associaient mes frères, plutôt des fils un peu frustes de marins et de pêcheurs qui buvaient dans les pubs bordant les ruelles sombres de la ville.

— Vous avez remarqué cette fille, au Black Horse ? lança l'un d'eux à ses compagnons. On voyait tout de ses chevilles à ses cuisses !

Un autre s'esclaffa :

— Je m'intéressais surtout à son corsage. Ou plutôt à son contenu, fit-il d'une voix en pleine mue.

Ses amis se moquèrent de lui.

— Je parie que la moitié d'entre vous n'ont jamais touché un sein et encore moins couché avec une fille.

— Tom et toi vous vous croyez plus forts que les autres parce que vous avez dix-sept ans ! reprit celui qui muait.

Si je m'étais imaginé que les garçons étaient rustres entre eux, je venais d'en avoir la confirmation. J'aurais pu m'éclipser aisément, mais leurs interactions me fascinaient. Quand j'allais en ville, les gens se détournaient si souvent, quand ils ne me dédaignaient pas. J'étais si concentrée sur eux que je brisai une brindille en voulant m'approcher.

— Qu'est-ce que c'était ?

— Tu as entendu quelque chose ?

— Il paraît que ces bois sont hantés.

— Vous êtes vraiment des mauviettes…

Je me figeai, mais trop tard. La lune me trahit. Dès qu'un nuage fila dans le ciel, elle m'inonda de lumière.

Dès lors, je compris ce que ressentait une biche encerclée par des loups affamés. En ville, ils n'auraient jamais osé. Mais dans les bois régnait la loi de la jungle. J'étais la proie et eux les prédateurs.

— C'est la fille Harlowe !

— Hé, petite sorcière, qu'est-ce que tu fais ici, toute seule ?

Ils avançaient vers moi, pauvre imbécile que j'étais. Je fus vite acculée contre un pan de mur en ruine. Pouvais-je les chasser par magie ? C'était possible, mais ils étaient au moins quatre. En proie à la panique, mes formules m'échappaient. Au clair de lune, leurs yeux pétillaient de cruauté et leurs expressions ne laissaient aucun doute. Ce n'étaient peut-être que des gamins, mais il n'y avait rien de plus effrayant que l'énergie des jeunes mâles qui s'entraînent les uns les autres.

L'un d'eux me lança une pomme de pin à la tête. Les autres gloussèrent en me voyant l'éviter. Je sentais leur haleine chargée d'alcool bon marché.

— Laissez-la tranquille ! fit une voix puissante.

Les garçons reculèrent.

— On voulait juste s'amuser un peu !

— C'est seulement la fille Harlowe.

L'homme apparut. Grand, mince, il dégageait une énergie un peu inquiétante. Je reconnus aussitôt Jack Pryce.

— Rentrez chez vous retrouver vos mères.

Je m'attendais à des protestations, à ce qu'ils affirment ne plus être des enfants, mais nul ne s'opposait à Jack Pryce.

— Désolé, Jack.

— Si tu le dis, Jack.

Les bras croisés, il les regarda détaler comme des lapins. J'aurais dû en faire autant, mais j'étais fascinée par le reflet de la lune dans ses cheveux sombres et les ombres qui dansaient sur son visage.

— Ça va ? me demanda-t-il.

Je hochai la tête. En vérité, je m'étais tordu la cheville et mon cœur battait à tout rompre, mais j'étais consciente de m'en être tirée à bon compte.

— Vous êtes la fille Harlowe, non ? Je vous ai vue en ville.

J'acquiesçai de nouveau. En général, la nuit, dans les bois, j'étais en pleine possession de mes moyens, au clair de lune, les cheveux au vent, les pieds nus dans la terre humide. Ce soir-là, je parvenais à peine à énoncer quelques mots.

— Il paraît que vous êtes une sorcière.

Retrouvant enfin l'usage de la parole, je me redressai et soutins son regard.

— Vous croyez que je le suis ?

Il m'observa un instant de ses yeux noirs pétillants, puis il secoua la tête.

— Non, je te trouve plutôt bizarre, mais tu n'es pas une sorcière. Les sorcières ne vivent pas dans une belle maison avec une voiture somptueuse et des écuries. Elles n'ont pas plusieurs frères qui réussissent dans le transport maritime.

J'eus envie de rire. S'il savait ! Mais cela n'avait pas d'importance parce qu'il ne me traitait pas comme un objet de curiosité. En me parlant, il me regardait dans les yeux. Il se comportait comme si cette conversation nocturne, dans les bois, avec la sorcière du coin, était la chose la plus naturelle du monde.

— Je ne sais pas quoi penser, fit-il d'un ton pensif.

— Vous venez de me rencontrer. Peut-être avez-vous besoin de plus de temps pour vous forger une opinion.

— Maintenant que je sais que tu fréquentes la forêt, la nuit, je pense que je vais passer par ici plus souvent.

Ce n'est que lorsqu'il m'adressa un long sourire que je compris combien j'avais envie d'un contact humain. Je croyais que les arbres, les lièvres et la lune me suffisaient, en tant que compagnons. Je me trompais. Je voulais qu'un homme me regarde avec autre chose que de la curiosité lubrique. Je voulais savoir quel effet faisait la caresse d'un amant. Je voulais un enfant à moi, un petit être à chérir. Une sorcière pouvait obtenir bien des choses, mais un enfant dépasse les limites de la magie. Pour avoir un bébé, il fallait un homme.

Ce ne fut peut-être pas de l'amour, du moins pas au début, qui m'entraîna vers Jack Pryce. Très vite, j'apprendrais que l'amour n'était pas le fleuve tranquille que je croyais, mais un torrent tourbillonnant et capable de m'entraîner vers le fond.

Chapitre 5
Margaret

C'est un bouton de rose en juin, les violettes écloses
Et les oiseaux chantaient l'amour sur chaque branche.

Steeleye Span, *Rosebud in June.*

Après cette première rencontre fortuite avec Jack, je retournai dans les bois chaque nuit pendant une semaine dans l'espoir de le revoir. Naturellement, je refusais de m'avouer que telles étaient mes motivations. Je fis mine d'avoir besoin d'une plante particulière qui ne poussait qu'à proximité des ruines. Foulant la mousse moelleuse, je sortais chaque soir et me laissais guider par la lune. J'attendais en vain.

Le huitième soir, je perçus un bruissement dans les fourrés. Je retins mon souffle, espérant voir Jack, mais redoutant qu'il s'agisse de ces voyous. Ne vous y trompez pas : j'avais pris des précautions, tel le talisman de protection en os de bœuf que je portais sous mon corsage. Néanmoins, je n'avais aucune envie de revoir leurs regards lubriques et leurs expressions haineuses.

Or ce ne furent ni les garçons, ni Jack qui surgirent de derrière un arbre en trottinant, mais un pauvre corniaud brun au pelage crotté qui semblait souffrir d'une patte. Il m'implora du regard.

— Pauvre bête...

Je me penchai pour examiner sa blessure. Il avait un coussinet entaillé. Doux comme un agneau, il me permit de le soulever et de le ramener chez moi. Je lui préparai un cataplasme et lui posai un pansement. Dès lors, il ne me quitta plus, au point que je lui attribuai le nom de Shadow, car il me suivait comme mon ombre.

Shadow se révélant le plus fidèle des compagnons, je cessai bientôt mes escapades nocturnes en quête de Jack. Mes journées se ressemblaient : je faisais le ménage, je subissais des repas d'affaires assommants avec mes parents et je me promenais au bord de l'eau avec Shadow. Parfois, une femme de la ville se faufilait jusqu'à ma cabane, au cœur de la nuit, et je lui remettais les plantes ou les amulettes dont elle avait besoin.

— Margaret, me dit un jour ma mère en descendant les marches du perron, nous manquons de crème de tartre pour la génoise.

Molly est trop occupée pour faire un saut à l'épicerie. Tes frères viennent dîner, ce soir. C'est urgent.

Elle posa un regard critique sur le bas de ma robe qui était maculé de boue, et les bottes que je portais pour ramasser des algues sur la plage, dans la matinée.

— Remets de l'ordre dans ta tenue et file chez Pryce.

Elle me tendit un billet de banque. Je sifflai Shadow puis me préparai à me rendre en ville.

Je n'avais rien d'une lépreuse, mais les messes basses allaient bon train sur mon passage. Les femmes qui me consultaient durant la nuit pour m'acheter des remèdes et implorer mon aide me dédaignaient en plein jour. Je n'y prêtais aucune attention. Je restais seule et c'était très bien ainsi. Enfin, jusqu'à ce que je rencontre Jack…

Je pris mon temps pour remonter Main Street et me surpris à observer mon reflet dans les vitrines pour m'assurer que j'étais bien coiffée, que mes boucles étaient en ordre. Je souris à cette jeune fille pétillante. J'avais un amoureux ! Moi ! Les occasions étaient rares à Tynemouth. Avoir un prétendant me donnait des ailes et me libérait des entraves d'une vie banale.

Avant d'entrer chez l'épicier, je secouai le bas de ma robe et me pinçai les joues pour me donner des couleurs. J'ordonnai à Shadow de ne pas bouger, lui qui n'en faisait toujours qu'à sa tête. Enfin, je franchis le seuil de la boutique.

Je m'efforçai d'avoir l'air détaché, mais j'étais pleine d'appréhension. Jack était derrière le comptoir. Les manches relevées, il portait un gilet bleu marine sur sa chemise en lin. Il ne semblait en rien incommodé par la chaleur. Au contraire de la plupart des hommes de la ville, il était bien rasé, ce qui me plaisait, parce que je voyais ainsi chaque parcelle de son beau visage. Pendant qu'il s'occupait d'une cliente, je pris le temps d'observer les rayons, tout en gardant un œil sur l'avant de la boutique. Au bout d'une éternité, la cliente régla ses achats et Jack lui souhaita une bonne journée. Enfin, je me retrouvai seule avec lui.

— Tiens, tiens, fit-il en quittant son comptoir. C'est la sorcière ! Cela faisait un moment que je ne t'avais pas vue en ville.

— Je ne viens en ville que lorsque quelque chose m'a tapé dans l'œil.

— Ah oui ? Quelque chose t'a tapé dans l'œil, ici ?

Je laissai sa question en suspens et me contentai d'un haussement d'épaules désinvolte. Il m'arrivait d'être un peu mesquine. Il m'avait fait languir dans les bois. À mon tour de le faire attendre, s'interroger. Et si je m'étais méprise ? Et s'il ne voulait pas de moi, finalement ? Je ne voulais pas lui donner mon cœur à vif et sanguinolent pour qu'il le foule aux pieds.

— Ma mère a besoin de crème de tartre, déclarai-je.

— Et elle envoie sa fille et non sa bonne ?

— Tu te flattes si tu crois que cette course a quoi que ce soit à voir avec toi et non la génoise prévue pour le dîner de ce soir.

Il porta une main à son cœur :

— Ma *lady* sait porter un coup, gémit-il en feignant de souffrir.

— Ta *lady* n'aime pas attendre, répliquai-je d'un ton léger qui ne trahit rien de ma souffrance.

Il parut d'abord surpris, puis ravi.

— Eh bien, petite sorcière, ne me dis pas que tu m'as attendu dans les bois ces quinze derniers jours !

Je fis mine de me renfrogner mais, intérieurement, j'étais ravie. Il n'avait pas oublié…

— Bien sûr que non ! Ma crème de tartre, je te prie.

Il me servit sans un mot. Il pesa la poudre blanche qu'il emballa dans un sachet en papier. Je le réglai et glissai le produit dans mon sac. Enfin, je le remerciai un peu sèchement. Durant notre échange, il s'était montré enjoué et charmeur mais, alors que j'allais prendre congé, il me retint par le bras. Je baissai les yeux vers sa grosse main, sur le lin fauve de ma manche. Dans son regard, je lus un désir brûlant.

— Je veux te revoir, souffla-t-il. Je pense à toi sans cesse.

Mon cœur s'emballa et mon corps s'embrasa. Il ne mentait pas, c'était une certitude, mais je lui en voulais toujours un peu de m'avoir fait attendre dans les bois pour rien, comme une idiote. Je croyais que les arbres et la Lune me donnaient de la force, mais ce n'était rien comparé au vertige de me savoir l'objet du désir de cet homme.

Son haleine sentait la menthe et son contact déclenchait des picotements. Il aurait été si facile pour moi de lever la tête pour effleurer ses lèvres des miennes.

Si chaque fibre de mon corps m'implorait de m'approcher encore, je savais que c'était prématuré. Je repris mon bras et, le cœur battant à tout rompre, vibrante de sensualité, je sortis de la boutique la tête haute.

CHAPITRE 6
AUGUSTA

— Tu vas travailler à Tynemouth ?

Assis à la table du petit déjeuner, Chris était plongé dans la lecture d'un livre quand Augusta lui annonça la bonne nouvelle. Elle n'avait pas voulu lui parler de l'annonce avant d'être certaine d'avoir décroché le poste. Trois jours après son entretien, elle avait reçu un appel de Jill l'informant qu'elle était retenue.

C'était merveilleux, et si valorisant ! Son travail à l'Old Jail n'était qu'un pas dans la bonne direction. Jamais elle n'avait rien vécu de tel. À Harlowe House, elle serait responsable de projets, elle prendrait des décisions, en lien direct avec les collections. Finies les visites guidées pour des touristes blasés qui collaient leur chewing-gum sur les murs ! Les choses se déroulaient si bien qu'elle n'osait y croire. C'est pourquoi la réaction apathique de Chris lui fit de la peine.

Elle était appuyée au comptoir. Son café refroidissait entre ses mains.

— Oui, pourquoi ?

— J'en sais rien. Ça fait loin, non ? Comment tu comptes y aller ?

C'était un argument de poids. Augusta avait toujours eu la possibilité d'aller travailler à pied. Si elle n'avait pas les moyens d'acheter une voiture, il était hors de question que cet emploi de rêve lui file entre les doigts.

— Je trouverai une solution. Je serai bien payée, vraiment bien.

— Ah oui ? fit-il, soudain intéressé.

— Presque le double de ce que je gagne maintenant et sans travailler le dimanche.

Chris posa enfin son livre pour lever les yeux vers elle.

— C'est génial. On pourra peut-être partir en vacances, l'an prochain, par exemple. Et mettre une somme de côté pour réparer la terrasse.

— Peut-être, fit-elle en buvant une gorgée de café.

Pourquoi était-elle irritée ? Elle n'aimait pas que Chris réfléchisse déjà à la façon de dépenser son salaire. Elle en consacrerait une grande partie à rembourser son prêt étudiant et elle voulait commencer à faire des économies.

— C'est vraiment une chance. Si tout va bien, je pourrais devenir plus tard conservatrice d'une maison-musée.

— Regarde-toi, madame la grande conservatrice ! C'est génial.

Chris lui adressa un de ses rares sourires radieux. Elle se souvint alors pourquoi elle était avec lui, combien il était bon de le faire sourire.

Une pluie d'automne s'était abattue sur les rues animées de Tynemouth. L'air humide était lourd et des flaques d'eau s'étaient formées entre les pavés lorsque Augusta envoya un texto à Jill pour l'informer qu'elle était dehors et qu'elle attendait que l'on vienne lui ouvrir.

Jill l'accueillit avec un large sourire, aussi impeccable que lors de leur première entrevue, avec ses cheveux raides au carré, ses lèvres rouges et sa robe en lin.

— C'est votre premier jour ! Entrez vite qu'on vous installe.

Augusta secoua son parapluie et s'essuya les pieds. Dans la maison, il faisait frais. Le ciel gris et le martèlement de la pluie sur les carreaux créaient une atmosphère confortable.

— Posez donc vos affaires dans la cuisine. Je pensais commencer par une visite de la maison.

Augusta suspendit son manteau, rangea son yaourt dans le réfrigérateur et scruta les alentours. Un téléphone se mit à sonner à l'étage, dans les bureaux, mais les lieux étaient étrangement silencieux. Même le bruit de la circulation était couvert par la pluie.

— C'est toujours aussi calme le lundi ?

— Bien plus que les jours d'ouverture au public, mais Sharon est là, en général. D'autres collaborateurs partagent leur temps entre Harlowe House et les archives de Boston, donc il peut y avoir pas mal d'animation si de nombreux projets sont en cours. Sharon est à l'extérieur, aujourd'hui, donc nous sommes toutes seules. Mercredi, vous rencontrerez tous les guides.

Augusta jeta un coup d'œil dans son bureau, un bureau rien que pour elle, puis Jill commença la visite.

— Nous essayons de raconter l'histoire de tous ceux qui ont vécu à Tynemouth aux XIXe et XXe siècles, et je ne parle pas seulement de la classe supérieure blanche et fortunée. Des immigrés arrivaient sans cesse de Boston et il y avait une grande diversité au sein de la population.

Jill actionna un interrupteur et l'entraîna dans un espace étonnamment moderne, avec un parquet ciré et des murs blancs.

— Au XIXe siècle, c'était la salle de bal. On y organise aujourd'hui des expositions temporaires d'artistes locaux. L'été dernier, on a même eu un concert de musique bluegrass. Notre responsable des opérations communautaires travaille depuis notre bureau de Boston, mais vous finirez par le voir. Il organise des événements et nous demande parfois des pièces de notre collection pour ses expositions. Il aime créer des parallèles entre l'histoire de la région et les tendances artistiques actuelles.

Elle désigna une série de cercles à broder.

— Ici, on met en avant les arts textiles locaux en utilisant les paniers et broderies de notre collection. Cela vous intéresserait d'aider à sélectionner des pièces pour ce genre d'exposition, à l'avenir ?

— Absolument ! C'est formidable.

Augusta se pencha pour lire l'étiquette d'un cercle à broder, puis poursuivit la visite. Elles quittèrent la salle de bal et traversèrent une pièce étroite.

— C'est moins moderne que la cuisine du personnel, mais je suis un peu jalouse du carrelage.

Augusta comprit vite pourquoi. Les carreaux blancs de la crédence et du tour de l'évier étaient ornés de scènes pastorales exquises.

— Traversons l'office, dit Jill en montrant le chemin.

Après la cuisine lumineuse et spacieuse, Augusta ne s'attendait pas à ce que la pièce attenante soit si sombre.

— Attention à la marche, prévint Jill. On n'amène pas les visiteurs jusqu'ici, sauf demande expresse ou s'il s'agit d'un VIP, un descendant, par exemple. La marche est dangereuse et l'éclairage médiocre.

Jill actionna un cordon pour allumer une ampoule.

— À quoi servait cette pièce ? s'enquit Augusta.

— On est presque certains que c'était la cuisine d'origine de la maison du XVIIe siècle. Quand les frères Harlowe vivaient ici, elle était devenue un lieu de stockage ou un cellier depuis longtemps.

Jill désigna des poubelles dans un coin.

— On y entrepose parfois des choses, nous aussi...

Il n'y avait pas grand-chose à voir. La peinture blanche des murs s'écaillait et le sol était en terre battue couvert d'une couche de béton comme le fond d'une piscine. L'ancienne cheminée, assez haute pour que l'on tienne debout à l'intérieur, n'était plus qu'un recoin vide.

— Vous avez peur des araignées ? s'enquit Jill. Parce qu'il y en a beaucoup ici.

— Elles ne me dérangent pas, fit Augusta.

À l'Old Jail, elle avait géré les nuisibles en installant des pièges et en vérifiant leur efficacité sur les insectes, de sorte qu'elle avait dû surmonter rapidement ses phobies éventuelles.

— Personnellement, je ne suis pas très fan, admit Jill avec un frisson. Montons à l'étage.

Au moment où elle tournait les talons, Augusta ressentit un vertige. Elle prit appui sur le mur pour ne pas perdre l'équilibre. Le froid de la pièce se propagea en elle. Elle se maudit de ne pas avoir pris un petit déjeuner digne de ce nom.

Lorsqu'elle rouvrit les yeux, elle se trouvait encore dans cette pièce sombre. Sentant une présence au-dessus d'elle, elle leva les yeux vers des bouquets de plantes et de fleurs séchées suspendus à l'envers aux poutres du plafond. Ils frémissaient dans l'air lourd. Elle sentait leur odeur et distinguait chaque feuille, chaque pétale. La cheminée abandonnée accueillait une flambée. Au loin, elle entendit une voix de femme qui chantonnait.

Que diable se passait-il ? Certains musées faisaient appel à des hologrammes ou des projections en trois dimensions pour reproduire un cadre historique, mais Jill avait clairement établi que ce n'était pas un espace d'exposition. Augusta était certaine qu'elle n'aurait pas manqué de l'informer du recours de Harlowe House à ces technologies.

Ses cheveux se dressèrent sur sa tête. La proximité du fredonnement provoqua des picotements sur la moindre parcelle de sa peau. Elle tourna lentement la tête, certaine de voir la source de ce son. Il y avait quelqu'un, mais ce n'était pas Jill. Elle sentait une présence, elle sentait son parfum aux notes florales, le sel de sa transpiration sous-jacente. Soudain elle disparut aussi vite qu'elle était venue, ne laissant que la pénombre et un relent d'humidité. Les bouquets de fleurs séchées s'étaient volatilisés et le fredonnement s'était tu.

Alarmée, elle se tourna vers Jill pour voir si elle avait remarqué le changement, mais celle-ci s'éloignait déjà vers la pièce suivante.

Elle regarda une dernière fois par-dessus son épaule. Tout était de nouveau en place, des poubelles en plastique à l'ampoule électrique. Elle se hâta de suivre sa collègue. Elle regrettait de plus en plus de s'être contentée d'un jus d'orange et d'une tranche de pain sans beurre. Elle avait un emploi, des responsabilités et il fallait qu'elle s'occupe d'elle-même. Hélas, elle avait la sensation que son hallucination n'avait rien à voir avec un quelconque manque de calories.

— Bon, fit Jill en posant une pile de livres et de classeurs sur la table, cela n'a rien d'obligatoire, mais ce serait bien que tu lises un peu pour te faire une idée de l'histoire de Harlowe House. Tu en apprendras davantage sur le tas, mais autant partir avec de bonnes bases.

Jill ayant insisté pour aller chercher des sandwiches dans un café du quartier, elles étaient attablées dans la cuisine du personnel. Augusta en profita pour feuilleter les classeurs. La pluie s'était calmée, laissant une atmosphère humide et un ciel gris dans son sillage. Depuis cet épisode troublant, Augusta n'avait plus eu de vertiges ou d'hallucinations perturbantes, mais elle dut se forcer à mordre dans son sandwich.

— C'est le seul texte que je vais te demander de lire, déclara Jill en désignant une chemise cartonnée. Il présente l'arbre généalogique. Tu comprendras quelle génération possédait chaque article de cette maison.

Augusta l'ouvrit et glissa un index le long de l'arbre qui remontait jusqu'au XVIIe siècle.

— Il reste des descendants ?

Jill leva les yeux au ciel et posa son sandwich.

— Oui et, ne le répète pas, mais ce sont les pires. Ils débarquent sans prévenir pour offrir à leurs amis une visite des « coulisses » et on est censés tout arrêter pour eux. Une fois par an, ils organisent un pique-nique et privatisent la maison. J'imagine que, malgré l'absence de famille royale aux États-Unis, certains se croient supérieurs aux autres par leur lignée.

Augusta hocha distraitement la tête en étudiant le document. L'arbre était impressionnant. Chaque nom était suivi d'informations complètes. Elle était jalouse que ces gens puissent remonter aussi loin. Elle était fille unique et avait grandi sans savoir grand-chose de son histoire familiale.

Son index s'arrêta sur un nom qu'elle eut la sensation de reconnaître alors qu'elle était certaine de ne l'avoir jamais vu. Au contraire des autres noms de cette génération, il ne comportait aucune précision biographique, ni date de naissance, ni date de décès, rien.

— Qui était-ce ? demanda-t-elle.

Jill se pencha sur le document.

— Margaret Harlowe, répondit-elle. L'unique sœur des trois frères Harlowe. On ne sait pas grand-chose d'elle. On n'est même pas certains qu'elle a vraiment existé car elle n'apparaît dans aucun recensement. Hélas, c'est le cas de nombre de femmes dans les archives. Elles se mariaient, changeaient de nom et s'installaient ailleurs. Ou alors elles passaient à travers les mailles du filet. Nous avons un portrait d'elle dans la salle à manger, du moins le pense-t-on, mais sans certitude.

Augusta poursuivit sa lecture. Jill lui décrivit chacun des trois frères et leur rôle dans l'histoire de la maison.

— Quand tu auras pris tes marques, on discutera d'une exposition potentielle que tu pourrais contribuer à monter.

— Tu parles sérieusement ? fit-elle, abasourdie.

— Bien sûr que je suis sérieuse ! s'esclaffa Jill. Tu crois que tu vas passer ton temps à travailler sur des tableaux ?

— Eh bien, non, mais je ne pensais pas entreprendre un projet d'envergure aussi vite.

— Augusta, nous sommes vraiment ravis de te compter dans l'équipe. Tu possèdes d'excellentes références et tes connaissances seront précieuses.

Ravie, Augusta baissa les yeux. C'était la première fois que ses aptitudes étaient réellement reconnues. Elle avait trouvé le poste de ses rêves !

Elles furent interrompues par quelques coups frappés à la porte.

— Salut, Reggie ! lança Jill.

— Bonjour, répondit un homme au sourire étincelant.

Ses cheveux bruns étaient striés de gris. Avec son tee-shirt rentré dans la ceinture de son jeans délavé, il avait tout d'un père de famille de série télévisée.

— Une nouvelle tête, dit-il en se tournant vers Augusta. On ne se connaît pas encore, je crois.

Il tendit la main à la jeune femme.

— Voici Augusta, notre nouvelle assistante responsable de collections, expliqua Jill avant de se tourner vers elle. Reggie gère nos propriétés. Il partage son temps entre les différents sites, donc tu ne le verras que les jours de fermeture au public, quand il vient travailler sur un projet.

— Ou les jours où il y a des donuts, intervint Reggie en balayant la pièce, plein d'espoir.

— C'est ton tour d'acheter les donuts, lui rappela Jill. Qu'est-ce qui se passe ? Je te croyais à Boston aujourd'hui.

— L'alarme du sous-sol ne cesse de se déclencher, répondit-il. Je ne sais pas si c'est un faux contact ou les souris, mais la société de surveillance m'envoie des alertes. Je vais devoir ramper parmi les araignées pour examiner tout ça.

Il désigna la lampe torche qu'il portait à la ceinture et sourit à Augusta.

— Il se passe toujours quelque chose de palpitant, ici, lui dit-il.

Après son départ, les deux jeunes femmes terminèrent leur repas.

— Tu parlais d'un éventuel portrait de Margaret Harlowe, reprit Augusta.

Pour une raison inconnue, cette femme isolée sur une branche de l'arbre généalogique avait piqué sa curiosité.

— Tu veux la voir ?

Augusta acquiesça, captivée par ce personnage.

Jill l'emmena dans la salle à manger. Une grande table en chêne ciré trônait au centre de la pièce. Le couvert était dressé comme si une famille allait apparaître et s'attabler pour partager un repas. La vaisselle était en porcelaine bleu et blanc. Le papier peint vert des murs était parsemé de portraits dans des cadres dorés. Jill attira l'attention d'Augusta sur un petit portrait exposé à l'extrémité de la pièce.

— C'est elle, enfin peut-être, à en juger par son style vestimentaire. On a des images de Jemima Harlowe à l'époque et elle aurait été bien plus âgée que cette personne-là.

Augusta examina la jeune femme, qui n'était pas sans évoquer *La Joconde*, avec son regard détaché. Ses boucles brunes étaient tirées en arrière et tombaient sur ses épaules. Les manches ajustées et le col haut de sa tenue semblaient indiquer une peinture réalisée à la fin des années 1870 ou dans les années 1880.

— Existe-t-il des photographies de la famille ? s'enquit Augusta.

Dans les années 1880, la photographie n'était pas très accessible, mais une famille aussi fortunée devait avoir fait réaliser quelques portraits.

— La collection compte quelques daguerréotypes et photographies de format cabinet, mais ils représentent surtout les frères Harlowe ainsi que l'extérieur de la maison. On les sortira tout à l'heure, si cela t'intéresse.

— Il n'y a aucune photo de l'intérieur ? De l'ancienne cuisine, par exemple ?

— Je ne crois pas… pourquoi ?

Reggie réapparut sur le seuil.

— Désolé de vous déranger. Le capteur s'est arrêté mais je ne comprends pas ce qui l'a déclenché.

— Ce doit être le fantôme, répondit Jill.

— Je ne vois pas d'autre explication, admit-il, les yeux rivés sur son écran de téléphone.

— On a un fantôme dans la maison, expliqua Jill. Il adore cacher des papiers importants, éteindre les lumières, ce genre de choses. Il y a quelques années, on a même eu la visite d'un enquêteur paranormal pour une émission télévisée. L'épisode a fait une excellente publicité pour le musée.

— Qu'est-ce qu'ils ont trouvé ? s'enquit Augusta.

— Que c'est une vieille maison, grommela Reggie, pleine de courants d'air, de parquets qui grincent et de poussière.

— Reggie ne croit pas aux fantômes. Il n'est pas très drôle, railla Jill.

En consultant son téléphone, Augusta se rendit compte qu'il était déjà seize heures trente. Il fallait qu'elle parte immédiatement si elle voulait prendre le dernier bus avant huit heures du soir. Jill et Reggie plaisantaient tranquillement et l'atmosphère de la maison était paisible et confortable. Elle avait encore tant de choses à voir avant de rentrer chez elle ! Elle empocha l'appareil en se disant qu'elle trouverait un moyen de rentrer plus tard.

Il était plus de dix-sept heures trente quand Augusta émergea sous un ciel couvert. Elle envoya un texto à Chris pour lui demander s'il voulait la rejoindre au centre de Tynemouth pour dîner, histoire de fêter son premier jour de travail. De plus, elle n'aurait ainsi pas à commander un VTC ou à attendre le bus de vingt heures.

Alors que la nuit tombait, elle fit le tour de la maison et prit quelques photos pour son compte Instagram. Pas de réponse de Chris.

Il était sans doute à la salle de sport ou en pleine partie de jeu vidéo avec Doug.

Alors qu'elle allait partir en quête d'un café où attendre jusqu'à vingt heures, Jill et Reggie la croisèrent à la sortie arrière.

— Tu as un moyen de transport pour rentrer chez toi ? s'enquit Jill, surprise.

Augusta refusait d'admettre que son petit ami ne répondait pas à ses messages ou qu'elle avait l'intention de patienter pendant des heures.

— Oui, pas de problème. Je vais appeler un VTC si mon copain n'arrive pas bientôt.

— On va boire une bière. Viens avec nous ! Reggie habite près de Salem. Il te raccompagnera ensuite.

Augusta hésita. Elle avait envisagé de célébrer cette journée avec Chris, mais il ne répondait pas et elle n'avait pas envie de rentrer tout de suite. Après un ultime coup d'œil sur ses messages, elle prit sa décision.

— D'accord, avec plaisir !

Il était presque vingt-trois heures lorsque Reggie déposa Augusta devant chez elle. Elle gravit les marches avec appréhension. Elle n'avait regardé son téléphone qu'une fois dans la voiture et Chris lui avait laissé un message pour lui demander où elle était. Dans l'appartement, Doug était invisible et la porte de leur chambre était fermée.

Dans la pénombre, elle devina la silhouette de Chris, dans le lit. Elle se déshabilla sans faire de bruit.

— Tu étais où ? grommela Chris.

— Je suis allée boire un verre avec des collègues de Harlowe House. Je t'ai envoyé un texto.

— Avec qui ?

— Des collègues. Jill, la conservatrice dont je t'ai parlé, et Reggie, le gestionnaire des bâtiments. Et ils sont tous les deux mariés, ajouta-t-elle.

Elle devinait sa question suivante et espérait éviter un conflit.

Chris se retourna sans un mot. Elle observa longuement sa silhouette immobile et se résigna à une nouvelle nuit de bouderie. En s'allongeant près de lui, elle se prit à regretter l'époque où il l'enlaçait, la chatouillait avant de la faire tomber sur le lit, heureux d'être avec elle. Comme ce temps semblait loin ! Avaient-ils à ce point changé ou les années étaient-elles simplement venues à bout de leur attirance mutuelle du début ? Quoi qu'il en soit, il était triste d'être si proche physiquement de lui et si loin en même temps.

Chapitre 7
Margaret

Le jardinier, à côté de moi
M'a dit de prendre garde,
Car sous la fleur et sous les feuilles,
Une épine peut piquer et déchirer.

Chanson populaire anglaise.

Ma mère me prit le paquet de crème de tartre avec un grommellement vague, sans me demander pourquoi j'avais mis aussi longtemps.

— Clarence et Lizzie ne vont pas tarder, annonça-t-elle.

Il était rare que mes trois frères se trouvent à Tynemouth, sur la terre ferme, en même temps. Quand cela se produisait, ma mère était folle de joie et tenait à leur servir des repas élaborés. Ses fils faisaient sa grande fierté. Ils ne la couvraient pas de honte, eux, et ne lui donnaient aucun souci. L'aîné de mes frères était particulièrement fier de porter le même prénom que notre père.

Clarence avait quasiment dix ans de plus que moi. C'était presque un inconnu qui apparaissait à la maison avec sa femme, de temps en temps, pour parler affaires avec mon père. Il travaillait pour la société de navigation mais ne prenait jamais la mer. Il était doué pour les chiffres et avait l'attitude réservée d'un savant. Ensuite venait George, puis Henry. George avait la mer dans le sang et passait plus de temps sur l'eau que sur terre. Je ne le voyais plus très souvent mais il avait toujours été mon préféré. Sans lui, la maison était morne.

Pourquoi étais-je à ce point une anomalie dans ma famille ? Ma mère n'exprimait pas la moindre curiosité pour le monde extérieur en dehors de la rubrique mondaine des journaux, alors l'art de la magie… Quant à mon père, qui était toujours bienveillant et généreux, il n'avait pas une once d'imagination. À l'exception de George, mes frères étaient ennuyeux à mourir et passaient des heures enfermés dans un bureau, penchés sur les registres, plutôt que de regarder par la fenêtre pour voir le monde qui les entourait. Parfois, j'avais l'impression d'être née dans une rose, d'être apparue comme par enchantement.

Je mourais d'envie de me débarrasser de ce maudit corset. Hélas, ma mère avait un œil de lynx et elle insisterait pour que je sois « présentable » en présence de mes frères. Elle avait toujours un reproche à me faire. Avec un soupir, je troquai ma robe en lin contre une toilette plus guindée en taffetas prune avant de gagner la cuisine. J'avais besoin de romarin et de bourrache pour préparer un sachet à glisser sous mon oreiller. Le regard que Jack Pryce avait posé sur moi ne laissait planer aucun doute sur son attirance, mais un philtre d'amour pour encourager ses affections ne pouvait faire de mal.

Molly, qui battait des œufs dans un saladier, m'accueillit d'un air méfiant. Elle me regarda traverser la pièce. Elle tolérait ma présence sur son territoire parce qu'elle n'avait pas le choix, mais je sentais son hostilité. Une pièce inutilisée, l'ancienne cuisine de la maison d'origine, me servait de cellier. C'était mon sanctuaire, le seul endroit où je respirais librement. Dès que j'ouvrais la porte, le parfum familier de sauge et de lavande m'enveloppait. Dans la pièce désaffectée, seule une fenêtre demeurait ouverte et laissait filtrer un filet de lumière d'un jaune pâle.

Quand je ne pouvais pas me rendre dans les bois ou au bord de l'océan, je me réfugiais dans ce sanctuaire, avec mes plantes et mes fleurs séchées. Le temps s'arrêtait. Plus tard, je repenserais à cette époque avec tendresse et nostalgie. Dans le rai de lumière flottaient des grains de poussière et les bruits de la maison étaient étouffés et lointains. Je cueillais, je broyais, je mélangeais mes potions et remèdes, je les versais dans des flacons que j'étiquetais…

Après avoir terminé mon philtre d'amour, j'essuyai mes doigts pleins de sauge sur ma jupe et regagnai le hall au moment où mes frères arrivaient. Clarence et sa femme Lizzie furent les premiers. Lizzie était enceinte. Son regard cupide semblait évaluer le prix de chaque meuble. Elle faillit heurter la commode de sa tournure bien trop imposante.

— Margaret, dit Clarence en m'embrassant sur la joue.

— Bonjour Clarence... Lizzie, tu sembles aller bien.

Mon frère s'était déjà tourné vers notre père et Lizzie se plaignait auprès de ma mère de ses douleurs dans le dos et de ne plus pouvoir se procurer les dragées dont elle raffolait.

Henry et George se présentèrent en même temps. Toujours plein d'entrain, George embrassa notre mère avant de me soulever pour me faire tournoyer en l'air.

— Maggie ! Tu as encore grandi depuis la dernière fois.

C'était faux, mais il avait coutume de me parler de ma taille chaque fois qu'il revenait à terre. Il était également le seul à avoir le droit de m'appeler Maggie.

— Voilà ce qui se produit quand on disparaît pendant plusieurs mois.

Les cheveux bruns de George étaient gominés et séparés par une raie au milieu. Depuis quelque temps, il arborait une moustache. Je l'avais toujours trouvé très séduisant et, même s'il ne semblait pas s'en rendre compte, bien des jeunes filles en ville étaient du même avis.

— La mer est une maîtresse changeante, déclara-t-il avec un clin d'œil. Regarde ce que ton frère préféré t'a rapporté.

Il déposa dans ma paume une rangée de perles lisses d'un rouge rosé.

— Du corail, précisa-t-il. Des Indes.

— George... soufflai-je. Il est superbe !

Je glissai le collier autour de mon cou. Les perles ressortaient contre le taffetas sombre de ma robe.

— Ta beauté l'éclipse, mais je suis content qu'il te plaise, dit George en m'embrassant. Tiens ! Bonjour Clarence. Liz.

Notre frère pinça les lèvres et Lizzie se contenta d'un salut un peu froid, sans doute froissée par la nature flamboyante de George.

Derrière lui, Henry apparut et m'observa derrière sa frange de cheveux bruns.

— Salut, Margaret ! fit-il d'un ton presque aussi formel que Clarence.

Henry était clerc de notaire à Boston, mais il était trop agité pour rester dans un bureau. Il n'était pas taillé pour être marin non plus.

— Je suppose que j'aurais dû t'apporter un cadeau, mais je ne suis pas aussi courtois que George. As-tu aimé le recueil de poésie que je t'ai envoyé le mois dernier ?

En vérité, j'avais oublié ce livre, que je n'avais pas ouvert. Avant que je ne puisse lui répondre, ma mère nous incita à passer dans le « beau » salon en m'ordonnant de dire à Molly de nous servir de la citronnade.

À mon retour, tout le monde était installé.

— J'ai une bonne nouvelle, annonça George. J'ai demandé Ida Foster en mariage.

Maman tapa dans ses mains dans un brouhaha de murmures étonnés et enthousiastes.

— George, c'est formidable ! m'exclamai-je.

Il afficha un sourire pudique. Je ne connaissais pas cette jeune femme, mais George m'en parlait avec tendresse depuis des mois dans ses lettres et je me doutais qu'il avait jeté son dévolu sur elle.

— C'est bien, George, déclara notre père d'un air pensif, comme s'il évoquait un investissement prometteur.

— Elle ne verra pas d'inconvénient à ce que tu t'absentes aussi longtemps ? s'enquit Clarence.

— Ida est quelqu'un de bien et elle comprend la vie. De plus, elle ne sera pas contre un peu de tranquillité de temps en temps.

— Je suis ravie, déclara ma mère. Tu salueras ses parents de notre part. Naturellement, nous donnerons une réception en l'honneur des fiancés.

— Et toi, Henry ? s'enquit mon père. Quand te verrons-nous enfin casé ?

Henry grommela dans sa barbe et but une gorgée de citronnade.

— N'y a-t-il pas une jolie fille qui ait capté ton attention, à Boston ? demanda Clarence d'un air narquois.

Henry n'avait jamais manifesté d'intérêt pour les filles, ce qui lui valait les railleries de mes autres frères.

Henry le foudroya du regard mais ne dit rien.

— Assez ! lança ma mère en tapotant la main de Henry.

Pour une raison qui m'avait toujours échappé, il avait de tout temps été son préféré.

Après les félicitations d'usage, mon père porta un toast. Molly apporta un plateau de petits sandwiches et chacun oublia la tension entourant Henry.

Quand papa eut sorti les cigares, maman et Lizzie discutèrent de la couleur de la nurserie. J'en profitai pour sortir donner des restes à Shadow. Mes parents ne toléraient pas sa présence à l'intérieur, mais je le faisais parfois entrer discrètement dans ma chambre, la nuit, afin qu'il puisse dormir dans mon lit.

L'air doux caressa mon visage. Si seulement je n'étais pas engoncée dans cette robe en taffetas et ces dentelles, je le sentirais sur le reste de ma peau. Les oiseaux gazouillaient dans les pommiers en fleurs et les iris bleus frémissaient. Il faisait trop bon pour endurer leurs conversations oppressantes, enfermée dans une pièce, à boire dans une coupe en cristal.

Alangui sous un pommier, Shadow se leva pour venir à ma rencontre en agitant la queue. Il s'empara goulûment du jambon que je lui offris. Quand il eut terminé, il roula sur le dos pour que je lui gratte le ventre.

— Bon chien… murmurai-je. Ne laisse pas les lapins manger tout mon persil.

Il posa sur moi un regard hautain. Shadow était un merveilleux compagnon, le plus loyal de tous, mais c'était un piètre chien de garde.

En me levant, je trouvai Henry adossé au mur, à bouder en fumant un petit cigare.

— Pourquoi n'es-tu pas à l'intérieur, avec les autres ? lui demandai-je. Tu ne te réjouis pas pour George ?

— Oh, si, bougonna-t-il en jetant son cigare avant de l'écraser rageusement de son talon. Comment ne pas se réjouir pour George, l'enfant prodigue ?

— Ne sois pas amer. Cela ne te ressemble pas.

— Et toi, ne fais pas semblant d'être heureuse, Margaret.

— Je suis très contente ! Comme je le serais pour toi si tu annonçais tes fiançailles.

Henry avait beau être mon frère, je me demandais parfois si nous faisions partie de la même famille. Il avait toujours été renfrogné. Il se posait en observateur, comme s'il se trouvait supérieur à nous autres mortels. Je songeai à ces garçons, dans les bois, à leur regard avide. Henry avait toujours eu un côté sombre, d'inquiétant. Était-il comme eux ?

— Ne mens pas, me dit-il. Tu as toujours été un esprit libre, avec tes expéditions nocturnes dans les bois et à la plage. Tu n'es pas comme les autres et moi non plus.

— Je ne vois pas de quoi tu parles…

— Bien sûr que si ! Nous deux, nous sommes différents des autres membres de la famille. Nous sommes incapables de nous lier à quelqu'un qui ne comprendrait pas. Laissons les Ida Foster à George ou Clarence et leurs semblables. Elles ne sont pas pour nous.

Je levai les yeux au ciel. La seule différence, avec Henry, c'est qu'il se prennait pour un poète, un artiste maudit.

— Tu te trompes, dis-je malgré moi. J'ai trouvé un homme qui sait ce que je suis et qui m'aime pour cela.

J'ignorai quelle perversion me poussa à faire cette déclaration. Jack m'aimait-il ? Nous n'avions eu que quelques échanges, mais le souvenir de sa main sur mon bras, ce matin-là, son trouble manifeste lorsqu'il m'avait déclaré avoir besoin de me revoir, restaient gravés dans ma mémoire.

— Quoi ? Quel homme ? s'étonna Henry.

Un nuage passa devant le soleil, nous privant momentanément d'un peu de chaleur. J'avais conscience d'avoir fait un faux-pas et que Henry était le dernier à qui je pouvais me confier.

— Personne !

Il me prit par les épaules.

— Maggie, fit-il d'une voix plus douce. Tu peux tout me dire, tu sais. Je suis ton frère, non ?

Je me dégageai de son emprise.

— Ne m'appelle pas Maggie.

— D'accord, fit-il amèrement. Seul ce cher George peut se permettre une telle familiarité. Tu n'as pas peur de perdre ta place dans son cœur maintenant qu'il a trouvé une femme ?

— Je retourne à l'intérieur, dis-je. Il est peut-être temps que tu rentres, toi aussi.

Il ne me répondit pas mais je sentis son regard dans mon dos tandis que je sifflai Shadow avant de m'éloigner.

Cette nuit-là, un bruit de pas dans la cour me tira d'un sommeil léger. Je m'approchai à pas de loup de la fenêtre et vis une femme qui brandissait une lanterne, sous la pluie. En comprenant que j'avais une cliente, je maugréai un juron. Que fabriquait-elle chez moi ? Je ne recevais que dans ma cabane, dans les bois, et même les non-initiés savaient qu'il ne fallait pas se présenter à mon domicile en ville.

Je n'eus pas le temps de m'habiller pour l'intercepter car Molly frappa à ma porte.

— Vous avez de la visite, annonça-t-elle froidement.

Faisant fi de son air réprobateur, je pris une lampe et descendis dans la cuisine. La femme se tenait sur le seuil, trempée jusqu'aux os. Elle portait un paquet enveloppé dans une couverture. En dépit de ses cheveux mouillés et de son expression frénétique, je reconnus

Jenny Hough, une femme respectable qui n'aurait jamais posé les yeux sur moi durant la journée.

— Entrez donc, lui dis-je. Je ne mords pas.

Après une hésitation, elle franchit le seuil. Je fermai la porte au nez de Molly. Elle devait avoir des soupçons, mais je savais qu'elle ne me dénoncerait pas par crainte de représailles de ma part. En bonne catholique, elle savait garder ses distances. Mes parents étaient-ils au courant, eux aussi ? Oui et non. Ils savaient que je passais beaucoup de temps dehors et que je recevais parfois des femmes de la ville à des heures indues. Néanmoins, ils me prenaient sans doute pour une herboriste bien innocente. Ils ne pouvaient en revanche être informés de mes pouvoirs occultes.

Ma patiente s'assit sur un tabouret, tremblante, les bras croisés. Je posai devant elle une tasse de thé fumant, comme j'avais coutume de faire. Ensuite, je lui demandai de quoi elle souffrait avant de l'écouter.

J'avais toujours l'espoir que les maux qui se présentaient chez moi puissent être traités par des plantes, voire un petit sortilège surtout destiné à apaiser la personne. Parfois, cela ne suffisait pas et il fallait déployer des forces plus sombres.

Jenny Hough prit la tasse entre ses mains. La vapeur enveloppa son visage tandis qu'elle me décrivait ses problèmes. Sa petite fille avait une forte fièvre et les médecins lui avaient affirmé qu'il n'y avait aucun espoir.

— Pouvez-vous m'aider ? me demanda-t-elle en posant sur moi un regard affolé.

Bien sûr que je pouvais l'aider, mais elle n'allait pas apprécier ce que mes soins impliquaient. Elles n'appréciaient jamais.

— Où est l'enfant à présent ? m'enquis-je en observant prudemment le paquet qu'elle tenait dans les bras.

En la voyant baisser les yeux, je ravalai un juron. Mes soupçons se confirmaient. Je la priai d'écarter la couverture.

— Veuillez allonger l'enfant sur la table, dis-je.

Elle n'hésita guère à déposer le corps inerte de la petite. Je passai les mains sur sa peau froide pour jauger son état. Elle allait très mal. Ses yeux bougeaient sous ses paupières fines, ses petits poings étaient crispés. Quel merveilleux fardeau que d'aimer un petit être si délicat !

Son pouls était faible et irrégulier. Mrs Hough m'observait d'un air inquiet. Je remontai la couverture sur la petite et m'écartai.

— Elle est très malade, mais vous avez encore un recours.

— Je ferai n'importe quoi, dit-elle en sortant une liasse de billets de sa cape.

Je secouai négativement la tête.

— Ce n'est pas une question d'argent. Si vous voulez que votre fille survive, vous devez lui trouver un autre corps. Son esprit est présent, mais son corps se meurt.

— Vous ne parlez pas sérieusement, souffla Mrs Hough en me dévisageant.

— Je suis on ne peut plus sérieuse, au contraire. Il vous faut un corps encore vivant, de préférence du même sexe et du même âge. Sinon, ne perdez pas votre temps à traîner votre pauvre enfant chez une sorcière au cœur de la nuit. Préparez-vous à lui faire vos adieux.

— Vous proposez donc de tuer une autre fillette afin que la mienne puisse vivre ? J'en serais incapable ! On m'avait mise en garde à votre sujet, mais jamais je n'aurais imaginé que vous soyez aussi veule, si... anormale !

Elle prit son enfant et se précipita vers la porte.

— Vous venez ici me demander l'impossible et je vous ai indiqué la marche à suivre, persiflai-je.

Je savais que Molly nous espionnait sans doute derrière la porte.

— Vous pensiez que ce serait facile ? Qu'il suffirait d'un claquement de doigts pour la guérir ?

Mrs Hough m'adressa un regard apeuré pardessus son épaule avant de sortir sous la pluie.

Après son départ, je me recouchai, épuisée et agitée à la fois. Délivrer un verdict aussi sombre à cette mère désespérée ne m'avait procuré aucun plaisir, de même que ma quasi-certitude que la malheureuse enfant allait mourir. Hélas, ma magie n'était pas sans un prix à payer et certains équilibres à tenir.

CHAPITRE 8
AUGUSTA

Les mains de Chris pesaient sur les épaules d'Augusta, dans la pénombre.

— Où allons-nous ? demanda-t-elle pour la centième fois.

Il lui fit descendre l'escalier et sortir sur le trottoir. Ce soir-là, en rentrant, elle avait reçu l'ordre de se bander les yeux car il lui réservait une surprise. Cela ne lui ressemblait pas. Elle avait aussitôt eu des soupçons. Était-ce une plaisanterie de mauvais goût ? Doug s'était-il laissé aller à quelque entreprise de décoration de l'appartement ? Or, elle percevait son exaltation.

— Tu verras, répondit-il.

Ils firent encore quelques pas avant de s'arrêter.

— Tu peux regarder !

La jeune femme ôta son bandeau et cligna les yeux. Ils se tenaient devant chez eux, face à la rue. Rien de particulier, de prime abord :

des voitures garées, deux enfants jouant au ballon, les poubelles prêtes pour le ramassage du lendemain.

— Qu'est-ce que je suis censée regarder ?

— Ça, répondit-il en tendant la main.

Un break vert foncé était garé devant elle.

— Je ne comprends pas.

— C'est une voiture ! Pour toi.

— Tu… tu m'as acheté une voiture ?

Chris ne lui achetait jamais rien. Du moins il n'était pas homme à faire de tels gestes. Au début de leur relation, il lui avait offert un bouquet de fleurs, deux ou trois fois. Ils échangeaient parfois de petits présents à Noël, mais rien de très coûteux. Elle n'en revenait pas. Il lui avait acheté une voiture ! Certes, elle était un peu cabossée et devait avoir plus de dix ans, mais c'était une voiture. Elle n'aurait plus à prendre le bus aux aurores pour aller travailler et ne dépendrait plus d'autrui pour ses déplacements. Des larmes lui montèrent aux yeux.

— Elle te plaît ? s'enquit Chris, plein d'appréhension. Elle n'est pas flambant neuve ni très sophistiquée, mais elle t'évitera de prendre le bus. Elle est payée. Tu n'as qu'à souscrire une assurance et faire le plein.

Ses doutes sur son couple s'évaporèrent. Il était maladroit quand il s'agissait d'exprimer ses sentiments, mais il venait de le faire et c'était l'essentiel.

Le lendemain, Augusta se réveilla l'esprit léger, pleine d'optimisme. Le soleil brillant dans un ciel limpide annonçait une belle journée d'automne.

— On devrait sortir, aujourd'hui, suggéra-t-elle à Chris lors du petit déjeuner. J'ai envie d'essayer ma nouvelle voiture. Et si on allait cueillir des pommes ou voir le champ de citrouilles de Danvers ? Il y a un petit café sympa un peu plus loin.

Chris leva à peine les yeux de son téléphone.

— Je crois que Doug et Gemma comptaient faire une balade vers les ruines d'un ancien hameau, aux environs de Tynemouth, où il y a un tas de sentiers de randonnée. Ça pourrait être amusant, non ? De plus, un peu d'exercice ne nous fera pas de mal.

Il leva enfin les yeux et tapota son ventre plat.

Augusta n'était guère enthousiaste. Elle ne s'entendait pas très bien avec Gemma et appréciait encore moins la randonnée et la nature sauvage. Gemma était allée à l'école avec Doug et travaillait avec Chris, de sorte que, lors de leurs sorties communes, Augusta se sentait un peu exclue de leurs conversations. Hélas, si elle refusait cette proposition, Chris irait sans elle et, à leur retour, elle aurait une fois de plus l'impression d'être la cinquième roue du carrosse.

Elle se retrouva donc au volant, à rouler en direction de Tynemouth en ce samedi, Chris à côté d'elle et Gemma et Doug à l'arrière.

Elle gara sa voiture sur une aire en graviers où se trouvaient déjà plusieurs autres véhicules. Des promeneurs de chiens étaient réunis à l'extrémité du sentier. Un couple portant un kayak se dirigeait vers un portage de canoë indiqué par une pancarte. En sortant du break, Gemma s'étira, révélant son ventre pâle sous son petit haut court. Brune et élancée, elle avait un corps sculptural. Tout le contraire d'Augusta... Plus d'une fois, Chris avait rappelé à Augusta que l'envie était un vilain défaut. Mais comment ne pas être jalouse ? D'autant plus que Gemma et Chris passaient beaucoup de temps ensemble au travail.

Doug glissa le bas de son pantalon dans ses chaussettes. Pourtant, Chris lui avait assuré qu'il était trop tard dans l'année pour croiser des tiques. Augusta balaya le paysage du regard. Dieu merci, le terrain était relativement plat quoique rocheux, comme souvent en Nouvelle-Angleterre.

Chris perçut le soulagement de la jeune femme et lui tapota l'épaule.

— Tu verras, ce sera une vraie promenade de santé.

Ravalant un commentaire, elle renoua ses lacets. Le petit groupe se mit en route. Doug et Gemma bavardaient et riaient de bon cœur tandis que Chris restait en retrait avec Augusta.

Ils furent enveloppés par le bruissement des branches, le chant des oiseaux et les sautillements des écureuils. Outre quelques fondations en pierre envahies par la végétation, rien ne suggérait qu'un hameau prospérait autrefois en ce lieu. Le sentier était jalonné de panneaux de bois fournissant quelques précisions sur les ruines. Malgré la fraîcheur ambiante, Augusta sentit la transpiration perler dans son dos au bout d'une demi-heure de marche. Les muscles de ses jambes la brûlaient. Quel plaisir les gens trouvaient-ils donc à se torturer eux-mêmes ? La nature était bien plus belle depuis une couverture, lors d'un pique-nique, ou sur une terrasse, une boisson fraîche à la main.

Chris avait fini par rattraper Doug et elle entendait le trio bavarder, au-devant d'elle. En restant à l'écart, elle n'était pas gênée de ne rien comprendre à leurs histoires de jeux vidéo ou d'informatique.

Elle venait de perdre de vue le legging rose vif de Gemma quand elle fut prise d'un besoin naturel. S'il y avait une chose qu'elle détestait encore plus que marcher dans la nature, c'était soulager sa vessie dans la nature. Elle appela les autres pour leur demander de l'attendre, mais ils ne l'entendirent pas. N'ayant aucune envie de leur courir après, elle quitta le sentier en quête d'un coin tranquille.

Une fois soulagée, Augusta scruta les sous-bois. Au-dessus de sa tête, une soudaine bourrasque fit danser la canopée. La jeune femme souleva sa queue-de-cheval pour savourer cette vague de fraîcheur sur sa nuque et ce moment de répit. En se relevant, elle se rendit compte qu'elle ignorait dans quelle direction repartir. Sa pudeur l'avait incitée à s'enfoncer dans les bois au point de perdre tout repère. Elle était séparée du reste du groupe depuis plusieurs minutes. Chris était-il au moins conscient qu'elle n'était plus avec eux ? Elle consulta son téléphone. Pas de message… mais pas de réseau, non plus.

Il faisait grand jour et un chien aboyait au loin, mais Augusta était au bord de la panique. Et si elle se trompait de chemin et se perdait ? Et si elle errait encore dans les bois à la nuit tombée ? Elle redoutait aussi de pénétrer une propriété privée et de se faire tirer dessus… Voilà pourquoi on ne s'aventurait pas dans la forêt quand on était sain d'esprit ! Chris et elle auraient mieux fait d'aller cueillir des pommes et boire un verre de cidre artisanal lors d'un pique-nique.

Un gros nuage masqua le soleil. Augusta réprima un frisson. Sans le bruit lointain de la circulation, elle se serait crue seule au monde… sauf qu'elle avait la sensation terrible de ne pas être seule, dans cette forêt dense, loin de là. Elle ressentait des picotements sur sa nuque. Au lieu de se sentir observée, c'était elle qui avait l'impression d'être une intruse. L'air ambiant semblait peuplé d'un millier d'esprits groupés autour d'elle pour l'informer qu'elle se trouvait en un lieu sacré. Pourquoi cet endroit, et Tynemouth en général, lui parlaient-ils autant ?

Il suffit d'une nouvelle bourrasque pour qu'elle détale en espérant être partie dans la bonne direction. Tous ces arbres et roches sinistres se ressemblaient au point qu'elle en eut le tournis. Enfin, la forêt se clairsema et le soleil filtra entre les nuages. Des tas de pierres lui indiquèrent qu'elle était de retour près des ruines. Pour ne pas prendre le risque de tourner en rond ou se perdre à nouveau, elle s'assit, le cœur battant à tout rompre, et patienta. Chris et les autres se rendraient vite compte de son absence, si ce n'était déjà fait, et se lanceraient à sa recherche. En attendant, elle se reposerait le temps de calmer les battements effrénés de son cœur. Elle ferma les yeux pour se laisser envelopper par les sons et les sensations de la nature. L'atmosphère inquiétante s'était évaporée pour faire place à une vague de sérénité. Au-dessus de sa tête, les chants d'oiseaux se croisaient tels des câbles téléphoniques. Plusieurs senteurs s'élevèrent, odeurs de terre et de feuilles mortes, de pierre chauffée par le soleil.

Un bruit de pas et de conversations la fit émerger de sa rêverie. Une ombre passa derrière ses paupières baissées. En rouvrant les yeux, elle vit Chris, Gemma et Doug autour d'elle, l'air inquiet. Combien de temps avait-elle dormi ? Comment se faisait-il que ces bois lui aient semblé à ce point rassurants ?

— Regardez la reine des bois, railla Chris en l'aidant à se lever. On se demandait où tu étais passée.

Pas au point de partir à sa recherche, apparemment...

— Je me suis éloignée pour satisfaire un besoin naturel et je me suis perdue, expliqua-t-elle en époussetant son pantalon. Vous n'avez pas remarqué que je n'étais plus là ?

Gemma repoussa ses cheveux en arrière et posa sur Augusta un regard teinté de mépris.

— Tu es à deux minutes du parking, commenta-t-elle en désignant le toit de quelques véhicules, au loin.

D'ordinaire, face à l'attitude de Gemma, Augusta se serait justifiée en marmonnant quelques mots mais, après cette expérience un peu irréelle, ce moment de panique et son état de méditation, elle n'avait aucune envie de gaspiller son énergie. Dès le départ, cette promenade dans les bois ne lui disait rien qui vaille. Et pourtant, en reprenant le volant, elle regrettait de quitter les bois et le vent secret qui y soufflait. C'était inexplicable.

Ne croyez pas que, parce que je n'ai pas d'existence corporelle, je sois totalement déconnectée de ce qui se passe dans le présent.

Si tu as déjà hâté le pas pour rentrer chez toi à l'approche d'un orage, tu sais que cette énergie vibrante est aussi réelle que l'éclair qui suit.

Étant liée à ma maison, je ne peux voir que ce qui transpire à l'intérieur. Je sais néanmoins qu'elle est allée dans les bois, qu'elle a foulé le sol rocailleux, là où se dressait autrefois ma cabane secrète. Ne me demandez pas comment je le sais. C'est le même instinct qui invite les oiseaux à voler vers le sud ou le renard à capter une odeur dans le vent. Comme j'envie sa liberté d'aller et venir à sa guise ! De s'asseoir parmi les pierres et les troncs couverts de mousse ! Et je suis heureuse qu'elle ressente l'appel car j'ai d'autres choses à lui montrer. Tant d'autres choses...

La semaine suivante, Augusta désactiva le système d'alarme avant d'entrer par la porte de service de Harlowe House. Au bout de presque un mois, elle était plus à l'aise. Bien qu'elle n'ait plus besoin de se lever aux aurores pour prendre le bus, elle aimait arriver de bonne heure pour avoir la maison pour elle seule pendant un moment. Dans la bâtisse silencieuse, elle pouvait écouter sa musique en travaillant.

Une fois installée à son bureau, elle sortit le classeur de la collection Harlowe. Son collègue de l'événementiel de Boston devait passer dans la journée et Jill l'avait informée qu'il voudrait des pièces pour leur exposition d'été.

Augusta feuilleta le catalogue en buvant du thé. Seuls les sons familiers de la maison rompaient le silence. Elle ne décela qu'un seul intrus. Elle leva la tête pour tenter de l'identifier. Le ronronnement du purificateur d'air, le bruit étouffé de la circulation... des pas, à l'étage inférieur. Ce ne pouvait être Jill ou Reggie car le capteur de la porte n'avait pas fonctionné. Ce n'était pas non plus le collègue de Boston car, d'après Jill, il n'avait pas le code et en aurait eu besoin pour entrer, de même que les guides. De toute façon, la maison n'organisait aucune visite ce jour-là. Si quelqu'un était entré par effraction, l'alarme aurait retenti. Soudain pleine d'angoisse, Augusta tendit la main vers son téléphone.

D'instinct, elle eut envie de se figer et ne faire aucun bruit, mais elle était responsable de la maison. Que faire si elle se trouvait face à un meurtrier armé d'une hache ? Il faudrait bien faire quelque chose, non ? Aussi discrètement que le lui permettait le vieux parquet, elle se dirigea vers la porte du bureau et dressa l'oreille.

Rien.

S'il y avait quelqu'un, cette personne l'avait peut-être entendue. Elle songea aux paroles de Reggie sur les craquements et grincements d'une vieille demeure. Cependant, ces pas étaient incongrus par leur bruit délibéré.

Alors qu'elle allait appeler Jill, le capteur de la porte réagit et Jill apparut. Son téléphone à l'oreille, elle posa son sac dans la cuisine. Poussant un long soupir de soulagement, Augusta prit sa tasse et alla l'accueillir.

En la voyant, Jill lui fit signe que sa conversation téléphonique serait brève. Dès qu'elle eut raccroché, elle s'excusa d'un sourire.

— Désolée... Notre chaudière nous a lâchés hier soir et je cherche un chauffagiste. Tu vas bien ? Tu as une petite mine...

— Oui, ça va...

Au moment de lui parler du bruit de pas, elle se ravisa. Avait-elle vraiment entendu quelque chose ? Jill avait bien évoqué un fantôme, mais Augusta était persuadée que c'était une façon pittoresque d'expliquer des phénomènes fréquents dans les vieilles bâtisses. Ce devait être la charpente ou encore une hallucination semblable à celle qu'elle avait eu lors de son premier jour de travail.

— Je ne suis couchée un peu tard, voilà tout.

Jill semblait sceptique, mais elle n'eut pas le temps d'exprimer ses doutes.

— Des donuts, les filles ? proposa Reggie.

Il souleva le couvercle d'une boîte pour révéler une sélection de beignets plus appétissants les uns que les autres.

Jill opta pour un glaçage au chocolat.

— Pourquoi tu me fais ça, Reggie ?

Il sourit et tendit la boîte à Augusta, qui se força à refuser.

— Non merci. Je n'ai pas faim.

— Cela en fera davantage pour moi, répondit-il en en prenant deux. Si vous avez besoin de quelque chose, les filles, je suis derrière.

Augusta regagna son bureau en ignorant son estomac qui gargouillait. De l'autre côté du couloir, elle entendait le son rassurant de la musique classique qu'écoutait Jill à son poste. Soudain, un message de Chris s'afficha sur l'écran de son téléphone. Que voulait-elle manger pour dîner ? Depuis l'achat de la voiture, quelques semaines plus tôt, leurs rapports s'étaient améliorés. Et pourtant, Augusta était anxieuse, agitée. Sans doute son nouveau travail, ses horaires... Elle n'osait aller trop loin dans sa réflexion de peur de découvrir un problème de couple important, auquel cas elle ne saurait quelle attitude adopter.

Elle ouvrit le catalogue des collections de bijoux et se plongea dans les photographies de pierres précieuses, de broches en or et autres trésors. Jill l'avait informée que le thème de la prochaine exposition serait « parures et atours en bord de mer ». Augusta avait déjà repéré cinq pièces qui compléteraient parfaitement les œuvres présentées par les artistes locaux.

Concentrée sur son travail, elle n'entendit pas Jill éteindre sa musique.

— Augusta, fit-elle, sur le seuil de son bureau, désolée de t'interrompre. Je peux te parler ?

— Bien sûr.

Elle marqua la page de son catalogue et, en levant les yeux, se rendit compte que sa collègue n'était pas seule.

— Voici Leo, dit Jill en désignant un homme châtain d'une trentaine d'années. Il s'occupe de la communication et des divers programmes de sensibilisation.

Leo semblait être un homme bien sous tous rapports, décontracté et souriant. Augusta se leva pour lui serrer la main.

— Enchantée, Leo.

Il était plutôt mignon…

— De même.

Sa poigne était ferme et son sourire chaleureux.

— Je sais que Jill est ravie de ta présence, ajouta-t-il.

Au moment où Augusta allait lui répondre, le téléphone de Jill se mit à sonner.

— C'est le chauffagiste qui me rappelle ! Commencez sans moi, tous les deux. Allô ?

Sur ces mots, elle s'éloigna. Augusta se trouva mal à l'aise, dans son bureau avec un inconnu. Leo ne parut pas s'en rendre compte.

— Et si on descendait dans la salle de bal ? On aurait plus de place.

— Je prends mon calepin, répondit-elle.

Elle profita de l'occasion pour se ressaisir et suivit son collègue. Elle se sentait un peu coupable de contempler les manches relevées de sa chemise noire qui mettaient en valeur ses bras musclés. Elle se sentait aussi un peu coupable d'être seule avec un homme séduisant, comme si Chris allait l'apprendre et l'interroger sur les moindres aspects de leur interaction. C'était stupide. Elle était une adulte qui ne faisait que son travail, rien de plus. Elle avait déjà croisé des personnes séduisantes. *Reste professionnelle, Augusta. Et tu n'es pas célibataire.*

La salle de bal était entre deux expositions. Jill et Sharon avaient installé des photos et effectué des essais de peinture et de scénographie. Apparemment, Leo s'était déjà mis à l'œuvre avant de monter saluer la jeune femme, car son ordinateur était posé à terre, à côté de plusieurs piles de livres et dossiers.

— Attends, fit-il avant d'aller chercher une chaise pliante dans un coin de la pièce.

— Merci.

Augusta s'installa pendant que Leo approchait un tabouret. Le parfum de son collègue lui parvint.

— Alors ? Tu te plais à Harlowe House, jusqu'à présent ? lui demanda-t-il avec son sourire désarmant.

— Beaucoup ! avoua-t-elle, un peu troublée par sa proximité. Tout le monde est très gentil et la maison est incroyable.

— N'est-ce pas ? Le bureau de Boston est sympa mais j'aime beaucoup venir ici. J'ai l'impression de voyager dans le temps.

Leo était de ces hommes auprès de qui on a l'impression d'être le centre de l'univers. Son regard franc ne quittait jamais son visage et il inclinait la tête comme pour lui accorder son attention. Pourquoi Augusta cherchait-elle soudain ses mots ? Elle se sentait à nouveau une adolescente gauche qui rougissait face à un garçon populaire.

— Bon, qu'est-ce que tu as à me proposer ?

— Jill m'a parlé d'un thème lié aux parures. J'ai cherché ce que les habitants de Harlowe House auraient pu arborer, mais aussi les habitants de la ville ne faisant pas partie des notables.

Elle sortit de son classeur la liste qu'elle avait dressée. Leo examina les fiches des pièces concernées en hochant la tête, puis il afficha un large sourire.

— C'est parfait. Tu as bien fait de sortir un peu du cadre des bijoux et accessoires classiques.

Elle soupira de soulagement. Toute sa sélection ne serait pas intégrée au projet, mais elle était fière de son travail. Plus son enthousiasme grandissait, plus elle se détendait.

— Jill m'a dit qu'une domestique irlandaise travaillait ici dans les années 1870 ou 1880. Tu crois que l'on pourrait trouver une pièce lui ayant appartenu ? Il serait bien de représenter aussi certains immigrés.

Leo hocha la tête en tapotant le clavier de son ordinateur.

— Absolument. Je ne sais pas s'il y a certaines de ses affaires ici. C'est surtout le domaine de Jill ou Sharon. L'idée des immigrés me plaît, cependant. Cela vaut la peine de se renseigner.

Des idées plein la tête, Augusta griffonna quelques notes. Leo étant tout aussi absorbé par son écran, la jeune femme en profita pour l'observer à loisir. Si ses traits étaient doux, elle décela une forme de dureté, de réserve au coin de ses yeux gris. Sous ce côté gendre idéal, il y avait autre chose, mais elle n'était pas en droit d'approfondir son examen.

Au bout de quelques instants de travail en silence, Leo se redressa soudain et passa une main dans ses cheveux.

— Oh non, maugréa-t-il en s'écharnant sur son clavier. Et m…

Il ravala de justesse un juron.

— Quoi ? fit Augusta.

— Désolé, bredouilla-t-il en levant furtivement les yeux vers elle, sans cesser de pianoter. Cet ordinateur me rend dingue. Il vient de buguer et je crois avoir perdu mes notes.

— Je peux voir ? fit la jeune femme sans réfléchir.

Il parut sceptique, mais se leva et lui remit l'appareil.

— Je t'en prie.

Augusta redémarra l'ordinateur.

— Tu peux taper ton mot de passe ?

Leo se pencha au-dessus de son épaule, si proche qu'il effleura son bras de sa manche. La jeune femme fut parcourue d'une onde de chaleur troublante. Elle se détourna discrètement pour ne pas voir son code.

Ensuite, elle parcourut vivement ses derniers documents.

— Tes fichiers ne sont pas perdus, annonça-t-elle, aussi rassurée que s'il s'était agi des siens. Il suffit de les récupérer et de les sauvegarder en tant que nouveaux documents.

Son collègue ne masqua pas son admiration.

— Tu me sauves la vie ! Merci.

La manœuvre n'était pourtant pas compliquée. Comment se faisait-il qu'il en soit incapable ? Elle n'en était pas moins satisfaite d'elle-même ; Chris et Doug lui avaient au moins appris tout ce qu'elle avait besoin de savoir en informatique.

— Ce n'est rien. Je peux te monter quoi faire si cela se reproduit.

Se sentant rougir, elle décida de détourner la conversation :

— Tu travailles pour Harlowe depuis combien de temps ?

— Environ quatre ans. J'ai commencé dans le domaine de la pédagogie, puis ils ont fusionné ce service avec la communication, il y a deux ans. Et toi ? Tu viens d'où ?

Elle lui parla de son poste précédent, de ses contraintes et ses limites, avant d'évoquer son ambition de devenir conservatrice d'une maison-musée, un jour. Avec Leo, elle se sentait à l'aise de parler librement, si bien qu'ils ne virent pas le temps passer.

Tandis qu'ils rangeaient leurs affaires, Augusta reçut un texto de Jill l'informant qu'elle ne rentrerait pas de la journée et la priant de lui transmettre les notes que Leo et elle avaient prises.

— Dis-moi, fit Leo en rangeant son ordinateur dans son sac à dos, je ne connais pas tes horaires, mais on pourrait prendre un café ensemble, dans la semaine, qu'est-ce que tu en penses ? Afin de discuter de l'expo. Je te raconterai toutes les histoires scabreuses sur Harlowe que Jill et Sharon te cachent.

Augusta se figea. Était-ce un rendez-vous galant ? Devait-elle lui dire qu'elle était en couple ? Mais non ! Il voulait simplement boire un café avec elle pendant les heures de travail pour parler boulot. Que raconterait-elle à Chris pour se justifier ? Elle détestait mentir par omission, mais il n'apprécierait pas qu'elle accepte l'invitation.

— Je ne voulais pas te mettre dans l'embarras, déclara-t-il vivement.

— Non, non, assura-t-elle. C'est d'accord.

— Tant mieux, répondit-il en soutenant son regard. J'ai hâte.

Lorsqu'elle referma la porte derrière lui, elle ne put s'empêcher de penser qu'elle aurait dû lui parler de Chris. Ce n'était pas grave, mais pourquoi, dans ce cas, avait-elle l'impression de lui cacher quelque chose ?

CHAPITRE 9
MARGARET

C'est un navire qui sillonne les mers
Il est plein à craquer
Mais ce n'est rien face à mon amour
Et je joue mon cœur à quitte ou double.

There Is a Ship,
chanson traditionnelle.

À Tynemouth, une seule personne à part moi connaissait et comprenait mon art. Par un beau matin d'été, c'est chez elle que je me rendis avec un panier plein de plantes et de remèdes. Phebe vivait en lisière de la ville, dans un petit cottage, et gagnait sa vie en réparant les filets des pêcheurs. Les gens lui laissaient souvent de la nourriture ou des fournitures car elle avait, disait-on, le don d'éloigner les tempêtes en mer. Naturellement, elle n'avait pas plus de don que moi, mais elle appréciait cette réputation. J'allais chez elle au moins une fois par mois pour lui porter des plantes en échange de sa compagnie et de ses histoires.

Des bigorneaux et oursins plats attachés à une ficelle, sous le porche, tintaient au gré du vent. Mes bottes foulèrent les coquilles d'huîtres broyées qui constituaient l'allée menant à la maison. Phebe m'accueillit d'un grommellement et leva à peine les yeux de son travail. Elle épongea d'un mouchoir son front moite et hâlé.

— Pose donc ce panier et donne-moi un coup de main pour les filets, dit-elle. Il va pleuvoir et ils vont s'emmêler si je les laisse dehors.

Malgré l'absence de nuages dans le ciel, je lui obéis et la suivis à l'intérieur. Entourées de filets, nous travaillâmes en silence. Elle avait le geste sûr et vif. Sa petite navette en acajou s'insinuait entre les mailles dix fois plus vite que la mienne, car j'étais maladroite. Quand elle eut terminé, elle s'essuya les mains sur son tablier rapiécé et examina notre œuvre avant de se tourner vers moi :

— Qu'est-ce que tu m'as apporté ?

Je lui tendis les bouquets d'herbes qu'elle observa d'un œil attentif. Avec un hochement de tête approbateur, elle me fit signe de préparer du thé et s'assit dans l'unique fauteuil de la pièce.

— J'ai mal au dos, aujourd'hui, se plaignit-elle. C'est signe de pluie.

À peine avais-je servi le thé que les premières gouttes commencèrent à tomber.

— Il y a un bal dans la salle communale, la semaine prochaine, pour célébrer l'arrivée d'un navire norvégien. On devrait passer du bon temps, surtout si Mr Brody prend son violon… Tu seras de la partie ? me demanda-t-elle.

— Bien sûr que non.

Je m'étonnais même qu'elle me posât la question.

Elle haussa les épaules, comme si elle n'en avait que faire, mais ses lèvres pincées affirmaient le contraire.

— Je me disais que tu serais peut-être intéressée. Il y aura de beaux garçons. Des grands blonds comme les Vikings d'autrefois.

Je n'en revenais pas. Je connaissais Phebe depuis dix ans et c'était la première fois qu'elle évoquait un bal ou les hommes sans mépris ni amertume.

— Qu'est-ce qui te fait croire que je m'intéresse aux garçons ?

— J'entends ce qui se raconte, répondit-elle sans me regarder. Sur un certain jeune homme qui retrouve une certaine jeune fille dans les bois, la nuit, pour faire l'amour.

Phebe n'ignorait rien de ce qui se déroulait à Tynemouth. Cependant, apprendre que des ragots sur Jack et moi circulaient en ville me fit l'effet d'une douche froide.

— C'est un beau jeune homme, ajouta-t-elle d'un ton enjoué.

Je ne mordis pas à l'hameçon.

— Il a brisé bien des cœurs. Pas mal de filles ont regretté d'avoir cédé trop vite à ses belles paroles.

Cette fois, elle allait trop loin. Je posai ma tasse et regardai mon amie droit dans les yeux.

— Phebe, qu'est-ce que tu cherches à me dire ?

Nous avions conclu un accord tacite pour ne jamais interroger l'autre sur nos activités aussi étranges soient-elles.

— Quel âge as-tu, à présent, Margaret ?

— Dix-neuf ans, répondis-je, méfiante.

— Tu ressembles à ta maman au même âge.

Je me figeai au moment de boire une gorgée de thé.

— Tu connais ma mère ?

Elles étaient mal assorties, d'autant que ma mère ne cessait de me seriner que je ne devais pas fréquenter Phebe Hall.

— Oh, je l'ai connue, oui. Je lui ai promis de te parler d'elle quand tu serais en âge de l'entendre.

— Pour me dire quoi ?

Je n'avais jamais vu Phebe chercher ses mots, mais elle parut hésiter en rivant ses petits yeux noirs sur moi.

— Ils ne t'ont toujours rien dit ? s'étonna-t-elle.

— Me dire quoi ? m'impatientai-je, exaspérée.

— Mon enfant, s'ils ne t'ont rien dit, ce n'est pas à moi de le faire, mais demande-leur plutôt d'où tu viens. Il n'est pas bon qu'ils te laissent aussi longtemps dans l'ignorance.

— Comment cela, d'où je viens ?

— Demande à ta mère, répéta-t-elle en secouant la tête.

Je brûlais de curiosité mais il ne servait à rien d'insister. Peut-être confondait-elle ma mère avec une autre... mais elle avait l'esprit trop vif. Chacune se plongea dans ses pensées en finissant son thé.

— La prochaine fois, apporte-moi de la racine de gingembre et je te préparerai un gâteau dont tu me diras des nouvelles. Et n'oublie pas de parler à ta mère. Il faut que tu saches la vérité.

À mon retour, ce soir-là, Clarence et Lizzie étaient restés pour le souper, de sorte que je ne pus interroger ma mère sur les propos cryptiques de Phebe. Je n'y pensais guère car j'avais autre chose à l'esprit, une chevelure brune et des lèvres sensuelles. J'étais folle de désir et je comptais les minutes qui me séparaient du coucher du soleil.

Jack et moi ne nous étions vus que quelques fois depuis notre conversation au magasin, mais je sentais son regard perçant qui me cherchait et me donnait des frissons. Une douce chaleur naissait alors entre mes cuisses. Je passais mon chemin comme s'il n'était qu'un parfait étranger indigne de mon attention. Je savourais chaque seconde de ce petit jeu.

Je voulais un enfant, certes, mais je voulais une conquête.

Quand mes parents se furent retirés, je sortis dans la nuit fraîche, portant un panier. Cueilli à la pleine lune, l'orpin rosat est une plante particulièrement puissante et j'en avais besoin pour un philtre. Ce n'était toutefois pas l'unique raison de mon déplacement. Une brise salée m'enveloppa, portant un bruit de pas. Je souris : il arrivait.

À peine m'étais-je retournée que ses mains se posèrent sur ma taille et sa bouche dans mon cou.

— J'ai besoin de toi, souffla-t-il, pantelant.

Lorsqu'il me plaqua contre un tronc d'arbre, je lâchai mon panier. Mes plantes odorantes se répandirent sur le sol.

— Je ne veux plus te voir passer dans la rue sans connaître la saveur de tes lèvres, la forme de tes jambes, sous tes jupons. Tu me tortures et je ne t'en désire que davantage.

Cette fois les convenances furent jetées aux orties car je n'avais pas la patience de jouer les jeunes filles sages plus longtemps. Je brûlais de sentir ses mains sur moi, son corps contre le mien.

— Dis-le moi. Dis-moi ce que tu veux de moi…

— Je veux ton cœur, petite sorcière, murmura-t-il dans mes cheveux tandis que je dégrafais son pantalon. Je veux ton âme et, surtout, je veux ton corps.

— Ils sont à toi.

Je me gardai d'ajouter que, si j'étais à lui, il m'appartenait tout autant.

J'avais beau désirer ardemment un enfant, je dois admettre que, tandis qu'il me faisait sienne contre un arbre, je ne songeais guère à la conception. Ce que je voulais, en cet instant, c'était le sentir en moi, connaître l'extase avant de m'écrouler dans les bras de mon amant. Et s'il m'en restait un enfant, à la bonne heure.

Ensuite, je m'alanguis dans ses bras sur le sol de la forêt, dans le bruissement des feuilles, au-dessus de nous. Il avait glissé les doigts dans mes cheveux. Je n'étais pas assez naïve pour croire que Jack respecterait une seule de ses belles paroles prononcées dans le feu de la passion. Grâce à mes trois frères, je savais que les hommes étaient ainsi. Aussi fus-je surprise quand il roula vers moi et se dressa sur un avant-bras.

— Quand pourrai-je te revoir ?

Chapitre 10
Augusta

Augusta était d'humeur irritable. Ce matin-là, Chris et elle s'étaient querellés pour une broutille (il ne cessait de placer la vaisselle sale dans l'évier au lieu de remplir le lave-vaisselle, qui était vide !) et elle pensait qu'ils s'étaient rabibochés. Lorsqu'elle avait voulu l'embrasser au moment de partir, il avait eu un mouvement de recul. Cette journée débutait sous les pires auspices.

Après s'être servi un troisième café à la cuisine, elle regagna son bureau, déterminée à avancer sur son projet d'exposition. Si Chris préférait ignorer ses textos, tant pis pour lui. Elle ne se laisserait pas démoraliser.

Elle avait très envie d'organiser sa propre exposition, mais quel thème choisir ? Elle n'en avait aucune idée. Jill avait évoqué une collection de céramiques, un point de départ potentiel. Cependant, pour une fois, Augusta ne voulait pas se perdre dans une collection poussiéreuse. Harlowe House était si dynamique qu'elle tenait à intégrer des voix que l'on n'entendait pas ailleurs et qui animeraient davantage l'histoire de la maison. Alors qu'elle tendait la main pour allumer son ordinateur, elle remarqua le dossier concernant la famille Harlowe, ouvert à la page de l'arbre généalogique.

Le nom de Margaret Harlowe capta son regard. Quel dommage que, dans une fratrie de garçons, il n'y ait aucune information sur la seule fille de cette génération. Si le portrait de cette femme au regard franc était bien celui de Margaret, ce devait être une jeune femme raffinée et pleine de vie. Comment ce superbe portrait pouvait-il exister sans qu'on sache quoi que ce soit sur la personne qu'il représentait ? Augusta comprit soudain à qui elle voulait consacrer son exposition. Lors du déjeuner, elle aborda le sujet avec Jill.

— On aimerait beaucoup en savoir davantage sur Margaret, déclara Jill en plaçant son assiette dans le four à micro-ondes. On ne sait pratiquement rien, en réalité. Cette exposition est une excellente idée mais, hélas, je doute qu'il y ait suffisamment de contenu. Notre archiviste a cherché partout sans rien trouver de plus que quelques indices sur Margaret. Et encore, ils ne mènent à rien.

Le cœur d'Augusta se serra. Ce personnage mystérieux hantait son imagination. Comment déambuler dans cette maison et veiller sur la collection sans savoir si cette femme avait parcouru les mêmes couloirs, touchés les mêmes objets ?

Perdue dans ses pensées, elle porta sa tasse à ses lèvres.

— Élargissons le sujet aux femmes de Tynemouth au XIXe siècle.

En menant des recherches, elle dénicherait peut-être quelque chose sur Margaret.

— Vois si tu peux resserrer un peu. Leo aura peut-être du contenu à nous proposer. Envoie-lui un mail. Je crois qu'il a déjà travaillé avec notre archiviste sur un programme sur les femmes dans l'Art.

Augusta et Leo avaient prévu de prendre un café le lendemain. Elle en profiterait pour lui poser la question. Elle promit à Jill d'y réfléchir, mais elle savait déjà que, quel que soit le thème de l'exposition, elle chercherait la moindre mention de Margaret.

Après le déjeuner, Augusta regagna son bureau et se mit à feuilleter un ouvrage laissé par Jill, en quête d'inspiration. Combien d'autres femmes avaient été exclues de l'histoire de Tynemouth, de cette maison ? Des femmes dont le nom n'apparaissait même pas dans un arbre généalogique ou un recensement. Au moins, Margaret avait laissé des traces de son existence, même s'il ne s'agissait que d'hypothèses. Les domestiques, les esclaves et bien d'autres étaient totalement oubliées. Augusta sombra soudain dans la mélancolie : laisserait-elle un héritage ou bien serait-elle oubliée, elle aussi ?

— Je vais chercher un muffin et un café, déclara Jill en passant la tête dans le bureau. Tu veux quelque chose ?

Pour tout déjeuner, Augusta n'avait avalé qu'un yaourt et la faim lui tenaillait l'estomac.

— Non, merci, répondit-elle machinalement.

Jill hésita, comme si elle voulait ajouter quelque chose, puis elle tourna les talons.

Le mardi était un jour calme à Harlowe House car la maison était fermée au public. Outre Jill et parfois Sharon et Reggie, Augusta travaillait seule. Depuis son premier jour, elle n'avait pas eu d'autres hallucinations ou malaises inexpliqués. Parfois, cependant, elle avait la chair de poule en entendant certains sons. Pourtant, elle avait l'habitude de travailler dans une vieille bâtisse et elle n'avait jamais eu peur ou cru aux histoires de fantômes qui les hantaient. Seule dans son bureau, à feuilleter divers ouvrages, elle se sentait oppressée. Soudain, elle ressentit des picotements sur sa nuque et se figea. Elle n'était pas seule.

En entendant un bruit de pas, à l'étage inférieur, elle se leva lentement. Jill était-elle déjà de retour ? L'autre matin, n'avait-elle pas eu la même impression alors qu'il n'y avait personne ?

Dès qu'elle sortit dans le hall, elle ressentit un grand froid et sa vision se troubla. Comme le premier jour, elle se retrouva dans un environnement inconnu. Les appliques électriques firent place à des lampes à pétrole et les fleurs du papier peint se muèrent en un motif plus sombre et géométrique. Le malaise s'installa. *Oh non, encore...*

Quand elle était plus jeune, elle avait un livre sur les fantômes et les phénomènes inexpliqués. S'il s'agissait majoritairement de légendes inventées de toutes pièces, quelques exemples étaient gravés dans sa mémoire. En cet instant, elle repensa à deux femmes visitant une vieille demeure anglaise, dans les années 1980, et qui avaient partagé le même genre de vision paranormale. Chacune avait vu des personnes en tenue victorienne et, pensant assister à quelque reconstitution historique, avait tenté de parler à certaines d'entre elles, sauf que ces gens ne les voyaient pas, ne les entendaient pas. Par la suite, elles avaient décrit en détail les scènes auxquelles elles avaient assisté, évoquant une serre qui n'existait plus. Un historien avait confirmé la présence d'une telle pièce, autrefois. Augusta était-elle en proie à un tel phénomène ? Qu'est-ce que cela signifiait ? Pour expliquer cette expérience, certaines sceptiques avaient affirmé que ces deux femmes étaient en quête d'attention. Or quel intérêt auraient-elles eu à inventer cette histoire ? Il devait exister dans le monde d'autres témoins ayant vécu la même chose, non ?

Augusta mourait d'envie de tourner les talons pour se réfugier dans son bureau. Mieux encore, de sortir dans la rue et se jeter au cou du premier passant pour s'assurer que le monde moderne était encore là. Mais une force invisible la poussa en avant.

Le cœur battant à tout rompre, elle perçut une qualité de silence différente dans la maison, sans ronronnements d'appareils, sans bruit étouffé de circulation. L'air était plus frais. Un parfum fleuri à la fois nouveau et familier l'enveloppa.

Sans savoir où elle allait, elle se dirigea vers l'arrière de l'escalier, qui n'avait pas changé. Chaque marche craquait au même endroit. Une série de portraits miniatures étaient accrochés au mur. Par les fenêtres, elle vit du linge sécher dans la cour, dans la brise. En contrebas, elle percevait la conversation à voix basse de deux hommes dont elle ne distinguait pas les propos.

Tout était si étrange... Elle avait l'impression d'évoluer dans le rêve de quelqu'un d'autre qui lui était néanmoins familier. Elle ressentit dans son cœur un sentiment proche de la nostalgie. Ou plutôt non, le chagrin d'une perte. Comme après la mort de son père. Pas juste après, quand son monde avait basculé, mais plus tard, quand elle était retournée à l'école et que les cartes de condoléances avaient afflué. Cette douleur sourde et persistante ne la quittait pas. Aussi effrayante qu'ait pu être son hallucination, c'était surtout la solitude qui lui donnait envie de se recroqueviller sur elle-même et de pleurer.

De plus en plus oppressée, elle se rendit dans la cuisine, où les différences étaient les plus manifestes. Pas de micro-ondes, ni de réfrigérateur ou de plan de travail bien éclairé. Une table en bois trônait au milieu de la pièce et un vaisselier présentait des plats et assiettes blancs. Sur le fourneau chauffait une marmite aux effluves appétissants d'herbes aromatiques. En marchant vers la porte, le corps de la jeune femme heurta un obstacle solide de chair et de sang. Elle sursauta et fit un bond en arrière.

Des bras désincarnés la retinrent de tomber.

— Eh bien ! Ça va ?

En une fraction de seconde, la table en bois et la marmite disparurent, les parfums s'évaporèrent et elle revint dans la cuisine moderne pour plonger dans le regard inquiet de Leo.

— Oh la la ! soupira-t-elle, rassurée, en s'appuyant sur ses avant-bras musclés. Tu as vu ça ?

— Quoi ? fit-il en regardant autour de lui, intrigué.

— La cuisine… Elle était différente. Dehors, il y avait des draps qui séchaient et une marmite sur le fourneau à bois…

Leo n'avait manifestement rien vu. Encore une hallucination.

— Je croyais…

Sa voix s'éteignit. Que croyait-elle, au juste ? Si tout était revenu à la normale, elle avait encore le cœur un peu serré. Le klaxon d'une voiture et le bruit d'un marteau-piqueur retentirent au loin.

— J'ai cru entendre quelqu'un, dit-elle d'un ton peu convaincant. Je suis venue voir.

Sous le regard attentif de Leo, elle essaya d'ignorer la chaleur qu'il faisait naître en elle, comme il semblait la soulager de sa solitude. Elle avait envie de se lover contre lui. Gênée, elle recula, au contraire.

— Ce n'est que moi, expliqua-t-il avec un sourire. Jill est là ?

— Elle vient de sortir acheter un café. Comment es-tu entré ?

— J'ai le code. Tu es sûre que ça va ? Tu as l'air un peu secouée…

— Ça va, mentit-elle.

La tête lui tournait et, outre sa peur bleue, elle avait honte que Leo l'ait surprise dans cet état.

— On se voit toujours demain ?

— Demain, bien sûr…

Elle avait l'impression de surgir d'un rêve, d'un état de torpeur. La lumière était trop vive et le bourdonnement de l'électricité trop fort.

— Je remonte dans mon bureau. Si tu as besoin de quoi que ce soit, tu n'as qu'à m'appeler.

Sans attendre de réponse, elle tourna les talons et fila sans demander son reste.

Réfugiée dans son antre, elle entendit Leo se déplacer dans la cuisine, avant de gagner la salle de bal pour travailler.

Elle but une longue gorgée d'eau, puis respira profondément dans l'espoir de se concentrer sur ses recherches. Hélas, pas question de chasser cette hallucination de son esprit. Elle revenait la hanter encore et encore. Tout avait semblé si réel, des jeux de lumières aux effluves de nourriture. Elle n'avait pas simplement vu la maison telle qu'elle devait être cent cinquante ans plus tôt. Elle faisait partie de cet espace. Comment l'expliquer ? Peut-être souffrait-elle de quelque psychose non diagnostiquée qui ne s'était encore jamais manifestée… Et s'il s'agissait d'une tumeur au cerveau ? La perspective d'une maladie mentale était effrayante, mais elle aurait au moins une réalité concrète et scientifique. Quant à l'alternative… Elle n'avait aucune idée de la façon de l'aborder.

Son regard se troubla sur les pages qu'elle était en train de lire. Augusta fronça les sourcils. Le livre posé sur son bureau n'était pas celui qu'elle avait pris sur l'étagère. Il était ouvert sur une page dont elle n'avait aucun souvenir. Elle observa la couverture : un recueil de légendes extraites d'une histoire orale de Tynemouth dans les années 1970. Il s'agissait en l'occurrence d'un entretien avec une octogénaire décédée depuis longtemps.

Elle évoquait son enfance à Tynemouth et les personnes et lieux l'ayant marquée :

On racontait que Harlowe House était hantée. Les enfants se lançaient des défis. Il fallait gravir les marches du porche et frapper à la porte avant de s'enfuir à toutes jambes. C'était avant que la maison ne soit transformée en musée, bien sûr. Elle était alors abandonnée. Ce fantôme s'appelait Margaret Harlowe et apparaissait les nuits de pleine lune. Elle parcourait le parc en quête de son propre corps. Voyez-vous, après sa disparition, on n'a jamais retrouvé sa dépouille.

Augusta retint son souffle, oubliant un instant son hallucination. Margaret Harlowe avait disparu. Ce récit sous-entendait qu'elle était morte. Cela ne prouvait pas son existence, car cette vieille dame ne faisait que relater une légende urbaine, mais le nom de Margaret Harlowe circulait déjà bien avant l'ouverture du musée. Augusta tourna quelques pages, mais il n'était plus question de Harlowe House. Elle fixa le livre, perdue dans ses réflexions. Qu'était-il arrivé à Margaret Harlowe ?

Mes efforts ne sont pas passés inaperçus. Chaque fois qu'elle pense à mon nom, elle découvre un petit bout de moi. Je me renforce. Des fragments de moi réapparaissent, un squelette reprend chair, un bulbe qui meurt en hiver pour repousser l'année suivante.

J'existais, j'existe encore et je réexisterai.

Ce soir-là, Augusta fit signe à Jill et, en sortant, vit Chris garé sur le parking.

— Coucou !

Elle aurait dû se réjouir de le voir, de constater qu'il avait fait l'effort de venir la chercher, or elle regrettait de ne pouvoir rentrer seule, histoire de remettre de l'ordre dans ses pensées au terme de cette journée troublante. Elle afficha un sourire forcé et l'embrassa sur la joue.

— Quoi de neuf ?

— J'étais dans le coin. Et si on dînait quelque part ?

Elle laissa sa voiture à Harlowe House. Ils se rendirent dans une taverne où Augusta lui raconta sa journée en prenant soin d'omettre son hallucination. Il ne l'aurait pas crue et elle ne voulait pas lui donner l'occasion de douter d'elle. Il l'écouta distraitement, en hochant la tête de temps en temps. Elle se rappela pourquoi ils étaient ensemble. Ils étaient compatibles, à l'aise. Peu importait qu'il n'y eût plus de passion. Quelle importance ? Depuis qu'elle travaillait à Harlowe House, une petite flamme s'était allumée en elle. Au plus profond d'elle-même, elle savait que les choses ne seraient plus jamais comme avant.

CHAPITRE 11
MARGARET

Mon grand amour a les cheveux noirs
Son visage est doux et merveilleux
Ses yeux limpides, ses mains puissantes
J'aime tout chez lui.

Black is the Colour,
d'après une chanson
traditionnelle écossaise.

En octobre, mes menstrues cessèrent et mes seins gonflèrent. La seule vue de la nourriture me donnait la nausée. En dépit de mon désir d'enfant, ces changements physiques soudains me terrifiaient. Serais-je encore belle ? Jack me trouverait-il encore désirable ? Reconnaîtrais-je mon reflet dans le miroir l'an prochain ? Si mon corps ne m'appartenait plus, j'aimais avoir un secret. Qui était cet inconnu qui poussait en moi ? M'aimerait-il aussi férocement que je l'aimais déjà ? Serait-il mon allié, mon compagnon, mon plus cher ami ?

Je n'avais pas encore parlé à Jack de cet enfant car les premiers mois n'étaient pas sans danger et je pouvais le perdre à tout moment. Jack et moi avions longuement discuté de notre avenir. Nous nous couchions sur les rochers chauffés par le soleil pour contempler la marée en bâtissant des projets de rêve. Si je me contentais de ces moments de bonheur furtif, je déplorais qu'il hésite encore à être vu en ville en ma compagnie, car il ne voulait toujours pas que ses parents soient informés de notre relation. Il faudrait pourtant bien qu'ils se fassent à l'idée de notre union, un jour, m'expliquait-il. Peu importait que ma famille soit riche et respectée. J'étais différente et je n'étais pas faite pour le mariage.

Par une journée fraîche, en fin d'après-midi, sous les derniers rayons du soleil qui filtraient entre les arbres roux, je laçai mes bottines et sortis par la porte de service. À peine avais-je atteint la grille que j'entendis des pas derrière moi, dans les feuilles mortes. Shadow se mit à grogner. Ses poils se hérissèrent.

— Salut, sœurette !

— Henry… fis-je en grommelant intérieurement, sans me retourner.

— Où vas-tu donc à cette heure-ci ?

— Je vais me promener.

Henry me rattrapa et franchit la grille avant qu'elle ne se referme.

— Toute seule ? Et où est ton prétendant qui est censé vénérer le sol que tu foules ?

Je me moquais que Henry me croie ou non à propos de Jack, mais je ne voulais pas qu'il me prive de nos précieuses entrevues.

— Je vais juste me promener, aujourd'hui. Pas de prétendant.

— Parfait, donc tu ne verras pas d'inconvénient à ce que ton frère qui t'adore t'accompagne ?

Sans même attendre que je lui réponde, il se mit à marcher à mon côté. Fâché, Shadow nous emboîta le pas. Il n'aimait pas Henry.

Mon frère parla de la pluie et du beau temps, des fiançailles de George et de son regret de regagner Boston pour travailler. Le jour tombait et j'allais manquer mon rendez-vous avec Jack. Henry se plaignait que son poste était ennuyeux et qu'il était promis à de grandes choses quand, soudain, je me tournai vers lui :

— Il faut que j'y aille. J'ai promis à Mrs Crenshaw de lui porter des algues pour un cataplasme.

— Il fait presque nuit, objecta Henry, les sourcils froncés.

— La mer descend. Je vais rater la marée basse.

Je lisais l'indécision sur son visage. Je savais qu'il n'avait pas envie de mouiller ses vêtements en grimpant sur les rochers, mais il rechignait à me laisser partir.

— Ne t'en fais pas pour moi, insistai-je avec mon sourire le plus convaincant. Dis à maman que je serai en retard et ne m'attendez pas pour dîner. Je me préparerai une assiette en rentrant.

Quand Henry eut enfin tourné les talons et se fut éloigné sur le chemin, je me hâtai vers les rochers où j'avais donné rendez-vous à Jack.

Il m'attendait les mains dans les poches. Il était tellement beau, cheveux au vent, que j'en eus presque le souffle coupé. Il faisait plus frais et il ne portait qu'un gilet sur sa chemise. Sans doute sentit-il mon regard sur lui car il fit volte-face.

— Voilà ma fleur des champs, dit-il avec un sourire narquois.

Je me jetai dans ses bras, avide de son contact et de la chaleur de son corps contre le mien. Je devais lui parler de l'enfant, je le savais, mais une partie de moi avait peur que cela ne change tout entre nous. C'était un moment si parfait, au milieu du fracas des vagues, dans ses bras, son menton posé sur mes cheveux. Nos cœurs battaient à l'unisson et le vent nous plaquait l'un contre l'autre.

— J'ai quelque chose à te dire, déclarai-je.

Il s'écarta légèrement.

— Quoi ?

Ses yeux bleus étaient si pleins de désir. Jamais une femme n'avait été à ce point adorée, sans doute.

— Rien, répondis-je. Ce n'est rien.

Je l'entraînai dans les bois où il me prit avec autant de passion que la première fois ou les cent autres fois. Ensuite, allongés sur un lit de feuilles mortes, je nous enveloppai dans mon châle. Au-dessus de nous, les branches sombres se détachaient contre un ciel lavande. Je ressentais un tel contentement que je me rendis à peine compte qu'il m'avait parlé.

— Maggie, fit-il, une boucle de mes cheveux enroulée autour de son doigt. J'ai quelque chose à te demander.

Je retins mon souffle. Enfin, il allait me demander en mariage !

Mais ce ne fut pas le cas.

— Ces histoires qui circulent sur toi... c'est... c'est la vérité ? fit-il, gêné.

Je n'eus pas à lui demander à quoi il faisait allusion. Réprimant ma déception, je me dis que je m'y attendais.

— Tu veux savoir si ta « petite sorcière » pratique quelque art occulte, c'est ça ?

J'en lus la confirmation dans son regard.

— Très bien. Donne-moi ta main.

À regret, il se redressa et obéit. C'était une belle main puissante aux doigts élégants. Je traçai d'un index les lignes de ses paumes. Il retint son souffle.

— Ta ligne de cœur est très profonde, déclarai-je. Tu aimes intensément et de tout ton être, mais pas longtemps.

Je croisai son regard. Il affichait une expression indéchiffrable.

— J'espère que tu ne me seras pas infidèle, plaisantai-je.

Soudain, il reprit sa main.

— Je n'aime pas ça, Maggie. Ce ne sont que des bêtises. Tu ne peux voir ça, non ?

— C'est aussi vrai que le sermon d'un pasteur, répondis-je.

Jack s'immobilisa, comme frappé par une idée déplaisante.

— Tu ne... tu ne lis pas dans l'esprit des gens, quand même ?

Amusée par sa réaction, je lui donnai un coup de coude dans les côtes.

— Pourquoi ? Tu as des secrets que tu préfères me cacher ?

— Bien sûr que non, grommela-t-il.

Si seulement j'avais possédé un tel pouvoir, je me serais épargné beaucoup de souffrance.

— Regarde.

S'il ne voulait pas voir la vérité, je pouvais au moins lui montrer un petit tour. Je pris une fleur séchée entre le pouce et l'index, un aster, et récitai les mots que je connaissais si bien. Jack écarquilla les yeux en voyant les feuilles se redresser et les pétales roses retrouver leurs couleurs.

C'était la première fois que je faisais une démonstration de ma magie et j'avais le cœur battant, les mains moites. Il m'était très important que Jack comprenne ce que j'étais, qui j'étais.

— Maggie… souffla-t-il d'une voix rauque. Je ne sais pas si je dois avoir peur mais je suis impressionné. Quelle fille remarquable !

En silence, nous assistâmes à la transformation de la fleur, puis je laissai la brise marine l'emporter.

— Je veux parler à ton père, dit enfin Jack.

Je crus avoir mal entendu. Ce n'était pas la première fois que nous évoquions des rêves inaccessibles. Je me redressai pour l'observer d'un air taquin :

— Et pourquoi donc, Mr Pryce ?

— Arrête, Maggie ! Je parle sérieusement.

Il ne mentait pas, je le lisais dans ses yeux bleus. Mon cœur s'emballa tandis que mille pensées se bousculaient dans ma tête. Je voulais mon enfant et je voulais de l'amour. Je voulais être maîtresse de mon sort et échapper à l'univers oppressant de la maison de mes parents. Pour les deux premiers éléments, il me suffisait de trouver un homme et, pour le troisième, un mari. Le mariage m'accorderait certaines libertés, pour sûr, mais je me retrouverais aussi entravée que chez mes parents. J'observai Jack du coin de l'œil. Voudrait-il que je travaille dans le magasin familial ? Tolérerait-il mes excentricités, me laisserait-il me déplacer à ma guise ? Ou bien se lasserait-il rapidement car je n'étais qu'un trophée à ses yeux ? Le pressentiment qui m'avait tenue à distance revint à la charge.

— Et tes parents ? demandai-je. Ils sont d'accord ?

Ses lèvres pincées et son regard fuyant furent éloquents.

— Je suis un homme, dit-il presque pour lui-même. S'ils réprouvent, que peuvent-ils faire pour m'en empêcher ?

Pas mal de choses, apparemment. Une semaine plus tard, lors de notre rendez-vous suivant, Jack m'avoua que ses parents avaient menacé de le déshériter s'il m'épousait, même si ce n'était pas une fortune qui était en jeu.

— Est-ce qu'on a vraiment besoin d'argent ? fis-je en glissant un index le long de son torse pour le titiller à la ceinture. J'en gagnerai en tant que sage-femme et tu es fort et futé. Mon frère George t'engagerait dans sa compagnie maritime, si je le lui demandais, c'est certain.

Jack se tut. Un nuage semblait passer au-dessus de nous et nos rêves d'avenir semblaient soudain moins roses.

La semaine suivante, quelqu'un frappa vivement à la porte. Ma mère et moi faisions du raccommodage au salon. J'avais l'esprit ailleurs, plein de souvenirs de Jack et de la soirée que nous avions partagée. Ma mère m'interrogea du regard, mais je me contentai de secouer la tête. Cette visite matinale un samedi m'étonnait autant qu'elle. Jack avait-il parlé à ses parents et venait-il demander ma main ? Peut-être avait-il choisi de renoncer à son héritage pour venir m'enlever…

Le cœur battant, je regardai ma mère ouvrir la porte. Je vis non pas Jack mais trois hommes en tenue de travail, la peau tannée par une vie en mer. Quand j'eus surmonté ma déception, je reconnus Bernard, le mari de Jenny Hough. L'angoisse monta. Je savais ce qu'ils faisaient là. Je m'étonnais simplement qu'ils aient mis aussi longtemps à venir.

J'avais toujours réussi à séparer mes deux univers : sorcière et magicienne la nuit, jeune fille de bonne famille le jour. Pétrifiée, je ne pus que regarder les deux s'entrechoquer.

— Messieurs, que puis-je faire pour vous ? s'enquit maman, perplexe mais courtoise, comme toujours.

— C'est elle ! s'exclama Bernard en me désignant. C'est cette folle qui a dit à ma femme qu'elle pouvait faire revenir notre petite Suzy. Elle lui a dit qu'il fallait tuer une autre enfant et lui apporter le corps si on voulait revoir notre fille.

Les autres grommelèrent leur approbation. Ce groupe d'hommes en colère sur le pas de la porte était peut-être encore plus déstabilisant qu'une bande de jeunes sauvageons dans les bois.

— Je n'ai rien dit de tel !

En entendant un brouhaha, mon père apparut à son tour.

— Que se passe-t-il ?

— Ils disent que Margaret...

La voix de ma mère s'éteignit, puis elle me regarda telle une intruse dans sa maison.

— Ils affirment qu'elle leur a conseillé de tuer un enfant.

Mon père blêmit, visiblement alarmé. Je ne sourcillai pas. Qu'ils profèrent leurs insultes et leurs accusations ! Ils n'avaient aucune preuve de ce qu'ils avançaient.

— Faites-la sortir ! Il faut qu'elle réponde de ses actes. Ma femme n'arrête pas de pleurer depuis des semaines.

— Elle a donné à ma femme une potion pour l'empêcher de concevoir ! s'insurgea un autre homme.

Il y eut une bousculade et je me rendis compte qu'ils essayaient d'entrer. Pour quoi faire ? Rien de bon, c'était certain.

— Reculez !

Jamais je n'avais entendu mon père hausser le ton à ce point. Écarlate, il s'était interposé entre ma mère et ces hommes, sur le seuil.

— Si vous avez des reproches à faire à ma fille, vous n'avez qu'à engager un avocat. Soyez civilisés, que diable ! Je ne laisserai pas une horde sauvage frapper à ma porte pour proférer Dieu sait quelles accusations infondées !

Ils me foudroyèrent du regard mais, conscients de leur impuissance, ils partirent en maugréant des jurons et en crachant dans l'allée.

Dès qu'ils eurent disparu, mon père referma la porte et je me retrouvai dans l'entrée, seule face à mes parents, dans le silence.

— Qu'est-ce que c'est que cette histoire ? s'enquit mon père en s'épongeant le front.

— Je n'en ai aucune idée ! fis-je d'un air innocent. Ils doivent me confondre avec quelqu'un d'autre.

Je lus sur leur visage qu'ils n'étaient pas convaincus.

— J'ignore de quelle conversation ont émergé ces accusations étranges, mais je ne veux pas le savoir. Ta mère et moi avons toujours fait preuve de patience face à tes... comportements bizarres, pour le moins. Mais je refuse que des gens frappent à ma porte pour lancer des accusations contre ma fille. J'ai une entreprise à gérer, une réputation d'honnête père de famille à sauvegarder.

Durant tout le discours de mon père, ma mère ne m'avait pas quittée des yeux.

— Que voulaient-ils dire en affirmant que tu leur avais dit de tuer un enfant pour sauver le leur ?

Si je lui avais avoué la vérité, elle ne m'aurait pas crue. J'optais pour une version intermédiaire :

— Sa femme est venue me voir pour que je guérisse son enfant malade. Je n'ai rien pu faire et, dans son chagrin, elle a dû s'imaginer cette histoire...

C'était la première fois que j'évoquais mes activités et je guettais la réaction de mes parents avec intérêt.

— Il faut que cela cesse… ces activités d'herboriste, ces maudites plantes médicinales, décréta papa. Nous avons toléré tes caprices, mais je refuse que ma fille se livre à ce commerce dégradant. Il est temps que nous songions à te marier… ou à t'envoyer quelque part pour peaufiner ton éducation.

Soudain, je faillis céder à la panique. Parlait-il sérieusement ? À dix-neuf ans, je ne pouvais partir dans quelque pensionnat lointain. De plus, j'étais enceinte et je ne pouvais pas – je ne voulais pas – épouser un autre que Jack.

Malgré mon orgueil, je baissai la tête en espérant sembler soumise.

— Je cesserai mes activités d'herboriste et veillerai à être irréprochable, murmurai-je. Vous avez ma parole. Ce n'était qu'un passetemps. Je ne voulais pas créer d'ennuis à qui que ce soit.

Mon père afficha une expression indéchiffrable, puis il hocha la tête.

— Très bien. Monte dans ta chambre pour réfléchir à ce que tu peux améliorer pour te rendre utile dans cette maison. Ta mère et moi allons en discuter sérieusement.

Dans l'escalier, j'entendis les murmures désespérés de maman, puis mon père regagna son bureau, furibond. Je ne pensais pas avoir trompé mes parents et la vérité ne tarderait pas à s'imposer malgré mes mensonges et mes omissions. J'avais lu la colère dans les yeux de ces hommes. Ils n'en resteraient pas là.

CHAPITRE 12
AUGUSTA

À quatre pattes dans une chambre de l'étage, Augusta examinait une colonne de lit quand un murmure de voix féminines lui parvint d'en bas. Les comptes rendus sur l'état d'une pièce constituaient l'un des aspects de son travail qu'elle préférait. Une fois par semaine, elle parcourait la maison pour épousseter les meubles et les œuvres d'art en notant la moindre dégradation. Les visiteurs étaient généralement respectueux et prudents, mais il arrivait que quelqu'un se cogne dans un fauteuil, raye le sol ou heurte un tableau de l'épaule en passant.

Augusta s'interrompit et dressa l'oreille. Aucune visite guidée n'avait lieu et, à sa connaissance, Jill se trouvait dans son bureau. Elle posa son bloc-notes et sortit dans le couloir pour descendre les marches. À mesure qu'elle se rapprochait de la salle à manger, les voix se faisaient plus distinctes. La jeune femme retint son souffle, prête à endurer une nouvelle hallucination. En ouvrant la porte, elle se trouva face à Jill et à une autre femme résolument moderne. Elles se turent et se tournèrent vers elle.

— Tiens, on allait monter te chercher, dit Jill. Je te présente Shayna. Elle restaure nos tableaux.

— Enchantée, déclara Shayna. Harlowe est l'un de mes lieux préférés. Vous avez toujours une mission passionnante à me confier.

Toujours un peu troublée, Augusta les rejoignit à table.

— Je sais que tu t'intéressais à ce portrait, alors j'ai pensé que tu voudrais peut-être y jeter un coup d'œil car il part en restauration.

Augusta n'osait trop s'approcher du portrait de Margaret Harlowe. Elle écouta d'une oreille distraite leur conversation pour se plonger dans chaque coup de pinceau. De près, des milliers de détails lui apparurent. Le sourire entendu de Margaret creusait une fossette sur sa joue. Son allure dépassait la simple beauté physique. Il émanait d'elle une sorte de vivacité ensorcelante. Bien que cent ans les séparent, Augusta se serait bien vu avoir cette femme pour amie. Elle aurait même pu l'aimer.

— Je ne m'étais pas rendu compte de sa beauté, souffla-t-elle.

— Attends un peu de la voir nettoyée, dit Shayna. Tout ce vernis date sans doute des années 1950 et il masque les couleurs d'origine. Quand j'en aurai terminé avec elle, ce sera une nouvelle femme.

Le cœur serré, Augusta vit les deux femmes envelopper le tableau dans une couverture avant de le porter dans la camionnette de Shayna. Dépouillée de ce portrait énigmatique, la salle à manger semblait nue et froide, sans âme. Augusta aurait pu rester la journée entière dans sa rêverie si son téléphone ne lui avait pas rappelé qu'elle avait rendez-vous avec Leo pour le déjeuner. Elle se força à chasser de son esprit les yeux verts de Margaret et quitta la maison.

Leo l'attendait au café. Elle ne se rendit compte à quel point elle était contente de le voir qu'en le remarquant, assis sur une banquette, au fond de la salle. En levant les yeux de son téléphone, il s'illumina et lui sourit.

Il n'évoqua en rien le comportement étrange de la jeune femme la veille et, pour sa part, Augusta n'avait aucune envie de penser à ses hallucinations ou leurs implications. Si elle faisait de son mieux pour prendre un petit déjeuner avant d'aller travailler, elle savait au plus profond d'elle-même que ces sensations étranges n'avaient aucun rapport. Elle avait demandé à Reggie si le détecteur de monoxyde de carbone fonctionnait correctement. Prenant son travail au sérieux, il avait vérifié l'installation et tout était en ordre, naturellement. Augusta s'en doutait. Ces hallucinations trouvaient leur origine en elle.

Leo n'ayant encore rien commandé, ils se rendirent ensemble au comptoir.

— Qu'est-ce que tu prends ? lui demanda-t-il en sortant son portefeuille.

— Tu n'as pas à payer pour...

— C'est Harlowe qui paie, coupa-t-il avec un geste désinvolte. Ne t'en fais pas. On va parler boulot, non ?

— D'accord. Je prendrai un double expresso avec une touche de lait d'amande.

— Je n'y ai jamais goûté, mais ce doit être bon. Ce sera la même chose pour moi, dit-il à la barista.

— Tu es sûr ? C'est plutôt corsé.

— Pas de problème, j'aime bien tenter de nouvelles expériences.

Cette déclaration eut le don de faire naître en elle une onde de chaleur. Ils prirent place côte à côte sur la banquette, si proche que leurs cuisses se frôlaient.

Dès la première gorgée, Leo faillit s'étouffer :

— Tu avais raison, c'est... intense.

— Je t'avais prévenu ! s'esclaffa Augusta, les yeux rivés sur la mousse restée sur sa lèvre supérieure.

— Waouh ! fit-il en posant son gobelet avant de s'essuyer la bouche. Alors ? Comment ça se passe à Harlowe ? Toujours satisfaite ?

— Oh oui ! Mon rêve est devenu réalité.

De peur qu'il la prenne pour une folle, elle ne lui parla pas de ses hallucinations ni du fait qu'elle commençait à croire aux fantômes.

— Tu as des idées pour ton expo ? Je peux t'aider d'une façon ou d'une autre ?

Elle lui décrivit son projet et ses recherches sur Margaret Harlowe, dont elle se sentait si proche, surtout depuis qu'elle avait examiné son portrait.

— Elle constitue effectivement un mystère, admit-il. Tu devrais demander à Jill de t'accorder une journée pour consulter les archives de Boston.

— Jill semblait croire que les archives ne donneraient rien car ils se sont déjà renseignés sur Margaret.

Leo réfléchit un instant.

— Eh bien, ce n'est pas totalement faux... Notre archiviste connaît bien la collection, mais un regard neuf trouvera peut-être quelque chose. Il faut vraiment que tu ailles aux archives de Boston.

Avant qu'elle ne puisse lui répondre, il ajouta :

— Et si on y faisait un tour la semaine prochaine ?

Cette occasion de fouiller les archives et de passer une heure en voiture avec Leo était trop belle.

— Si cela ne te dérange pas trop, je...

— Tu plaisantes ? coupa Leo. Tu me rendrais service, au contraire. Ce trajet m'ennuie à mourir.

— D'accord, répondit-elle, tout sourire. Ce serait bien.

Leo but une autre gorgée de son café.

— Désolé, mais il est trop fort pour moi. Je vais me chercher un double crème glacé bien sucré. Il n'y a que ça de vrai.

— Petite nature...

— Tu es dure, répliqua-t-il avec un sourire. Je reviens.

Elle l'observa tandis qu'il réglait sa consommation. Il semblait si sûr de lui. Dans une autre vie, elle aurait sérieusement craqué pour lui. Une autre vie sans Chris. Une vie dans laquelle elle serait moins timide. La barista était penchée vers lui et flirtait ostensiblement avec lui, mais il semblait indifférent ou non-intéressé. Sans doute avait-il l'habitude.

— C'est bien meilleur ainsi, déclara-t-il avec un soupir d'aise, en se rasseyant.

Tandis qu'ils sirotaient leurs boissons en silence, Augusta se trouva à nouveau intimidée. Elle aurait aimé bavarder tranquillement avec lui mais ne trouvait rien à lui raconter.

— Tu penses rester un moment à Harlowe ? s'enquit-elle enfin, espérant que son intérêt pour lui ne soit pas trop manifeste.

— Oh, oui ! Le Harlowe Trust est l'une des entreprises les mieux dotées et les avantages sont très intéressants. Et toi ?

— Je m'y plais beaucoup et, franchement, je doute de retrouver un tel poste ailleurs.

— Je suis ravi que tu restes, déclara Leo.

Son genou s'était-il rapproché du sien tandis qu'il formulait cette réponse ou était-ce une impression ?

Incapable de réprimer un sourire, elle baissa la tête. Elle avait de plus en plus de mal à se convaincre que les regards à la dérobée de son collègue ne signifiaient rien. Et elle n'arrivait pas à lui dire qu'elle était en couple. Elle ne savait même pas si Leo était célibataire ! De plus, elle ne le connaissait pas vraiment. Peut-être était-ce simplement un type sympathique et chaleureux… Toutefois, quelque chose lui disait qu'il y avait autre chose. Encore fallait-il qu'elle soit libre de le voir.

Chapitre 13
Augusta

Ils prirent leur temps pour regagner Harlowe House, en s'arrêtant de temps en temps pour que Leo lui signale quelque lieu d'intérêt. Depuis le jour de son entretien, la jeune femme n'avait guère eu le temps d'explorer Tynemouth et Leo se révélait un excellent guide. Pour quelqu'un qui ne venait de Boston que deux fois par semaine, il semblait connaître la ville comme sa poche.

— Tu es originaire d'ici ? lui demanda-t-elle.

Ils s'étaient arrêtés sur la promenade longeant la plage pour attendre que le pont redescende. Divers bateaux de pêche et de plaisance se dirigeaient vers le port. Les piétons leur faisaient signe tandis qu'ils passaient sous le pont. Le soleil faisait scintiller les eaux et il flottait une douce brise salée qui donnait une impression de vacances.

— Non, mais cela me rappelle la petite ville du Maine où j'ai grandi. Et toi ?

— Je viens de Salem. Je vis encore là-bas.

— Ah oui ? Ce doit être la folie le soir de Halloween.

Elle leva les yeux au ciel.

— Les gens du coin s'en vont pour échapper à ça ! En y allant de bonne heure, on ne croise généralement que des familles, mais la situation peut dégénérer rapidement. L'an dernier, un type déguisé en Joker s'est saoulé et a détruit plusieurs tombes du vieux cimetière.

— Aïe... Je parie que le spectacle vaut le déplacement. J'aimerais bien voir ça.

Ils échangèrent un sourire.

Ils reprirent leur promenade dès que le pont se fut abaissé. Aux abords de Harlowe House, Augusta s'arrêta net. Devant la maison, elle vit Chris appuyé contre sa voiture. Que faisait-il là ? La jeune femme retomba brutalement de son petit nuage. D'instinct, elle s'écarta de Leo, qui remarqua son trouble et suivit son regard.

— Tout va bien ? Tu le connais ?

— C'est mon compagnon, répondit-elle, la gorge nouée.

N'aurait-elle pas dû être ravie ? Fière de présenter Chris à son collègue ? Elle ne ressentait qu'une déception mêlée à de l'appréhension.

Elle crut déceler de l'étonnement sur le visage de Leo.

— Bon, je vais me remettre au boulot. À plus tard.

Avant qu'elle ne puisse prononcer un mot, il s'éloigna. Était-ce l'effet du café ? Elle était très nerveuse en marchant à la rencontre de Chris.

— Je ne m'attendais pas à te voir, lui dit-elle d'un ton qui se voulait enjoué.

Chris ne la regarda même pas. Il suivait des yeux Leo qui entrait dans le bâtiment.

— C'est qui, ce type ?

— Un collègue, fit-elle en haussant les épaules. On était en réunion.

— Elle a duré un moment, cette réunion. Je suis venu te faire une surprise et t'inviter à déjeuner il y a une demi-heure et ta collègue m'a informé que tu étais sortie. Tu n'as pas répondu au téléphone, en plus.

Augusta sentit son sentiment de culpabilité ressurgir. Elle avait passé un bon moment avec Leo alors que Chris avait cherché à lui faire plaisir.

— Oh, pardon... Je n'ai pas vérifié mes appels.

— Je suppose que je suis venu pour rien, fit Chris amèrement.

— Attends...

Elle voulut le retenir, mais il se dégagea.

— On se voit à la maison, conclut-il avant de monter en voiture.

Augusta le regarda démarrer avec un soulagement étrange.

Durant le reste de la journée, elle évita Leo avec soin, ce qui ne fut pas très difficile car elle avait la nette impression qu'il l'évitait aussi. De temps à autre, elle l'entendait parler ou rire avec Jill. Elle mettait alors ses écouteurs et se concentrait sur son travail.

Elle avait des comptes rendus à rédiger, des pièces à inventorier mais elle n'avait qu'une envie : se plonger dans ses recherches sur Margaret. Leo l'emmènerait-il aux archives de Boston, la semaine suivante ? Bien sûr. Il était sympathique et professionnel. Peu lui importerait si elle avait ou non un petit ami. Cela n'affecterait pas leurs relations de travail. Elle avait tendance à exagérer la gravité de la situation...

C'est alors qu'une idée la frappa. Sur l'arbre généalogique qu'elle était en train d'étudier à nouveau, les lignes se mirent à danser. La voix de Leo était à peine audible, de l'autre côté du couloir. Elle savait que les gens cessaient parfois de s'aimer, que ses parents avaient connu des moments difficiles au fil des années, mais ce fut comme un coup de tonnerre : elle n'était pas heureuse, et depuis un bon moment. Elle voulait rompre avec Chris.

Elle ne pensait pas que Leo s'intéressait vraiment à elle et ne cherchait pas spécialement à avoir une relation avec lui, d'ailleurs. Mais elle s'interdisait d'évoquer cette possibilité à cause d'une loyauté déplacée envers Chris. Peut-être l'aimait-elle vraiment, mais à quoi bon si elle était malheureuse en permanence ? Lui devait-elle vraiment quelque chose ? Elle se devait plutôt à elle-même la chance d'être heureuse, que cela la mène vers une autre relation ou non.

Ce soir-là, en rentrant chez elle, elle n'était plus si sûre d'elle. Où irait-elle vivre ? Avait-elle les moyens de louer un logement pour elle seule ? La plupart des meubles appartenaient à Chris ou à Doug. Elle devrait tout racheter. Elle pouvait retourner chez sa mère, à l'autre bout de la ville… Celle-ci serait ravie de l'accueillir. Augusta n'en avait pas envie. Elle aurait l'impression de régresser. Il serait plus facile de rester ici encore un peu, d'autant que personne d'autre ne semblait en mesure de l'héberger. Depuis qu'elle était en couple, ses amitiés s'étaient détériorées et les gens qu'elle fréquentait désormais étaient surtout des connaissances de Chris.

Cependant, il y aurait toujours une raison de rester et plus elle remettrait l'échéance, plus elle aurait de mal à se libérer.

En entrant, elle ne trouva aucun signe de Doug. Chris leva à peine les yeux de son jeu vidéo, le temps de la foudroyer du regard. Il lui en voulait encore. Augusta prit son courage à deux mains et s'assit à l'autre extrémité du canapé. Il fallait agir tant qu'elle en avait encore la volonté.

— On peut se parler ?

— Ce n'est pas bon signe… répondit-il d'un ton sarcastique.

Il devait se douter de ce qui lui pendait au nez. Peut-être même voulait-il la même chose mais attendait-il qu'Augusta prenne les devants. Il ne pouvait être heureux avec elle. La passion s'était envolée depuis longtemps. Ils n'avaient en commun que leur histoire, qui s'effaçait peu à peu.

Augusta effleura le motif géométrique du revêtement, ravie qu'il se soit replongé dans son jeu.

— En effet. C'est juste que… je t'aime, vraiment.

— Mais ?

— Mais… je ne sais pas. Je crois que ça ne suffit plus. J'ai besoin de temps pour réfléchir, faire le point.

Chris ne dit rien. Face à son silence, elle débita vivement son discours.

— Je crois qu'on devrait faire une pause. Je vais peut-être aller chez ma mère pendant quelque temps.

C'était un peu facile. Elle aurait mieux fait de se jeter à l'eau.

— C'est ce nouveau boulot ?

— Qu'est-ce que tu veux dire ?

Chris abandonna enfin sa console pour se tourner vers elle.

— Tu sors souvent avec tes nouveaux collègues. Tu as changé.

— Euh… sans doute, oui.

Ce n'étaient pas les quelques verres pris avec Jill et Reggie qui bouleversaient sa vie sociale.

— J'allais te demander en mariage, tu sais.

Elle se figea, prise d'une soudaine envie de rire.

— Mais non.

Chris parut blessé par sa réaction.

— Si. Je faisais des économies pour t'acheter une bague. Et comme tu as ce nouveau boulot, je me disais qu'on pourrait chercher une maison pour nous deux.

Elle retrouva aussitôt son sérieux, le cœur battant. Combien de fois avait-elle rêvé que Chris la demande en mariage ? Qu'il lui donne une preuve qu'il envisageait un avenir avec elle ? Et pourquoi, à présent, ne ressentait-elle aucune satisfaction ?

— Je regrette, dit-elle simplement.

— Ouais... moi aussi.

Elle se leva, très tendue, de peur de lui accorder la possibilité de lui faire changer d'avis ou de la blesser.

Chris se mit à genoux et prit ses mains dans les siennes.

— Ne pars pas. On pourrait se marier, prendre une maison ensemble. Doug part travailler en Californie l'an prochain, donc on ne sera que tous les deux. Allez, ce sera bien. Je ne suis pas très doué pour exprimer mes sentiments, mais je vais faire des efforts. Repartons de zéro.

Il posa sur elle un regard plein d'espoir. Jamais elle n'avait lu autant d'émotion sur son visage.

Augusta chancela. Comme elle avait envie de le croire ! Si elle voulait rester, c'était pour de mauvaises raisons, parce que c'était plus facile, plus confortable, parce qu'elle détestait les conflits et qu'elle voulait rendre tout le monde heureux. Si elle ne défendait pas ses positions maintenant, elle ne le ferait jamais.

— Je regrette, Chris. Je suis… désolée.

Enfin, il parut comprendre que c'était fini. Ils avaient déjà eu des faux départs, de fausses ruptures mais, cette fois, elle ne céderait pas. Il relâcha ses mains et se leva.

— Tu sais, je pensais vraiment que, nous deux, c'était pour la vie. Tu joues toujours la sécurité. Tu vas sans doute sortir avec le premier type que tu rencontreras au boulot et t'installer avec lui.

Il émit un rire de dédain.

— Ce n'est pas facile et je ne joue pas la sécurité, en cet instant précis.

— C'est pourquoi c'est triste. Tu m'as gardé jusqu'à ce que tu sois capable de faire preuve de courage pour la première fois de ta vie et, à présent, tu n'as plus besoin de moi. Bon sang, je ne veux plus te voir ! Je sors.

— Chris…

Elle n'y croyait plus elle-même. Elle avait accumulé tant de colère rentrée qu'elle ne pouvait lui expliquer pourquoi cela ne marchait pas entre eux. Ils n'étaient pas faits l'un pour l'autre et démarrer une querelle n'arrangerait pas les choses. Mieux valait qu'il sorte pendant qu'elle faisait ses bagages. Pourquoi avait-elle franchi le pas ce jour-là ? Elle travaillait le lendemain. Comment allait-elle tenir le coup ?

La porte claqua et, quelques minutes plus tard, elle entendit démarrer sa voiture. Elle demeura prostrée dans le silence de l'appartement. Des années plus tard, elle repenserait à cet instant précis, consciente d'avoir vécu un tournant de son existence. Pour l'heure, elle avait plutôt envie de disparaître sous terre.

Chapitre 14
Margaret

Les jeunes gens abondent mais les amoureux sont rares,
Si mon amour me quitte, que deviendrai-je ?

Queen of Hearts,
chanson traditionnelle.

— Tu n'as pas faim, ce soir, Margaret ?

Je foudroyai Henry du regard. Il ne m'avait pas quittée des yeux de tout le repas et je n'appréciais pas la lueur entendue que je percevais dans ses yeux. Ma dernière entrevue avec Jack remontait à presque deux semaines et je ne lui avais toujours rien dit de ma grossesse. J'avais eu mal au cœur toute la journée et j'oscillais entre une faim de loup et de violentes nausées. Je chipotais dans mon assiette pour donner l'impression d'avoir mangé un peu de cette viande qui me dégoûtait.

— Ne gâche pas ce mouton, gronda ma mère en fronçant les sourcils. C'est de la bonne viande.

Peu lui importait que nous ayons largement les moyens. C'était une économe telle que l'on en croisait en Nouvelle-Angleterre.

Depuis que le mari de Jenny Hough et ses amis étaient venus à la maison, mes relations avec mes parents avaient changé. L'agacement omniprésent de ma mère envers moi s'était mué en une hostilité flagrante et mon père m'évitait. En avaient-ils parlé à mes frères ? J'en doutais car ils ne voulaient pas que la nouvelle se répande. En tout cas, je n'osais plus recevoir de femmes par peur des rumeurs et des actions de représailles.

Le dîner traînait en longueur. Je m'efforçai de grignoter un peu de pain. Dès que ma mère reprit sa conversation avec mon père, je me retirai de table.

Je parvins *in extremis* à la cuvette de la chambre avant de céder à une violente nausée. Je me rinçai la bouche et remis de l'ordre dans ma tenue avant d'émerger dans le couloir où je me trouvai nez à nez avec Henry.

Il me guettait certainement car il me saisit aussitôt par le bras.

— Lâche-moi ! m'exclamai-je.

Henry ne fit que resserrer son emprise. Il me dévisageait comme s'il lisait en moi. Et s'il était au courant des accusations de Mrs Hough, finalement ? Savait-il ce que je faisais, le soir ? Connaissait-il mes capacités que je gardais secrètes depuis des années ?

— Je suis au courant pour toi et ton amant secret, persifla-t-il. Alors sois plus gentille avec moi, sinon je raconte tout à papa.

Mon sang se figea dans mes veines car c'était pire que ce à quoi je m'attendais.

— Comment le sais-tu ? demandai-je malgré moi.

Je connaissais déjà la réponse. Il m'avait suivie et m'avait vue avec Jack.

— Qu'est-ce que tu veux ? fis-je, la gorge nouée.

Je n'avais pas peur ni honte de parler de Jack à mes parents, mais je n'avais encore aucune garantie de sa part. Je ne leur parlerais que s'il me demandait en mariage, s'il me faisait une promesse. Je n'aurais pas supporté l'humiliation d'un rejet. S'ils me soupçonnaient d'entretenir une liaison, ils auraient une raison supplémentaire de m'envoyer loin de la maison.

Ayant capté mon attention, Henry recula.

— Je veux retrouver ma sœur. La jolie petite fille aux boucles brunes qui riait et me parlait quand nous étions enfants. Je veux que tu cesses de me traiter comme un moins que rien. Je n'ai toujours voulu que ton bien.

Il me prit par le menton pour me forcer à croiser son regard.

— Cet amant te mènera à ta perte.

Je n'aimais pas sa façon de me regarder. Un frère ne devait pas regarder sa sœur ainsi.

— Tu es fou. Laisse-moi tranquille !

Lorsqu'il fit mine de s'emparer de moi, je protégeai d'instinct mon ventre. Je compris aussitôt mon erreur. Henry écarquilla les yeux dans un silence pesant.

— Tu es enceinte... souffla-t-il.

— Et si je l'étais ? rétorquai-je avec une assurance que j'étais loin de ressentir.

— Il est au courant ? Jack Pryce sait-il que tu portes son enfant ?

Je pinçai les lèvres. Dans le couloir sombre, j'entendis au loin les parents qui terminaient leur repas. Dehors, les oiseaux chantaient pour la dernière fois de la journée.

— Margaret... ma pauvre petite sœur chérie... Je te croyais plus intelligente.

Moi aussi, je me croyais intelligente, tellement supérieure aux femmes qui venaient me voir dans ma cabane pour m'implorer d'effacer les preuves de leurs transgressions. Comme je devais sembler stupide aux yeux de Henry. Je n'avais songé qu'à mon plaisir et à mon désir d'enfant, sans envisager les conséquences pratiques de mes actes. J'aurais dû penser que ce bébé qui serait l'amour de ma vie provoquerait aussi ma chute. Ce n'était pas un hasard si, au bout de tant de semaines, Jack n'avait toujours pas demandé ma main à mon père. Et il n'était pas venu m'enlever pour m'épouser sans l'autorisation de nos parents.

Aucune potion, aucun philtre d'amour ne pouvait me sauver. Pourquoi avait-il fallu que je tombe amoureuse ?

Je me retrouvai dans les bras de Henry, en pleurs.

— Ma chère petite sœur... Mon petit amour...

Il posa le menton sur ma tête, comme l'avait fait Jack, et me garda contre lui un long moment.

S'il s'était agi de George, je lui aurais confié mes espoirs et mes craintes. Hélas, c'était Henry, et je gardai mes pensées profondes pour moi.

Il me borda dans mon lit en veillant à ce que j'aie de l'eau et du linge propre. C'était bon d'avoir quelqu'un qui s'occupe de moi, même Henry. Jack avait beau m'adorer, il n'était pas là quand j'avais besoin de lui. Il n'existait que lors de nos soirées volées dans les bois. Henry était là, à mon chevet, à m'éponger le front en attendant que passe ma nausée.

— Pauvre chérie...

Dans la pénombre, ma main dans la sienne, il était facile d'oublier la raison de notre confrontation dans le couloir.

— Henry... Je peux te demander quelque chose ?

— Bien sûr. Tout ce que tu voudras.

Je ne savais pas vraiment ce que je lui demandais, mais j'avançai à tâtons en pensant aux paroles de Phebe sur ma famille.

— Y a-t-il quelque chose sur notre famille... sur moi... que j'ignore ?

Henry se figea et retint son souffle. Je ne rêvais pas.

— Que veux-tu dire ?

— Je ne sais pas, mais tu le sais, toi.

Soudain, il lâcha ma main et se leva.

— Tu ferais mieux de dormir, dit-il en m'embrassant sur le front. Tu es épuisée.

Sans me laisser le temps de protester, il sortit en refermant la porte, me laissant avec mes doutes.

Chapitre 15
Augusta

La maison d'enfance d'Augusta se trouvait dans une rue calme, dans un quartier assez modeste, à un quart d'heure de voiture de l'appartement qu'elle avait partagé avec Chris. C'était un tout autre monde. Elle fut accueillie par quatre statues de la Vierge Marie, des drapeaux américains, des banderoles sous les porches. Elle s'arrêta devant la maison mitoyenne assez coquette et bien entretenue. Au moment de descendre de voiture, elle hésita.

Quitter l'appartement n'avait pas été trop dur. Chris n'était pas revenu et Doug n'était même pas sorti de sa chambre pour lui dire au revoir. Il n'y avait pas eu d'adieux gênés et elle n'avait pas eu l'occasion de changer d'avis. C'était mieux ainsi. Une rupture nette et un nouveau départ.

Sauf qu'elle devait à présent revenir chez sa mère et affronter les démons du passé. Après la mort de son père, elle aurait aimé changer de décor, mais sa mère avait tenu à rester dans la maison familiale. Les promoteurs guettaient son départ, disait-elle, mais ils devraient lui passer sur le corps pour transformer son foyer en un immeuble de luxe pour *yuppies*.

Soudain, elle ouvrit la porte.

— Ma fille !

En chaussons, elle sortit dans l'allée pour l'embrasser, puis elle la dévisagea.

— Regarde-toi ! Tu as encore perdu du poids ?

— Peut-être...

— J'espère que tu as faim parce que Ginny, la voisine, m'a apporté un Tupperware de sauce et je prépare des boulettes.

Elle prit la valise pour l'emporter à l'intérieur.

— Je suis végétarienne, maman, répondit Augusta.

— Pas étonnant que tu sois maigrichonne. J'ai des blancs de poulet au congélateur. Tu manges du poulet, quand même ?

Augusta la suivit, écoutant à peine ses bavardages. La maison avait tout d'un musée de la vie familiale des années 1980 à 2020 avec sa moquette délavée et tachée, un ouvrage au point de croix inachevé sur la cheminée, ses boules à neige sur l'étagère.

— Tu veux de la citronnade ? Je peux t'en préparer.

Elle s'éloignait déjà pour s'affairer dans sa cuisine. Augusta avait toujours eu du mal à supporter son énergie débordante. Infirmière en pédiatrie à l'hôpital, Pat Podos était solide et ne supportait pas les imbéciles. Elle portait toujours des tee-shirts ornés de slogans plus ou moins fantaisistes comme, ce jour-là : « Je ne suis pas calme, je suis italienne. »

— Il est sympa, non ? fit-elle en remarquant la curiosité de sa fille. Je l'ai eu en promo.

Augusta fronça les sourcils.

— Tu es italienne ?

— Peu importe. Tout le monde est un peu italien, non ?

La jeune femme n'avait rien entendu de tel mais elle hocha la tête pour ne pas la contrarier. En mettant le couvert, Pat insista pour sortir la vaisselle du dimanche. À peine Augusta avait-elle pris son verre que sa mère évoqua le sujet redouté :

— Alors qu'est-ce qui s'est passé avec Chris ? C'est lui qui t'a larguée ou vous vous êtes séparés d'un commun accord ?

— C'est moi qui suis partie, marmonna Augusta.

— Je l'ai toujours apprécié, fit sa mère. Si séduisant, si poli, soupira-t-elle avec nostalgie. Pourquoi ça n'a pas marché ?

— Aucune idée, grommela Augusta. C'est comme ça.

Elle ne pouvait raconter à sa mère que son petit ami n'était qu'un enfoiré qui la traitait comme une moins que rien. Elle aurait eu encore plus honte d'être restée aussi longtemps avec lui.

— Très bien, message reçu. On n'en parle plus.

Cependant, elle sentait que sa mère brûlait de lui poser des questions.

Augusta chipota dans son assiette tandis que Pat lui relatait les derniers ragots du quartier. La jeune femme profita d'une pause pour aborder un autre sujet qui la taraudait :

— Je me disais que je pourrais trier un peu les affaires de papa pendant que je suis là.

— Si tu veux, fit Pat en pinçant les lèvres.

Au fil des années, son père était devenu un sujet tabou entre elles. Augusta ne savait pas très bien pourquoi. Sa mère semblait avoir repris le contrôle de sa vie. Elle était même sortie avec quelques hommes. Chacun son deuil, mais il n'y avait pas que cela. Sa mère avait toujours rechigné à évoquer leur famille, même avant la mort de son père. Augusta commençait à avoir des doutes.

— Oui, j'aimerais bien, fit-elle, déterminée. J'ai l'impression qu'on a glissé papa sous le tapis pour ne plus parler de lui. Je ne veux plus de ça.

Pat posa sa fourchette et plongea dans le regard de sa fille.

— Augusta, tu es une adulte. Si tu veux regarder les affaires de ton père, je ne peux pas t'en empêcher.

Augusta n'eut pas l'occasion de lui répondre, car elle se leva soudain.

— Ce soir, j'ai une soirée avec les filles dans ce nouveau restaurant, près du centre commercial, annonça-t-elle. Tu veux que je passe d'abord au supermarché te chercher de quoi grignoter ?

Troublée par son éclat, Augusta garda les yeux baissés vers son assiette :

— Non, ça ira, merci.

Après le départ de sa mère, Augusta enfila un jogging et monta dans son ancienne chambre. Elle pensait que regarder les affaires de son père la distrairait, mais la pile de cartons était plus impressionnante que dans ses souvenirs. Soudain, les émotions de la journée s'abattirent sur ses épaules. Elle espérait vider les cartons sur la table de la cuisine, avec sa mère. Elle ne se sentait pas prête à affronter tout cela seule. Dieu savait ce qu'elle allait trouver. Les cartons attendraient. Elle déplaça les peluches et les coussins posés sur son lit et se glissa sous les couvertures. Elle aurait le temps de parler avec sa mère. Peut-être trouverait-elle alors cette famille dont elle avait toujours été privée.

CHAPITRE 16
AUGUSTA

Augusta enfilait toujours un pantacourt et des ballerines, le matin, elle se battait toujours avec ses boucles rebelles, elle vérifiait le nombre de calories qu'elle absorbait sur son application, mais elle était une nouvelle personne. Elle pensait pleurer bien plus, être déprimée. En rompant avec Chris, elle avait compris qu'elle était partie depuis longtemps. Son corps rejoignait simplement son esprit, enfin.

Entre la rupture et son installation chez sa mère, elle avait perdu la notion du temps et avait presque oublié qu'elle devait se rendre aux archives de Boston avec Leo, ce jour-là. Depuis une semaine, elle l'évitait, ce qui ne fut pas difficile car il n'était pas souvent là. En l'entendant frapper à la porte, elle avait retenu son souffle, la gorge nouée. Pourquoi fallait-il qu'il soit particulièrement séduisant, ce jour-là, avec sa chemise bleu marine et ses cheveux châtains adorablement décoiffés ?

— Prête pour la grande expédition ?

Elle avait redouté que le fait de le revoir si tôt après sa rupture ne complique ses sentiments et elle ne s'était pas trompée. Comment parviendrait-elle à rester dans la même pièce, dans la même voiture que lui alors qu'elle avait le cœur battant rien qu'en le voyant ? Elle avait besoin de temps et d'espace pour se retrouver. Cependant, cette visite aux archives était déjà organisée et Leo n'avait aucune idée de ce qu'il lui inspirait. De plus, elle brûlait d'impatience d'en découvrir davantage sur Margaret.

— Prête ! répondit-elle en masquant son trouble.

Elle prit ses notes, sa bouteille d'eau et le suivit sur le parking.

Leo déverrouilla les portières d'une voiture noire d'allure sportive. Augusta n'avait jamais accordé d'importance aux voitures, mais celle-ci l'intriguait. Peut-être parce qu'elle semblait à l'image de son propriétaire, vive, sobre et sophistiquée.

— Tu n'as qu'à mettre tes affaires à l'arrière, dit-il en enlevant divers documents du siège passager.

C'était étrange de se retrouver dans l'intimité de l'habitacle avec lui. Elle décela plusieurs aspects de sa personnalité : une carte de piscine, un sac de sport, une pile de livres de bibliothèque. S'il se montrait aussi courtois et aimable que d'habitude, il semblait avoir pris une certaine distance. Était-ce parce qu'il avait vu Chris, la semaine précédente ?

Leo brancha l'alimentation de son téléphone sur le tableau de bord et consulta son écran.

— Tu aimes quel genre de musique ?

L'ancienne Augusta aurait réfléchi avant de lui répondre en imaginant ce qu'un homme comme lui pouvait apprécier. Elle avait perdu trop de temps à se plier aux souhaits d'autrui.

— Florence and the Machine, mais aussi Stevie Nicks, Rihanna, Adele…

Depuis sa rupture avec Chris, elle écoutait beaucoup de chanteuses à la voix puissante. Chanter dans sa voiture lui procurait un sentiment de pouvoir.

— Fleetwood Mac est sur ma playlist, répondit Leo en optant pour *The Chain*, tandis qu'il démarrait.

Ils s'arrêtèrent pour prendre un café et des donuts. Augusta se contenta de grignoter le sien, couvert d'un glaçage au chocolat, sans vraiment le manger.

— Tu as des projets pour ce week-end ? s'enquit Leo en ôtant un peu de sucre glace de son pantalon.

Augusta avait surtout prévu d'empêcher sa mère d'essayer de la caser avec le fils d'une collègue et d'ouvrir enfin les cartons de son père.

— Pas vraiment, avoua-t-elle en regardant défiler le paysage.

Elle songeait aussi à se remettre au dessin, un passe-temps qu'elle avait abandonné depuis plusieurs années.

— Tu vas bien ? Je te trouve un peu... distante.

Elle se força à sourire. Leo était sans doute la dernière personne au monde à qui elle devait se confier, mais elle avait besoin de parler. Elle n'avait plus d'amies proches et avait trop honte pour s'ouvrir à sa mère.

— Ça va... Je viens de passer une semaine bizarre.

Elle sentit le regard de Leo se poser sur elle alors qu'il se fondait dans la circulation, sur l'autoroute.

— Tu as envie d'en parler ?

Elle haussa les épaules et garda les yeux rivés sur sa bouteille d'eau.

— Mon copain et moi avons rompu. Cela nous guettait depuis longtemps, mais c'est difficile quand même.

— Ah oui ? fit-il, non sans intérêt.

— Oui, confirma-t-elle.

— Désolé de l'apprendre.

— Merci...

— Si tu veux en parler, je sais écouter, ajouta-t-il avec un sourire désarmant.

Augusta hésita. Cherchait-il vraiment à l'aider ? Ou bien était-il friand de détails croustillants ? Il lui semblait sincère.

— Il n'y a rien à raconter, en réalité. Nous n'étions pas faits l'un pour l'autre et c'est devenu manifeste.

— Donc c'était une séparation d'un commun accord ?

— Euh…

Chris lui avait envoyé plusieurs textos oscillant entre suppliques et colère et elle avait fini par les supprimer sans les lire.

— Il n'était pas totalement d'accord.

— De toute façon, cela a dû être difficile pour vous deux.

Elle revit cet instant horrifiant où il s'était agenouillé devant elle.

— Il m'a demandé de l'épouser, bredouilla-t-elle malgré elle. Il m'a affirmé qu'il comptait me demander en mariage au moment où j'ai rompu avec lui.

Leo réfléchit un instant en l'observant à la dérobée.

— Cela me semble un peu fort, comme coïncidence… Vous aviez déjà parlé mariage ensemble ?

— Je crois qu'il a dit ça pour me culpabiliser. Je ne pense pas qu'il ait eu envie de m'épouser.

— Cela lui arrivait souvent de te culpabiliser ?

— C'était un peu son mode de fonctionnement. Il considérait toujours que j'étais responsable de nos disputes. En cas de problème, je m'en voulais.

Le silence s'installa. Était-elle allée trop loin dans ses confidences ?

— Je sais que je ne te connais pas très bien, reprit Leo, mais tu ne me donnes pas l'impression d'avoir grand-chose à te reprocher. Tu fais ton possible pour mettre les gens à l'aise, au contraire. Je pense que certaines personnes en profitent pour se dédouaner de toute responsabilité sur toi. Ce sont eux les fautifs, pas toi.

Augusta n'en revenait pas. Leo savait écouter, en effet. Il avait raison alors qu'il ne la connaissait même pas. Sa bienveillance lui fit monter les larmes aux yeux.

— Je n'arrive pas à croire que je me sois laissé manipuler aussi longtemps, avoua-t-elle d'une voix brisée. Quelle imbécile !

— Hé…

Il tendit une main vers elle comme s'il allait la poser sur la cuisse de la jeune femme, mais il se ravisa.

— Tu n'as rien d'une imbécile, Augusta. Et lui, il a tout d'un manipulateur, ce sale type.

D'instinct, elle faillit prendre la défense de Chris, comme chaque fois que quelqu'un la mettait en garde contre lui, mais elle ne lui devait plus rien, désormais.

— C'est vrai, admit-elle avec un grand soulagement.

— Tu as trouvé un lieu sûr où habiter ?

Elle ne comprit pas immédiatement ce qu'il lui demandait et faillit s'esclaffer. Chris était peut-être trop protecteur et obstiné, mais il n'était pas violent.

— Je suis retourné chez ma mère en attendant de trouver un logement.

— C'est bien.

Elle mourait d'envie de lui demander s'il était en couple, mais comment le faire sans trahir son intérêt pour lui ?

— Ma copine et moi avons rompu il y a deux ans, déclara-t-il comme s'il lisait ses pensées.

— Ah…

Cela signifiait-il qu'il était libre ? Deux ans, c'était long. Il avait peut-être rencontré quelqu'un d'autre.

— Vous êtes restés en bons termes ? demanda-t-elle prudemment.

— C'était compliqué, répondit-il en se renfrognant. Elle est morte quelques mois après notre séparation.

— Leo, c'est terrible !

Il haussa les épaules mais Augusta savait d'expérience qu'il masquait ses émotions.

— C'était compliqué, répéta-t-il.

Le silence s'installa entre eux. À mesure que la voiture accélérait, Augusta s'agita légèrement. Elle agrippa la poignée et jeta un coup d'œil sur le compteur de vitesse. Ils roulaient à presque 135 km/h.

— Tu roules toujours aussi vite ? demanda-t-elle, les doigts crispés sur la poignée.

— Hein ? fit-il comme s'il avait oublié sa présence. Désolé. J'aime bien me confier sur l'autoroute et je me laisse parfois emporter.

Il ralentit. Le cœur d'Augusta retrouva un rythme normal.

Ils passèrent le reste du trajet à écouter Stevie Nicks et arrivèrent bientôt aux abords de Boston. Leo gara la voiture derrière une imposante bâtisse en briques, au cœur de la ville, face au Public Garden, un immense parc.

— Tu m'as dit que tu n'étais jamais entrée dans le manoir des Harlowe, n'est-ce pas ?

— J'ignorais même son existence avant d'être embauchée.

— Tu vas te régaler. Je vais te faire visiter avant de t'emmener aux archives.

Augusta brûlait de découvrir les documents, mais comment refuser une visite privée avec Leo ? Ils passèrent devant le comptoir, à l'entrée.

— Salut, Monica ! lança-t-il à une jeune femme aux longs cheveux bruns. Tu connais Augusta ? C'est la nouvelle responsable des collections à Harlowe.

Augusta lui serra la main et se mit en retrait tandis qu'ils bavardaient.

— Avant de gagner les archives, on va faire le tour vite fait de la maison, d'accord ?

— Si vous vous dépêchez, ça ira. On est entre deux visites guidées.

— Parfait.

Leo fit signe à Augusta de le suivre. Si Harlowe House était élégante, le manoir bostonien était un trésor de raffinement victorien. La salle à manger somptueuse surpassait celle de Harlowe House en tous points, avec sa vaisselle et son cristal qui scintillait de mille feux.

— La famille séjournait souvent ici ? s'enquit la jeune femme, qui trouvait les lieux moins chaleureux et accueillants.

— L'histoire de cette famille n'est pas mon point fort, mais je crois que Harlowe House était leur résidence principale, du moins jusqu'aux années 1870. Ensuite, l'un des frères a vécu ici et Tynemouth est devenu une résidence secondaire, en quelque sorte.

Les années 1870... L'époque de Margaret. Était-elle venue rendre visite à son frère ? Avait-elle dîné dans cette pièce ornée de moulures et de dorures ?

Ils gravirent un escalier en marbre au moment où une visite guidée démarrait en bas. Au sommet des marches, Leo sortit un badge magnétique.

— Je dois passer chercher mon chargeur dans mon bureau, expliqua-t-il en l'entraînant dans un couloir.

Augusta patienta sur le seuil pendant qu'il fouillait ses tiroirs. Sur le bureau étaient posées quelques photos encadrées qui lui tournaient le dos ainsi qu'une rangée impeccable de voitures miniatures. Les classeurs étaient bien empilés et, sur les étagères, se trouvaient des dossiers consacrés à diverses manifestations. Près de l'unique fenêtre, une plante verte dépérissait.

— C'est donc l'antre des événements publics ?

— Oui ! c'est ici que tout commence. Pour la plante, je n'y suis pour rien. Elle était déjà morte quand je l'ai eue. Ah !

Il brandit triomphalement son chargeur et emmena enfin la jeune femme vers les archives.

Augusta s'était imaginé une vaste salle tapissée de livres, éclairée par des lampes à l'ancienne. En réalité, la pièce était modeste et moderne et disposait de deux espaces de lecture.

Derrière un bureau se tenait une femme entre deux âges, aux cheveux courts et grisonnants.

— Salut, Lori. Je te présente Augusta.

— Je crois que nous avons échangé quelques mails, déclara cette dernière en la saluant.

— Bien sûr ! Ravie de te rencontrer. Leo me dit que tu travailles sur les femmes de la famille Harlowe ayant vécu entre les années 1860 et 1880, c'est ça ?

— Absolument.

Elle avait décidé d'élargir sa recherche pour optimiser ses chances de trouver des informations.

— Je t'ai sorti quelques bobines de microfilms, des transcriptions de journaux et registres de l'époque. Quand tu auras terminé, je te trouverai les correspondances spécifiques.

Leo veilla à ce qu'elle ne manque de rien.

— Je serai dans mon bureau. Viens me retrouver quand tu seras prête. Sinon...

Il consulta sa montre.

— Et si on déjeunait à une heure, en face ? proposa-t-il. Histoire de te reposer les yeux.

D'instinct, Augusta eut envie de décliner l'invitation, d'autant qu'elle n'aimait pas manger, mais pourquoi refuser, après tout ? Chris ne risquait pas de l'interroger ensuite. Et elle devait se nourrir pour éviter une faiblesse ou une hallucination sur son lieu de travail.

— Volontiers, répondit-elle.

Jill avait raison. Margaret Harlowe n'était citée nulle part. Les yeux fatigués par les microfilms, Augusta laissa son esprit vagabonder en regardant par la fenêtre. Pourquoi une famille fortunée aurait-elle refusé de laisser la moindre trace de sa fille ? Aurait-elle commis quelque faute impardonnable ? L'époque victorienne était prude en ce qui concernait les affaires de sexe et de cœur. Bien des descendants avaient décidé de censurer les archives à leur avantage. Cette fois, c'était autre chose. Elle n'avait même pas trouvé son nom effacé ou une référence à une fille ayant fauté.

Elle devrait faire preuve d'imagination. Elle abandonna les journaux pour s'intéresser aux registres. Les chiffres ne mentaient jamais. Il devait exister des dépenses prouvant l'existence de Margaret Harlowe.

D'après le portrait, elle était adolescente ou jeune adulte dans les années 1870. Augusta revint vingt-cinq ans en arrière. Si elle était née vers 1850, elle trouverait une trace de sa naissance, des frais médicaux pour un accouchement, la facture d'une robe de maternité. Elle vérifia dans ses notes les années de naissance de ses frères avant de se plonger dans les colonnes de nombres.

La lecture était si monotone qu'elle faillit rater une entrée apparemment anodine. Elle arrêta la bobine et revint en arrière. Voilà. Non, elle ne se trompait pas.

Elle griffonnait frénétiquement quelques notes quand elle reçut un message de Leo lui demandant si elle était prête. Deux heures s'étaient écoulées ! La jeune femme regrettait presque de devoir s'interrompre.

Dès qu'elle sortit dans la rue animée, elle se réjouit de cette pause, de ce retour dans le présent. Ils croisèrent des groupes de touristes, des étudiants… Il flottait un délicieux arôme de café et de beignets. La grande ville vibrait d'une énergie particulière. En traversant le parc, au côté de Leo, elle eut soudain un sentiment de liberté enivrant.

Le restaurant thaïlandais sélectionné par Leo était presque désert. Ils s'installèrent au fond de la salle, dans une atmosphère intime. Augusta se rappela qu'il ne s'agissait pas d'un rendez-vous galant.

— Tu as trouvé quelque chose d'intéressant sur Margaret ? s'enquit Leo quand le serveur eut pris la commande.

— Pas exactement, admit-elle. Cependant…

Elle sortit une photocopie de son sac et lui tendit.

— Un extrait du registre comptable de 1858.

Elle peinait à contenir son enthousiasme.

— De quoi s'agit-il, au juste ?

— Regarde, dit-elle en désignant une entrée. Un achat de cinq rouleaux de tissu. Et plus bas… une facture de couturière pour des vêtements de « fille ».

Leo leva les yeux.

— Il y avait trois frères, donc pourquoi Jemima et Clarence Harlowe auraient-ils acheté des vêtements d'enfant féminins, à moins…

— À moins d'avoir une fille ! compléta Augusta.

— Waouh, fit-il, impressionné par cette découverte. Tu as bien travaillé.

Ce compliment donna des frissons à la jeune femme.

À l'arrivée de leurs plats, ils oublièrent momentanément Margaret. Les nouilles sentaient délicieusement bon, mais elle avait déjà mangé un donut et dépassé son quota de calories pour la journée. Elle se contenterait de quelques pousses de soja posées dessus et d'une bouchée de tofu, peut-être.

— C'est délicieux, commenta Leo en goûtant son curry. Et pour toi ?

— Aussi, répondit-elle alors qu'elle avait à peine avalé une pousse de soja.

Leo l'observait et brûlait de faire un commentaire. Elle avait l'habitude que son entourage juge ses habitudes alimentaires, ce qui ne faisait qu'amplifier son rejet de la nourriture. Elle regrettait à présent d'avoir accepté l'invitation.

— Mange, fit-il. Je te jure que c'est bon.

Elle hésita. Que faire ? Fixer son assiette comme si elle n'avait jamais vu des nouilles ? Il lui suffisait de porter sa fourchette à sa bouche. Et pourtant, elle en était incapable.

En levant les yeux, elle se rendit compte que Leo dévorait son plat à pleines dents, avec bruit, tel un enfant de trois ans se régalant.

— C'est délicieux, dit-il avec un soupir d'aise.

Étonnée, elle balaya la salle du regard.

— Qu'est-ce que tu fais ?

— Je mange, répondit-il, la bouche pleine.

— C'est ainsi que tu manges ?

— Oui, fit-il en déglutissant. Et toi, tu manges comme *ça* ?

— Je...

Elle s'interrompit en comprenant où il voulait en venir. Il cherchait à la mettre à l'aise, à lui montrer qu'elle n'avait pas à être gênée.

— Non, fit-elle prudemment.

Leo se plongea dans son téléphone. Elle eut l'impression que, là encore, il cherchait à l'aider. La jeune femme prit son courage à deux mains et dégusta une bouchée. Leo avait raison, les nouilles étaient succulentes.

Elle compterait les calories plus tard pour ne pas gâcher cet instant précieux en compagnie de Leo.

Au moment de régler l'addition, Augusta remarqua que la carte de crédit qu'il utilisait ne ressemblait pas à celle de Harlowe.

— Et maintenant ? fit-il. Tu retournes enquêter sur Margaret ?

— Oui, je vais revenir plusieurs années en arrière pour voir si je trouve d'autres indices.

Quelque chose dans ces comptes l'intriguait. Les informations liées à la venue au monde des trois garçons abondaient, mais il n'y avait rien sur une quatrième naissance. Une petite fille aurait eu besoin de robes vers deux ans. D'où venait donc Margaret Harlowe ?

Chapitre 17
Margaret

> L'amour que j'ai choisi, je m'en contenterai
> Et la mer se figera avant que je m'en repente.
>
> *Lowlands of Holland,*
> chanson traditionnelle.

J'avais beau l'implorer de me parler de mes origines, Phebe insistait pour que j'interroge mes parents. Je ne pouvais pas leur demander de but en blanc de me livrer leur secret, d'autant que ma présence semblait les tourmenter. De plus, si quelque chose n'allait vraiment pas, chez moi, ils ne me répondraient pas sincèrement. Henry croyait peut-être avoir apaisé mes angoisses, mais il n'avait fait que renforcer l'idée que l'on me cachait quelque chose.

Phebe ne pouvait être la seule à m'avoir connue toute petite. Je ne gardais de mes premières années que le souvenir flou d'une enfant solitaire qui ne jouait qu'avec ses grands frères. Une sage-femme, un médecin avaient-ils assisté à ma naissance ? Existait-il une trace de mon baptême dans les registres paroissiaux ?

Faute d'interroger mes parents, et face au mutisme de Henry, je décidai de mener ma propre enquête. Par une grise matinée d'automne, je rendis visite au vieux docteur Hardy, notre médecin de famille.

Son cabinet était installé à l'étage de sa maison de Main Street. Une domestique fatiguée me fit entrer. Au lieu de patienter dans le petit salon, comme elle me le demandait, je gravis les marches.

Le médecin était enfermé dans son bureau, vêtu d'un peignoir en velours. Il lisait à l'aide d'une loupe.

— Je ne reçois que sur rendez-vous, bougonna-t-il sans lever les yeux.

Néanmoins, il m'accorda un regard.

— Si vous avez des ennuis, j'ai le regret de vous informer que je n'effectue pas ce genre d'acte.

Je m'assis sur la table d'examen, face à son bureau.

— Je n'ai pas d'ennuis, répondis-je en omettant une partie de la vérité. Je suis venue vous poser des questions sur vos services envers ma famille.

— Il faudra tout de même un rendez-vous. Je suis très occupé et je ne peux recevoir quiconque entre chez moi comme dans un…

— Vous allez me recevoir, coupai-je. Car je sais ce qui se passe entre la sœur de votre épouse et vous.

Je m'interrompis pour souligner mes propos.

— Vos histoires de chaînes, de fouets… repris-je. À vous voir, on ne soupçonnerait pas de telles tendances, docteur.

Il pâlit soudain.

— Comment… Comment avez-vous… ?

— Peu importe. À présent, je veux que vous répondiez à mes questions. Vous êtes notre médecin de famille depuis au moins vingt ans, n'est-ce pas ?

— Absolument, confirma-t-il, un peu tendu.

— Vous avez suivi toutes les grossesses de ma mère ? Mis tous ses enfants au monde ?

Il parut embarrassé et remua sur son fauteuil de cuir.

— Les trois premiers, oui.

Je me figeai soudain. Dans la pièce, la tension était palpable.

— Donc vous ne m'avez pas mise au monde ?

— Je viens de vous dire que non.

— Mais vous avez mis mes frères au monde. Pourquoi pas moi ?

— J'ai oublié, marmonna-t-il. Il y a un tas de raison qui ont pu m'en empêcher. Votre mère a pu faire appel à un autre médecin. J'étais peut-être absent ou occupé ailleurs.

Quelle importance ? Votre intrusion dans mon cabinet et vos questions sont inconvenantes. Répandez vos rumeurs sordides si cela vous chante, mais ce sera ma parole contre la vôtre. Après vos exploits avec Mrs Hough, je vous garantis que c'est moi que l'on croira.

Il se croyait malin… J'aurais dû en rester là, mais je n'avais jamais été du genre à tendre l'autre joue.

— Donc vous avez entendu parler de ce que j'ai dit à Mrs Hough ? Peut-être avez-vous ausculté l'enfant avant de la déclarer condamnée ? De nombreuses femmes viennent me voir après vous avoir consulté et je les aide plus efficacement que vous.

J'avais capté son attention. Il poussa un soupir impatient et s'adossa dans son fauteuil.

— Vous vous croyez sorcière, mais il est évident que vous n'êtes qu'une personne étrange qui ne s'épanouit que dans le chaos et l'attention qu'on lui accorde.

Ignorant ces accusations, je me perchai sans vergogne sur un coin de son bureau.

— Certaines rumeurs sont exagérées, je l'admets. Mais il y a toujours un fond de vérité. Il n'y a pas de fumée sans feu. Je ne voudrais pas être obligée d'user de mes pouvoirs.

Je ne risquais pas de lui faire grand-chose, mais je connaissais quelques tours qui seraient suffisants. D'un claquement de doigts, j'enflammai la mèche de la lampe posée sur son bureau. Puis je l'éteignis de même.

Abasourdi, le Dr Hardy eut un mouvement de recul.

— Qu… qu'est-ce que vous voulez ?

— La vérité. Dites-moi ce que vous savez sur ma naissance.

— Ensuite, vous partirez ?

— Vous avez ma parole.

— Eh bien… fit-il, la gorge nouée, votre… votre mère était confinée et votre père a considéré que ma présence ne serait pas nécessaire. Je n'ai jamais vu votre mère, ni pendant sa grossesse, ni après votre naissance. D'après votre père, tout s'est déroulé à merveille.

— Mais vous aviez vu ma mère lors de ses précédentes grossesses, n'est-ce pas ?

— Oui. Pour vous, ce fut étrange car…

Il rougit soudain, l'air inquiet.

— En quoi était-ce étrange ?

— Elle n'a jamais eu… Elle n'a jamais paru enceinte. Je n'en ai été informé qu'au début de son confinement, les dernières semaines.

J'avais l'esprit en ébullition. J'avais la vérité à portée de main, mais elle m'échappait toujours.

— Quand m'avez-vous examinée pour la première fois ?

— Vous aviez au moins six mois…

Il toussota et se détourna en tripotant nerveusement sa loupe.

— Oui, docteur ?

— Je me suis demandé si, peut-être… vous étiez le fruit d'une liaison et si on m'avait maintenu à l'écart pour dissimuler ce secret de famille.

Pour la première fois depuis mon entrée, je perdis un peu de ma superbe. La confirmation de mes soupçons était un choc.

— Miss Harlowe ? fit le médecin entre sollicitude et peur. Je vous jure que je ne sais rien de plus. À présent, veuillez vous retirer.

Je dus prendre appui sur le bureau pour retrouver l'équilibre et quitter les lieux. Dans la rue, j'avais l'impression que ma tête allait exploser. Pourquoi ma naissance était-elle un secret ? J'étais la petite dernière. Ce n'était pas comme si j'étais née hors mariage. Ma mère ne risquait pas un châtiment corporel pour avoir fauté. Étrangement, mes parents avaient caché cette grossesse…

À la maison, je fus accueillie par un fumet de viande rôtie. J'avais oublié que George et sa fiancée Ida Foster étaient invités à déjeuner. Ida était aimable, un peu effacée, mais je n'étais pas d'humeur aux mondanités.

Trop distraite pour m'excuser de mon retard, je m'attablai sous le regard courroucé de ma mère. J'aurais dû me réjouir de voir George, mais j'étais encore troublée par les propos du médecin. Par chance, Clarence et Lizzie n'étaient pas présents. Ils venaient d'accueillir un petit garçon la semaine précédente et Lizzie se remettait de son accouchement.

Mes parents leur avaient rendu visite la veille.

— Le bébé est magnifique. On voit qu'il réfléchit déjà, déclara ma mère, très fière de son petit-fils. Un vrai Harlowe !

— Il ne réfléchit pas, marmonna Henry. Ce sont sans doute des coliques.

— Henry ! gronda maman.

— Et il a les yeux gris de son oncle préféré, renchérit George avec entrain.

— Et moi ? fis-je, incapable de me retenir.

Tous les regards se portèrent sur moi. Il fallait que je sache et j'avais enfin quelques munitions.

— Comment cela ? demanda mon père.

Je pris mon courage à deux mains et adoptai l'attitude d'une enfant modèle, la fille qu'ils avaient toujours voulue et qu'ils n'avaient pas eue.

— D'où je viens ? Suis-je une vraie Harlowe ?

— Naturellement ! Quelle question, bougonna ma mère en découpant son rôti, sans me regarder.

J'avais le cœur gros, en dépit de ces dénégations. On me cachait quelque chose sur mes origines. Étais-je le fruit d'une liaison ? Pourquoi mon père tolérait-il ma présence, alors ? Allant jusqu'à m'élever comme si j'étais de lui ? Il avait le teint mat, les yeux noirs. Ma mère était plus claire de peau, mais ses yeux étaient marron. J'étais la seule à avoir les yeux verts et les cheveux acajou. J'aurais dû le remarquer plus tôt. Je n'étais la fille d'aucun des deux.

George voulut prendre la parole mais mon père le fit taire d'un regard noir.

— Margaret... fit-il, la mâchoire crispée.

— Qui suis-je ? l'interrompis-je.

Ma mère posa sa serviette, l'air furibond.

— Je refuse de céder à tes caprices !

— Je sais que je ne suis pas votre enfant naturelle, alors qui suis-je ? Pourquoi me mentez-vous depuis des années ?

— Qui te l'a dit ? demanda-t-elle à voix basse.

— Ah ! Donc c'est la vérité !

Mes parents échangèrent un long regard. Soudain, je retombai en enfance. J'avais toujours eu l'impression d'être une intruse, de ne pas être à ma place. N'étais-je pas la seule à posséder ces pouvoirs ?

Je guettai la réaction des autres. Mon père lissait sa moustache et Ida semblait très mal à l'aise. Qui d'autre savait ? Mon cher George ? Ils avaient fait semblant d'être mes frères. Je les haïssais.

Le silence s'éternisa. Molly apporta le dessert, de la gelée. Ma mère la congédia sans ménagement.

— Tu es la fille illégitime de ma sœur, déclara-t-elle dès que la porte se fut refermée. Tu es notre nièce.

Soudain, j'eus le tournis. Une petite partie de moi espérait encore qu'il n'y aurait aucun secret lié à mes origines.

— Quelle sœur ? demandai-je.

Je n'avais que des tantes du côté paternel et elles avaient toutes des enfants.

— J'avais une jeune sœur, Eliza, expliqua ma mère. Elle a eu des ennuis dont tu es le fruit. Nous t'avons recueillie peu après ta naissance afin de protéger sa réputation.

— Où est-elle ? Où est ma mère ?

Je ne l'avais jamais rencontrée et je venais d'apprendre son existence, mais je l'aimais de tout mon cœur. Chaque pièce manquante de mon âme, chaque question sans réponse me mettait en joie. Je n'avais jamais fait partie de cette famille !

Ma mère pinça les lèvres et baissa les yeux.

— Elle a succombé à une infection contractée lors de l'accouchement, peu après ton arrivée ici.

Mon cœur se serra aussi soudainement qu'il s'était emballé. Le sang pulsait à mes oreilles. Je me levai aveuglément. Je sentis George me murmurer quelque chose en essayant de me prendre par la main. Je le repoussai. Je ne voulais plus les voir, même pas George. Je voulais Jack. Lui, au moins, ne m'avait jamais menti. Il était plus apaisant que le laudanum, plus réconfortant que le whisky. Je voulais me noyer dans sa passion et ne plus en sortir. Hélas, je ne l'avais pas vu depuis des semaines et j'ignorais si je le reverrais.

En sortant, j'entendis les murmures de ma famille. Je partis en quête de Shadow, qui perçut mon désarroi car il me lécha la paume.

— Je ne serai pas comme ma mère, murmurai-je. Je ne les laisserai pas m'arracher mon enfant afin qu'il soit élevé par quelqu'un d'autre.

Après une nuit sans sommeil, à essayer d'imaginer le visage de ma mère, le son de sa voix, je rendis visite à Phebe. Enfin, j'allais en apprendre davantage et parler à quelqu'un qui l'avait connue. À peine avais-je foulé le gravier de l'allée que Phebe apparut, les bras croisés sur sa robe à carreaux bleus.

— Ils te l'ont dit, pas vrai ? Allez, entre.

Elle ouvrit la grille pour laisser passer Shadow.

Je préparai du thé pendant qu'elle réparait ses filets en chantonnant. Couché à ses pieds, Shadow tentait parfois d'attraper un fil qui lui frôlait le museau. Tant de questions se bousculaient dans ma tête... Qui était ma mère ? Était-elle belle ? Elle devait l'être pour s'être compromise. Qui serais-je devenue si elle m'avait élevée ? Qui était mon père ? Le saurais-je un jour ? Comprendrais-je un jour ce monde qui repoussait la magie ? L'aurais-je compris si ma mère avait encouragé ma vraie nature ?

Devinant mes pensées Phebe s'exprima enfin :

— Elle était jolie, avec de longs cheveux bruns qu'elle tressait sur sa tête. Elle était intelligente, sauf en ce qui concernait les hommes.

Phebe posa sur moi un regard lourd de sens.

— Je ne la connaissais guère en dehors de l'église, donc cela m'a étonnée de la voir venir à moi dans l'embarras. Elle devait penser que je pouvais résoudre son problème.

Je sursautai en l'entendant parler de moi comme d'un « problème ». Désireuse d'en savoir davantage, je ne dis rien.

— Je lui ai répondu que je ne faisais pas ce genre de chose.

Phebe se leva et disparut à l'arrière de la maison dans un bruissement de jupons. Elle revint avec un livre.

— Ta mère m'avait confié ceci. Elle voulait que je te le remette à ta majorité. J'imagine que le moment est venu.

J'effleurai la couverture en cuir souple du carnet. À l'intérieur, l'écriture était élégante, le texte entrecoupé de dessins. Ma mère avait écrit ces mots et me les avait légués. Je devinai sa personnalité dans ces lettres penchées, dans la boucle des « p ». Je me sentais un peu moins seule. J'avais une explication de qui j'étais, de ce dont j'étais capable. J'avais enfin un lien avec mon passé. Je n'étais plus un navire à la dérive, mais un bateau arrivé à bon port.

Phebe m'observait, apparemment désireuse de me dire quelque chose.

— Méfie-toi de ce que tu liras là-dedans.

— Tu l'as lu ?

— Bien sûr que non. Je n'étais pas en droit de le faire. Mais je connaissais ta mère et je sais quel genre de magie elle préférait. Son côté sombre s'enflammait d'un seul coup.

Je songeai à ma mère, à Jack et à l'enfant que je portais. Pour ma mère, il était trop tard, mais je pouvais éviter de commettre les mêmes erreurs.

— Et toi ? Tu as déjà fait appel à la magie noire ?

Phebe me dévisagea longuement, au point que je crus l'avoir offusquée.

— Je te ferai la même réponse qu'à elle quand elle m'a posé la question. Les gens aiment fantasmer sur ce que je suis. À présent, cela ne m'ennuie pas d'être considérée comme une sorcière. En revanche, je ne pratique pas la magie noire. De plus, je ne suis pas là pour te tenir la main. Si la magie t'appelle, tu devras chercher tes réponses dans ce livre.

Je refermai l'ouvrage et n'en parlai plus. Je voulais tout savoir de ma mère, de la couleur de ses yeux à son caractère, sans oublier les chansons qu'elle chantait. Hélas, je devrais me contenter du carnet, en espérant que mon oncle et ma tante me parlassent d'elle, même s'ils ne la portaient pas en haute estime. Si elle avait suivi une voie sombre, je le ferais aussi.

Ayant fini mon thé, je glissai le livre dans ma poche et pris congé de Phebe.

— Sois prudente, Margaret Harlowe, me prévint-elle. Ne te laisse pas entraîner vers les pires ennuis par la promesse d'une magie trop facile.

Chapitre 18
Augusta

Dans son rêve, Augusta se tenait derrière une jeune femme et la regardait coiffer ses longs cheveux bruns et bouclés. Elle portait une robe ajustée et un corset. Augusta comprit qu'il s'agissait de Margaret Harlowe. *Retourne-toi,* lui intima-t-elle. *Retourne-toi que je voie ton visage.* Mais Margaret n'en fit rien. Elle continua de se coiffer en chantonnant doucement.

Soudain, grâce à son rêve, elle ne se contenta plus d'observer Margaret : elle *devint* Margaret. Elle sentait le peigne dans ses cheveux et son parfum de muguet dans son cou.

Alors qu'elle levait les yeux pour observer son reflet dans le miroir, l'alarme d'une voiture se déclencha et réveilla Augusta en sursaut. La mélodie que chantonnait Margaret resta dans sa tête. *Let no man steal your thyme,* « Ne laissez aucun homme vous voler votre thym », un air familier. Où diable l'avait-elle entendu ?

Les yeux fermés, elle s'efforça de ne pas laisser filer son rêve.

Hélas, il était parti. En rouvrant les yeux, elle peina à se rappeler où elle se trouvait. Parfois, elle s'étonnait encore de ne pas se réveiller dans la chambre qu'elle partageait avec Chris, avec ses plantes vertes et ses tableaux. Seul le sourire de Mickey sur sa table de chevet la saluait, face à un poster défraîchi du film *Titanic*.

En général, le samedi était synonyme de pancakes. Celui-là n'échappait pas à la règle. Lorsqu'elle entra dans la cuisine, sa mère s'affairait au fourneau.

— Te voilà enfin ! J'étais sur le point d'aller voir si tu respirais encore.

— Oui… bougonna-t-elle en bâillant. Il y a du café ?

Sa mère désigna la cafetière et retourna ses pancakes. Perchée sur un tabouret, la jeune femme souffla sur son café trop chaud.

— J'ai trouvé des cartons sous le lit, dit-elle en guettant la réaction de sa mère.

— Ah oui ? fit-elle sans lever les yeux.

— Des papiers, des photos… Je crois qu'ils appartenaient à papa.

Sa mère se figea.

— Je crois bien que j'y ai rangé des papiers, maintenant que tu me le dis.

Augusta savait qu'elle ne voulait pas en parler.

— J'aimerais bien les consulter, effectuer des recherches sur notre famille, reprit-elle.

Son enquête sur Margaret n'avait fait que renforcer son désir de se pencher sur ses propres origines.

Enfin, Pat se tourna vers elle d'un air buté.

— Je te l'ai déjà dit, tu n'as pas à me demander la permission. Tu en fais ce que tu veux.

Augusta effleura la joue de sa mère d'un baiser.

— D'accord. On n'en parle plus.

Elle prit une assiette de pancakes pour lui faire plaisir et remonta dans sa chambre.

Au décès de son père, ses parents étaient déjà séparés et cette mort avait laissé de nombreux regrets dans son sillage. S'il avait vécu, se seraient-ils remis ensemble ? Pourquoi avaient-ils rompu ? Son cœur se serait-il quand même arrêté alors qu'il dînait seul dans son appartement ?

Son père n'avait pas modifié son testament car sa mère faisait partie des bénéficiaires, de sorte que ses cartons s'étaient retrouvés à la maison. Si sa mère n'y avait sans doute même pas jeté un coup d'œil, Augusta était curieuse de leur contenu.

Une tasse de café en main, elle mit de la musique et s'assit par terre pour ouvrir les cartons. Elle découvrit surtout des papiers, des factures, des reçus, une enveloppe pleine de photos de ce qui semblait être la lune de miel de ses parents à Hawaï. Une version plus jeune de sa mère, avec des cheveux bouclés, posait devant une cascade, affichant un large sourire. Ils avaient fait de la plongée. Son père était un peu ridicule avec ses palmes et son maillot trop petit. Augusta trouva aussi des clichés de son père à un match des Red Sox, l'équipe de baseball de Boston, en train de dévorer un hot dog géant. Il portait son sweat-shirt fétiche.

Elle se tourna ensuite vers une enveloppe contenant notamment le certificat de mariage de ses parents. En remarquant un document, elle se redressa. Un arbre généalogique !

Le côté de son père n'avait rien de surprenant : une famille immigrée de Pologne dans les années 1920, dont les membres avaient épousé d'autres immigrés polonais. La branche maternelle avait toujours été entourée de mystère. Ses parents l'ayant eue sur le tard, Augusta n'avait jamais connu ses grands-parents paternels et elle avait perdu ses grands-parents maternels alors qu'elle était à l'école primaire. Sa mère était fille unique et son père n'avait qu'une sœur sans enfants. Les réunions de famille étaient limitées.

Elle effleura du doigt la partie maternelle de son arbre. Le nom de jeune fille de sa grand-mère lui disait quelque chose… Où donc l'avait-elle croisé ? La lignée remontait jusqu'à la moitié du XIXe siècle, lorsque les ancêtres de sa mère étaient venus d'Italie à Ellis Island. Il y avait aussi une branche américaine qui comptait des noms dont Augusta ignorait l'existence : Hale, Montrose, Barrett et Bishop. Elle voulut les noter pour consulter un site de généalogie, mais elle avait autre chose à faire. Elle replia l'arbre et le rangea dans un classeur dans l'immédiat.

Les cartons ne contenaient rien de bien intéressant. Au moment où elle rangeait les papiers et photos, un objet tomba à terre.

Un peigne en écaille de tortue, brillant et délicat, très ancien. Il avait quelque chose de familier. Elle l'avait déjà vu. Quand elle était petite, peut-être ? Sa mère s'en était-elle servie ? Machinalement, elle le passa dans ses cheveux. Il s'accrocha dans ses boucles. Elle avait déjà senti ce peigne, ses dents entre ses mèches, son poids dans sa main.

C'était le peigne que Margaret, qu'*elle* utilisait dans son rêve.

Le lundi fut long à venir. En arrivant à Harlowe House, Augusta salua rapidement Jill, Sharon et Reggie avant de filer vers son bureau. Son rêve et le peigne en écaille de tortue la hantaient. Il devait bien exister des détails sur Margaret… Ce peigne trouvé dans les affaires de son père n'était-il qu'une coïncidence ?

Pour la centième fois, Augusta ouvrit l'ouvrage consacré aux traditions orales de Tynemouth. Elle connaissait par cœur le peu d'informations sur Margaret, mais il devait y avoir autre chose… Elle relut avidement chaque témoignage et finit par se laisser emporter dans ces récits d'autrefois.

Une idée germa dans son esprit. Ces témoignages de femmes seraient utiles pour son exposition, mais ils remontaient aux années 1970. Il serait intéressant d'effectuer d'autres entretiens avec des femmes ayant vécu à Tynemouth. Par où commencer ? Elle décida de demander conseil à ses collègues lors du déjeuner.

— Tu devrais interroger ma tante, suggéra Reggie. Elle habite ici depuis son arrivée du Portugal, dans les années 1960. Elle a des histoires sur les bateaux de pêche de son père et ses frères.

— J'ai une idée, intervint Jill. Tu te souviens de cette artiste qui faisait des sculptures en bois flotté, l'hiver dernier ? Elle a un tas de souvenirs d'enfance de Tynemouth. Claudia Linton. Elle habite en ville.

Pleine d'enthousiasme, Augusta regagna son bureau. Elle passa des coups de fil, envoya des courriels et diffusa l'information qu'elle recherchait des témoignages de femmes pour une prochaine exposition.

La sculptrice recommandée par Jill répondit immédiatement au téléphone. Très vite, Augusta se retrouva devant un cottage niché dans une petite rue. Une légère bruine tombait sur les sculptures en bois flotté qui ornaient le jardin. Augusta sonna et patienta avec une appréhension soudaine. Tout se passait très vite et elle n'avait aucune expérience des entretiens.

Ses doutes furent vite effacés car une femme âgée au sourire chaleureux l'accueillit.

— Vous êtes la jeune femme de Harlowe House ? demanda-t-elle en faisant tinter ses bracelets. Entrez donc !

— Merci de me recevoir si vite.

— J'adore Harlowe House. Ils font beaucoup de choses pour les artistes locaux. Je leur dois bien ça.

Elle invita Augusta à s'installer sur un canapé moelleux et éteignit la musique.

— Vous voulez du thé ? Du café ? Un soda, peut-être ?

— Non ça va, merci.

Augusta était impatiente de commencer et d'apaiser sa tension.

— Je n'ai jamais rien fait de tel, avoua Claudia. Vous allez m'enregistrer ?

— Si cela ne vous ennuie pas. Je vais aussi prendre des notes. Harlowe House apprécie les documents sonores. À vous de décider.

— D'accord, mais on dit que je suis bavarde, alors vous en aurez sans doute plus qu'il ne vous en faut.

Soulagée, Augusta posa son téléphone sur la table basse en mode enregistrement.

— Quand vous serez prête, indiquez votre nom et votre âge.

— Je veux bien vous donner mon nom complet, mais je ne donne même pas l'âge de mes enfants, railla l'artiste.

Elle se révéla passionnante à écouter. Avec un talent manifeste de conteuse, elle évoqua son enfance à Tynemouth.

— À l'époque, tout était moins cher que maintenant. Chez Tony, on pouvait acheter des palourdes sautées pour cinquante cents et aller au cinéma avec la monnaie.

Augusta prit des notes et posa quelques questions pour orienter son récit.

— Depuis combien de temps votre famille est-elle dans la région ?

Claudia fit un calcul mental.

— Très longtemps. La famille de ma mère a toujours été ici et celle de mon père est arrivée de Trinidad dans les années 1950.

— Auriez-vous des anecdotes familiales sur Tynemouth ? Des histoires très anciennes ?

Elle espérait corroborer ce qu'elle avait lu dans le livre, notamment à propos du fantôme de Margaret Harlowe.

— Vous avez combien de temps ? s'esclaffa Claudia. Si j'avais su que vous vous intéressiez au passé lointain, j'aurais sorti des objets de famille. Voyons un peu…

Elle fouilla les tiroirs d'un bureau et revint avec une boîte à chaussures entourée d'un élastique.

— Ce sont des souvenirs accumulés dont je ne sais pas quoi faire mais trop précieux pour être jetés à la poubelle.

La boîte contenait des papiers, des photos, comme le carton de son père. Elle sortit un objet en bois lisse en forme de flèche.

— Qu'est-ce que c'est ?

— On appelle ça une navette, je crois. Cela servait à réparer les filets de pêche, autrefois, comme une grosse aiguille à coudre.

— Il y avait des pêcheurs dans votre famille ?

— Probablement. Mais cette navette ne leur appartenait pas. Elle était à une arrière-grand-tante, d'après ma grand-mère, dont le métier était de raccommoder les filets des pêcheurs.

— C'est incroyable, commenta Augusta en caressant l'objet. J'ignorais qu'il y avait des femmes dans le secteur de la pêche. Mais cela semble logique.

— Apparemment, cette tante était un sacré personnage.

— Comment cela ?

— J'ignore si c'était parce qu'il y avait peu de Noirs, mais elle était un peu marginale. On la considérait même comme une sorcière.

— Ah oui ? fit Augusta en levant les yeux.

— Absolument. J'ai entendu un tas d'histoires, mais il faut les prendre pour ce qu'elles sont parce qu'elles se transmettent de génération en génération et ont été embellies au fil des années. Il semble que les capitaines la payaient afin qu'elle calme la mer avant leur départ. On disait qu'elle tissait des sortilèges dans les mailles des filets afin qu'ils doublent ou triplent leurs prises.

— C'est formidable, déclara Augusta en manipulant toujours la navette. Vous avez autre chose à son sujet ? J'aimerais l'intégrer dans notre exposition.

Claudia eut l'air pensif.

— Son départ de Tynemouth est entouré de mystère et de drame. Ma grand-mère en faisait toute une histoire. Phebe aurait eu des problèmes à cause d'une jeune fille blanche qu'elle connaissait. Ma grand-mère était furieuse. Grandma Lou était rancunière et elle savait de quoi elle parlait. Bref elle racontait que cette Blanche avait trempé dans des activités occultes et que Phebe a payé à sa place. Tante Phebe a été chassée de la ville.

Augusta en eut la chair de poule. Elle était persuadée que Claudia parlait de Margaret. Elle n'avait même pas pensé à elle, mais son ombre planait sur le témoignage de cette femme.

— Vous connaissez le nom de cette fille ? s'enquit-elle, la gorge nouée.

— Aucune idée, non, fit Claudia. Quoi qu'il en soit, personne n'a jugé bon de consigner cette histoire. Phebe a quitté le secteur et, d'après ma grand-mère, elle est enterrée à Boston.

Claudia lui narra ensuite l'histoire d'une baleine échouée dans les années 1990, mais Augusta ne parvenait pas à se concentrer. Elle ne pensait qu'à Margaret et Phebe. Elle voyait presque Margaret et ses cheveux bruns, belle et impétueuse. Combien de personnes avait-elle ensorcelées ? Avaient subi les conséquences de sa passion ? Augusta commençait à se demander si la belle muse du tableau ne possédait pas une face plus sombre…

CHAPITRE 19
MARGARET

> Je m'adossai à un jeune chêne
> Je pensais que c'était un arbre solide
> Mais il plia, puis se rompit
> Comme mon amour qui m'avait trompé.
>
> *The Water is Wide,*
> chanson traditionnelle.

Pourquoi étais-je si anxieuse ? J'avais toujours su ce que je voulais et je ne me souciais guère de l'opinion des autres. Et pourtant, en quittant le cottage de Phebe, Shadow sur les talons, j'avais les mains moites et le souffle court. Une partie de moi savait sans doute ce qui allait se passer.

C'était une belle journée sous un ciel bleu limpide, le genre de temps pour lequel prient les marins. J'avais décidé que, quelle que soit la décision de Jack concernant le bébé et le mariage, je garderais mon enfant et je l'élèverais. Henry était persuadé que Jack allait m'abandonner.

— N'aie crainte, m'avait-il dit. Je ne permettrai pas qu'il t'arrive quoi que ce soit. Viens à Boston et je veillerai à ce que le bébé et toi ne manquiez de rien.

J'avais eu l'impression d'être une enfant. Mon frère m'avait informé des options et pris le contrôle de la situation. Si je voulais prouver à Henry qu'il se trompait, je redoutais au plus profond de moi qu'il n'ait raison.

Devant l'épicerie, je pris mon courage à deux mains et entrai. C'était un jeune Noir qui travaillait derrière le comptoir et non Jack. Lorsqu'il me demanda s'il pouvait m'aider, je bredouillai des excuses et ressortis. Je pensais trouver Jack, même si je ne savais pas grand-chose de ce qu'il faisait les jours où je ne le voyais pas. Je ne pouvais pas me rendre chez lui. Du moins ne le voulais-je pas. J'avais trop de fierté pour me présenter sur le pas de sa porte en suppliant d'être reçue.

Je me tenais dans la rue, à me demander quoi faire, quand il apparut. Il était habillé élégamment, avec un pantalon en laine et une redingote. Je le voyais rarement ainsi. En général, il avait les bras nus, le col ouvert et les cheveux en bataille. Presque aussitôt, je remarquai qu'il avait une jeune femme à son bras. Elle lui parlait et il était penché vers elle, un sourire aux lèvres. Lucy Clerkenwell était à l'inverse de moi : menue, blonde, sage et modeste, l'incarnation d'une jeune fille aux joues roses, dans sa belle robe de soie bleue au col ourlé de dentelle.

Peut-être la raccompagnait-il chez elle en toute innocence, mais elle le regardait avec une telle adoration... Mes entrailles se nouèrent.

Une charrette empestant le poisson passa. Un homme me cria de faire attention car je risquais d'être renversée. Mon choc fit rapidement place à une vive colère.

J'avais eu vent de rumeurs sur Jack et Lucy, naturellement. J'étais au courant de ce qui se déroulait à Tynemouth. Mais voir la main de cette fille accrochée au bras de Jack...

En me voyant venir à sa rencontre, affichant un regard meurtrier, il ne s'étonna guère. Jack commit l'erreur de parler le premier.

— Bonjour, Miss Harlowe, dit-il, un peu gêné.

J'eus envie de le frapper.

— Tu m'appelles « Miss Harlowe » dans la rue ? Je ne suis ta petite fleur sauvage ou ta petite sorcière que lorsque tu as le pantalon baissé et que je suis adossée à un tronc d'arbre, c'est cela ?

Lucy écarquilla ses grands yeux bleus et eut un mouvement de recul. J'eus la satisfaction de la voir pâlir.

— Maggie, je... bredouilla Jack.

— Ne t'avise pas de m'appeler Maggie, Jack Pryce ! lançai-je en crachant à ses pieds.

Les passants s'étaient arrêtés pour assister au spectacle mais je n'en avais que faire. Qu'ils regardent ! Qu'ils me prennent pour une folle ! L'homme à qui j'avais donné mon cœur et mon avenir se pavanait dans Main Street au bras d'une autre et je ne ressentais ni honte ni pudeur.

Il dégagea son bras, ce qui contraria Lucy.

— Je t'en prie, Maggie, pas ici. Je peux tout t'expliquer, souffla-t-il, affolé.

Il était si beau avec les reflets du soleil dans ses cheveux sombres.

Je ne lui accorderais pas la satisfaction de se justifier. Tournant les talons, je regagnai les bois. Les écailleurs d'huîtres coiffés d'une casquette me regardaient fixement, les doigts tordus et malodorants. Des bâtiments maculés de suie et de sel se dressaient de part et d'autre de moi comme s'ils voulaient me prendre en étau et m'écraser dans les boyaux de poisson qui polluaient la rue. C'était une petite ville de petites gens ayant de petits rêves. J'aurais pu choisir n'importe quel autre homme, mais je voulais Jack. J'aurais tout donné pour l'entendre me suivre, me prendre dans ses bras et me demander pardon, m'implorer de lui accorder une seconde chance. Hélas, il n'y eut rien de cela. Son choix était fait et je n'avais plus qu'à en subir les conséquences.

Chapitre 20
Augusta

Après son entretien avec Claudia, Augusta prit son temps pour regagner Harlowe House. L'air marin l'aidait à remettre de l'ordre dans ses pensées. Si seulement il existait des traces de ce qu'il s'était passé entre Phebe et Margaret ! Autant chercher une aiguille dans une botte de foin. Il restait un endroit où elle n'avait pas encore cherché. De retour à son bureau, elle prit un bloc-notes et ressortit. Elle fit signe à Reggie, sur la pelouse, et entra dans la remise à voitures.

Fantôme ou pas, l'endroit était inquiétant. Les sons de l'extérieur étaient étouffés dans une atmosphère lourde. Même les lampes semblaient nimbées d'un voile. Et pourtant, c'était un lieu idéal pour travailler. Augusta était seule face aux objets, sans distractions possibles. C'était ici que se retrouvaient les pièces n'ayant jamais été inventoriées ou estimées. Jill tenait à ce qu'Augusta inventorie le tout afin de transférer les pièces dans un lieu de stockage climatisé à Boston. La dépendance serait ensuite transformée en un espace dédié aux événements et expositions.

Elle trouva une chaise, posa son téléphone sur une étagère et se mit au travail. Malgré son envie de farfouiller en quête d'objets ayant pu appartenir à Margaret, elle s'en tint à l'ordre logique. Si la plupart des pièces dataient de la vente de la propriété, dans les années 1960, quand elle était meublée de reproductions d'antiquités, il y avait aussi bon nombre d'objets restés dans la maison abandonnée. Elle passa à un carton contenant des exemplaires moisis du magazine *National Geographic* et quelques outils rouillés. Elle consigna le tout et prit des photos, puis elle les mit de côté pour les rapporter dans la maison.

Au moment de saisir l'article suivant, sur l'étagère, elle se figea devant une écritoire en acajou, dénuée de poussière, dont le dessus incliné permettait d'écrire confortablement.

La jeune femme souleva prudemment le couvercle de sa main gantée. Une odeur boisée lui envahit les narines. En lisant un nom gravé et presque effacé, elle sentit son cœur s'emballer. Hélas, il ne s'agissait pas de Margaret Harlowe, mais d'Ida Foster. Augusta fronça les sourcils. Ce nom lui était familier… Le coffret contenait un nécessaire de correspondance du XIXe siècle. Chaque article, de l'encrier aux plumes et aux cachets, devrait être répertorié séparément et évalué. Au moment de baisser le couvercle, elle sentit un creux. Un tiroir secret.

Elle hésita. Le bois était peut-être fragile. Mais comme lors de ses hallucinations, elle ne contrôlait plus ses mouvements. Elle fit glisser le panneau sur le côté.

Elle découvrit un paquet de lettres entourées d'un ruban rose très abîmé.

Mieux valait reposer ces lettres à leur place et informer Jill de sa trouvaille. Les ouvrir aurait été une faute professionnelle. Mais elle ne put s'en empêcher…

Les premières lettres révélèrent qu'Ida Foster était l'épouse de George Harlowe. Augusta se souvint que George et Ida avaient hérité de la maison après la mort de Clarence père. Ils y avaient vécu avec leurs quatre enfants jusqu'aux années 1910.

Il pouvait s'agir de copies dont les originaux se trouvaient déjà dans les archives. Et pourtant, son instinct lui disait qu'elle était la première à les lire depuis plus d'un siècle.

Ida semblait avoir correspondu avec George Harlowe après leurs fiançailles mais avant leur mariage. Ce n'étaient en rien des lettres d'amour enflammées. Elles étaient même d'une banalité décevante. Ida évoquait son trousseau et son intention de commander de nouveaux gants. Elle relatait aussi quelques ragots glanés lors d'une sortie avec des amis de la paroisse. Rien de palpitant, mais des renseignements précieux pour l'interprétation historique de la maison et de la famille. Au moment où Augusta allait les remettre en place avant d'informer Jill, un paragraphe capta son attention.

Je comprendrais que tu veuilles reporter le mariage. Naturellement, ce n'est pas ce que nous avions espéré, mais mes parents comprendront également. C'est une tragédie et j'imagine la douleur qui te serre le cœur. Pardonne mon indélicatesse, mais les autorités soupçonnent-elles quelque délit ?

Augusta retint son souffle. Un délit ? Elle prit la lettre suivante et sauta les banalités initiales.

Tu m'as souvent parlé de ses excentricités et de sa nature indépendante... Es-tu certain qu'elle n'est pas partie de son propre chef ? Peut-être avait-elle un amoureux qu'elle serait allée épouser. Telle chose ne serait pas souhaitable, mais ce serait préférable à l'alternative.

Augusta déplia une lettre datant de presque un mois plus tard :

Quant au sujet de notre querelle, nous n'en parlerons plus. Je suis sincèrement désolée et je ne souhaite qu'une chose, que ton chagrin s'atténue et que tu retrouves ta joie de vivre. Ton regard pétillant et nos rires partagés me manquent. Je suis sûre qu'elle n'aimerait pas te voir dans cet état misérable.

Ta bien-aimée pour toujours,

Ida

Augusta prit le temps de réfléchir à ces lettres qui prouvaient qu'il s'était passé quelque chose, autrefois. Si elles ne citaient pas le nom de Margaret, c'était bien à elle qu'elles faisaient référence. La jeune femme fit un rapide calcul : si les robes d'enfant citées dans les registres avaient été achetées en 1858 alors que Margaret avait quatre ou cinq ans, elle devait avoir une vingtaine d'années lors de la rédaction de ces missives.

Augusta les remit dans l'ordre et les glissa dans le compartiment secret. Il faudrait qu'elle en parle à Jill et à Sharon. Sans doute ne seraient-elles pas ravies qu'elle ait pris l'initiative d'ouvrir les lettres, mais leur enthousiasme dépasserait-il leur réprobation ?

Dehors, la nuit commençait à tomber. En quittant la remise, elle s'attarda un instant devant la porte qu'elle venait de verrouiller. Outre le passage d'une voiture de temps en temps, elle aurait pu être dans les années 1870.

— Margaret, murmura-t-elle, que t'est-il donc arrivé ?

Chapitre 21
Margaret

Mon jardin était bien planté
Il regorgeait de fleurs
Mais je n'avais pas la liberté de choisir
La fleur que j'aimais.

The Seeds of Love,
chanson traditionnelle.

Soudain, je vis trouble. Tout se mit à tourner autour de moi. Je quittai vivement Main Street et me réfugiai derrière un mur de pierre pour céder à une violente nausée.

Je ne voulais pas rentrer à la maison, affronter l'air satisfait de Henry lorsqu'il apprendrait que Jack m'avait trahie et qu'il avait raison depuis le départ. Je ne voulais pas retourner auprès de gens qui m'avaient menti pendant des années sur celle que j'étais, des gens qui m'avaient volée à ma mère. Tandis que les feuilles mortes trempaient mes bottines et que le vent froid me piquait la peau, je compris qu'il n'y avait qu'un endroit où je puisse aller.

Plus je m'approchais de la maison de Phebe, plus je sentais que quelque chose n'allait pas. Je hâtai le pas vers le cottage. L'allée d'ordinaire bien entretenue était négligée et les carillons auxquels mon amie tenait tant gisaient à terre. L'une des fenêtres était brisée.

Oubliant mes soucis, je me précipitai vers la porte.

— Phebe !

J'entendis des pas à l'intérieur et la porte s'entrouvrit.

— Ah, c'est toi, fit-elle en reculant.

Elle avait l'air fatigué, les yeux cernés et les épaules voûtées.

— Que t'est-il arrivé ? Qui a fait ça ?

Je pensais qu'elle m'inviterait à entrer pour boire un thé et tout me raconter. Elle n'en fit rien et demeura distante.

— Ce qu'il m'est arrivé ? Je vais te le dire ! *Toi*, Margaret Harlowe ! Tes activités secrètes ont fait le tour de la ville et qui va en subir les conséquences ? Certainement pas toi !

Elle me foudroya d'un regard noir.

Dans un premier temps, je n'y compris rien, mais la vérité me frappa de plein fouet. Cela faisait des semaines que ces hommes étaient venus chez moi et j'avais presque oublié leurs menaces. Pourquoi les aurais-je prises au sérieux ? Ils fanfaronnaient, rien de plus. Or leurs paroles s'avéraient. Ils avaient trouvé la personne à laquelle je tenais le plus et avaient défoulé leur rage sur elle.

— Ils n'ont aucune raison de t'accuser ! Jenny Hough est venue me voir et elle sait que j'ai agi seule.

Phebe semblait exaspérée.

— Tu ne connais vraiment rien de la vie, toi !

Elle voulut me fermer la porte au nez mais je l'en empêchai.

— Attends ! Je t'en prie, laisse-moi entrer.

— Tu m'as créé suffisamment de problèmes. Je t'ai prise sous mon aile et voilà comment tu me remercies de t'avoir recueilli quand tout le monde te rejetait. Je ne passerai pas une journée de plus dans cette ville tant que tu y seras aussi, à me faire souffrir.

— Tu ne peux pas partir ! Les gens t'aiment. Nul n'oserait lever la main sur toi.

Elle me regarda avec une telle pitié que j'eus l'impression d'être une enfant.

— Ils n'oseraient jamais lever la main sur *toi*, la petite Blanche riche. Si ma maison était réduite en cendres, nul ne broncherait. Ils veulent bien venir me voir pour faire réparer leurs filets ou me demander des remèdes et des sortilèges, mais ce n'est pas moi qu'ils respectent, c'est mon originalité.

Je n'arrivais pas à croire qu'elle dise vrai. Les gens la révéraient, la consultaient. À Tynemouth, les habitants vivaient dans une relative harmonie, à mes yeux. En voyant la vitre brisée, les traces de bottes dans les plantations, je fus envahie d'un sentiment troublant d'ignorance. Je m'étais toujours considérée comme bien supérieure à mes concitoyens. Étais-je dans ma tour d'ivoire au point de ne pas voir la réalité de la vie des autres ? Étais-je inconsciente des drames et des épreuves que subissaient les gens sur le pas de ma porte ?

Phebe m'observait toujours d'un regard perçant.

— Hum, fit-elle comme si elle lisait mes pensées les plus profondes. Tu commences à te rendre compte que tu n'en sais pas autant que tu le croyais. Va donc y réfléchir ailleurs que chez moi. Je ne veux plus te voir.

Sur ces mots, elle me ferma la porte au nez.

CHAPITRE 22
AUGUSTA

— Waouh, ces lettres sont incroyables !

La veille, Augusta avait découvert les lettres d'Ida Foster et elle avait brûlé d'impatience de les montrer à Jill dès son arrivée, ce matin-là. Jill glissa délicatement les documents dans leurs chemises plastifiées avant de les poser sur le bureau. Augusta n'avait aucune raison de se sentir responsable ou fière de ces lettres. Quiconque aurait ouvert l'écritoire les aurait trouvées. Et pourtant, en voyant Jill se pencher à nouveau sur elles, son cœur se serra.

Sharon se tenait derrière Jill et lisait par-dessus son épaule.

— Lori sera folle de joie. Il serait intéressant de voir si les réponses de George sont archivées.

Augusta devinait la réponse. Si ces lettres citaient Margaret et sa disparition, elle les aurait trouvées en passant les archives au peigne fin, l'autre jour.

— À propos des archives, fit Jill, j'aimerais que l'on parle de ton exposition. On a le temps, mais il est bon d'anticiper. Ton expédition à Boston a donné quelque chose ?

— Oui et non.

Augusta lui parla des registres, de la commande de robes pour fillette et des conclusions qu'elle en tirait sur l'existence de Margaret.

— C'est fascinant, admit Jill. J'aimerais savoir ce qu'en pense Lori avant de tirer des conclusions hâtives. Tu as au moins un bon point de départ pour ton expo, mais ne te focalise pas sur Margaret. J'aimerais que tu élargisses tes recherches.

Augusta acquiesça, même si elle n'avait aucune intention d'abandonner Margaret alors qu'elle venait de trouver un indice palpitant.

— Il faut que je file à Boston, annonça Sharon en consultant sa montre. Je peux emporter ces lettres, si vous avez terminé ?

Augusta opina, sachant qu'elle n'avait pas le choix, malgré son envie de les relire. Elle s'en voulut de ne pas avoir pris de photos avec son téléphone.

— Cela te pose un problème si je pars de bonne heure ? demanda Jill. Mes beaux-parents arrivent de Pékin et Brian veut les accueillir à l'aéroport.

— Bien sûr. J'enclencherai l'alarme et je fermerai la maison en partant.

— Génial. Reggie est au magasin de bricolage, à l'autre bout de la ville. En cas de besoin, tu peux l'appeler.

Quand Augusta se retrouvait seule dans la maison, elle ressentait une forme de paix. Elle était impatiente de se préparer un thé et de travailler en musique.

Un orage s'annonçait. La jeune femme s'installa dans son bureau. Sur Main Street, les réverbères s'allumaient quand les premières gouttes s'écrasèrent sur les vitres. Toute la journée, Chris lui avait envoyé des textos. En voyant son écran s'éclairer à nouveau, elle éteignit son téléphone pour ne pas perdre un temps précieux à cause de lui.

Sur un site immobilier, elle consulta les annonces d'appartements à louer. À sa grande surprise, elle découvrit qu'elle pourrait peut-être se permettre de prendre un studio à Tynemouth et d'adopter un chat, pourquoi pas, voire deux…

Un bruit provenant d'en bas la fit émerger de sa rêverie. Elle baissa la musique et dressa l'oreille. Elle commençait à s'habituer aux sons propres à la maison, avec ses grincements et ses craquements perpétuels. Cette fois, il ne s'agissait pas d'une latte de parquet, des pas d'une souris ayant échappé à Reggie, malgré ses efforts, ni même de ceux d'un fantôme. Il s'agissait d'une présence humaine bien réelle. Quelqu'un frappait à la porte et essayait d'entrer.

Augusta soupira et glissa son téléphone dans sa poche. Il y avait toujours des distraits qui ne lisaient pas la pancarte ou ne croyaient pas que la maison était fermée et frappaient comme des déments.

La jeune femme descendit au rez-de-chaussée.

— Nous sommes fermés ! cria-t-elle en collant l'oreille à la porte, s'attendant à un grommellement et à des pas qui s'éloignaient.

— C'est moi, fit une voix familière. Tu n'as pas répondu à mes textos. Tu peux ouvrir la porte ?

Augusta regretta de ne pas avoir affaire à quelque touriste obstiné. Elle n'avait pas revu Chris depuis leur rupture et n'avait pas répondu à ses messages. Il alternait entre « Il faut qu'on parle. » et « Rappelle-moi. », sans oublier des messages plus sinistres, « Je suis au bout de la jetée, je ne peux pas vivre sans toi. » Elle se sentait terriblement coupable, mais elle savait que c'était l'objectif de Chris et qu'elle ne devait pas céder.

Et voilà qu'il débarquait sur son lieu de travail pour tambouriner à la porte. Elle n'hésita qu'un instant avant d'ouvrir. Il parut surpris. Derrière lui, les phares des voitures l'illuminaient par intermittence.

— Je t'ai envoyé des textos, énonça-t-il simplement.

Il tombait des cordes. Augusta le fit entrer et referma la porte. Ils restèrent plantés dans le hall, entourés d'artéfacts d'un autre temps.

Ils n'étaient séparés que depuis quinze jours mais elle avait l'impression que cela faisait partie d'un passé révolu, un chapitre qu'elle aurait dû clore bien plus tôt.

— Je travaille, rétorqua-t-elle, car elle n'appréciait guère cette intrusion dans son sanctuaire.

— Tu n'as pas répondu à mes messages, répéta-t-il. Tu n'as pas le droit de me jeter au bout de cinq ans et de te comporter comme si je n'existais pas. Tu me dois mieux que ça.

L'espace d'un instant, ses paroles firent mouche et elle se sentit coupable. Peut-être lui devait-elle une explication sur leur situation. Puis elle pensa à Leo et à ce qu'il lui avait dit sur la culpabilité, dans la voiture, et combien elle s'était sentie légère et heureuse, avec lui.

— Je ne pouvais pas te répondre. Je ne voulais pas te donner de faux espoirs.

Il se renfrogna et la regarda fixement.

— Tu es vraiment fausse…

— Pas du tout, rétorqua-t-elle, regrettant de mordre à l'hameçon.

Lorsqu'il fit un pas vers elle, elle eut un mouvement de recul.

— Tu te comportes en victime mais c'est toi qui passes ton temps à fuir en laissant le mal dans ton sillage.

— Tu es venu ici pour te disputer avec moi ?

Il y avait une lueur dans son regard, quelque chose d'anormal dans ses gestes.

— Attends… Tu es saoul ?

Elle ne l'avait vu ivre qu'une seule fois, lors d'une soirée organisée par son travail, dans un bar. Il s'était contenté de geindre et de bouder quand le barman avait refusé de le servir. Augusta ignorait comment il réagissait à l'alcool. Que faire dans une situation aussi tendue ?

— Tu ferais mieux de partir, lui dit-elle.

— Je ne suis pas saoul, affirma-t-il avec un tel aplomb qu'elle faillit le croire.

Mais ses yeux injectés de sang et son haleine chargée d'alcool le trahissaient. Soudain, un signal d'alarme se déclencha dans la tête de la jeune femme.

— Chris, on s'appellera plus tard pour discuter, si tu veux, mais tu devrais t'en aller maintenant.

— Non, on ne discutera pas. Tu dis ça mais tu vas continuer à m'ignorer, comme toujours.

Pourquoi avait-elle mis aussi longtemps à comprendre que leur relation était toxique ? Pourquoi avait-elle laissé les choses aller aussi loin ? Chris ne faisait que la conforter dans sa certitude d'avoir bien fait de rompre.

— Tu m'as fait croire que tu m'aimais et tu as trouvé ce nouveau boulot, de nouveaux amis et tu as décidé qu'il n'y avait plus de place pour moi dans ta nouvelle vie, alors tu m'as jeté comme un moins que rien. Tu te sers des gens, Augusta.

Ce n'était pas vrai. S'était-elle servie de lui ? Il l'avait réconfortée après la mort de son père, certes, et peut-être lui devait-elle davantage que cette rupture.

— Je suis désolée, se força-t-elle à dire. Ce n'est pas toi le problème. Je ne me sens pas en état d'être en couple en ce moment. J'ai besoin de temps pour faire le point.

— Le point sur quoi ? Pourquoi aurais-tu besoin de temps, tout à coup ?

Il afficha soudain une expression horrifiée.

— Tu vois un autre homme, c'est ça ?

— Quoi ? Bien sûr que non.

Augusta s'empourpra en pensant à Leo et à ce qu'elle ressentait en sa présence.

— C'est ce type avec qui tu étais l'autre jour, je parie, fit Chris d'un air soupçonneux.

— C'est juste un collègue.

Elle n'avait rien fait de mal, et pourtant elle se sentait de plus en plus coupable.

— Je ne vois personne, insista-t-elle. Je te l'ai dit, j'ai besoin de temps pour faire le point.

Chris la prit par les épaules avec une rare vivacité pour un homme ivre.

— Regarde-moi dans les yeux et dis-moi qu'il n'a aucune importance à tes yeux. Je veux voir si tu me mens.

— Je ne mens pas ! s'exclama-t-elle avec un mouvement de recul.

Cela se produisit très vite, mais elle le vécut au ralenti. Chris la plaqua contre le mur, ce dont elle ne l'aurait jamais cru capable. Peut-être était-ce la raison pour laquelle elle mis si longtemps à réagir : elle n'y croyait pas.

— Chris !

La tête de la jeune femme heurta le mur. Hébétée, elle demeura immobile, osant à peine respirer. Elle avait frôlé un tableau représentant un clipper, accroché juste au-dessus de sa tête.

Un silence de mort s'installa. Elle n'entendait plus que la respiration de Chris et les battements de son propre cœur. Il avait toujours les mains sur ses épaules, mais il était prostré, comme s'il n'y croyait pas non plus. Elle sentit le tableau vibrer. Allait-il la frapper ? La projeter à nouveau contre le mur ? Ses yeux semblaient être ceux d'un inconnu dont elle était incapable de deviner les pensées et les intentions.

Cette seconde qui suivit l'impact de son corps contre le mur lui parut une éternité. Soudain, avec la puissance d'un rocher qui dévale une montagne, le tableau chuta. Il heurta l'épaule de Chris, le projetant en arrière. Ils le virent s'écraser au sol telle une toupie qui s'arrête peu à peu.

Augusta aurait dû craindre pour sa propre vie, mais elle ne pensait qu'à la valeur du tableau et redoutait de l'avoir endommagé. Chris eut sans doute la même idée car il s'écarta d'un pas incertain.

— Je ne voulais pas faire ça. Il vaut beaucoup d'argent ?

— Tu te soucies davantage du tableau que de moi ? Bon sang, Chris, tu aurais pu me tuer !

Pour la première fois depuis son intrusion, il semblait sous le choc.

— Ce n'était pas mon intention…

— Va-t'en !

Elle tremblait si fort qu'elle n'entendit pas la porte claquer derrière lui. Elle s'écroula à terre, les mains sur ses yeux. Que faire ? Appeler la police ? Jill ? Comment lui expliquer tout ça ? Elle se releva pour examiner le tableau. Le châssis et le cadre étaient anciens mais très bien renforcés, sans doute par Reggie. Elle examina l'arrière avec soin, puis le système de fixation. Il était intact. Il était censé résister à un séisme, or le tableau s'était décroché sous l'impact de son corps.

L'air était si lourd qu'elle se crut sur le point d'avoir une hallucination. Rien de ce qu'il venait de se passer n'avait de sens.

Le tableau n'avait pas chuté. Il s'était envolé…

Chapitre 23
Margaret

Ce n'est pas le gel s'il fait si froid
Ni la neige qui tombe.
Ce n'est pas le froid qui me fait pleurer
Mais le cœur de mon amour qui ne m'aime plus.

The Water is Wide,
chanson traditionnelle.

Je perçois un changement d'énergie tandis qu'il entre dans la maison. Ma présence perturbe l'équilibre précaire entre l'ancien et le récent, le féminin et le masculin. J'ai beau détester les hommes pour le mal qu'ils m'ont fait mais, au fil des ans, ils sont des centaines à avoir franchi mon seuil et aucun n'a à ce point éveillé mon attention. Cet homme porte en lui une énergie sombre et secrète. Il est la mer déchaînée et la jeune femme, ma défenseuse, le frêle esquif qui subit ses foudres.

Le pire, c'est qu'il menace de défaire tout ce pour quoi j'ai travaillé.

Laisser des livres ouverts, la pousser gentiment dans la bonne direction est bien beau, mais je vais devoir passer à la vitesse supérieure. Je la vois assimiler ce qui vient de se passer et je lis la confusion sur son visage. Elle se demande comment le tableau a pu s'envoler. Sait-elle quel sang coule dans ses veines ? Sait-elle que je l'observe et pourquoi ? Elle ignore peut-être encore qu'elle a besoin de moi, mais cela viendra. Et moi, j'ai besoin d'elle.

Cela faisait presque un mois que je connaissais la vérité cachée sur mes origines, un mois que Jack m'avait brisé le cœur en mille morceaux. Tynemouth était oppressant de petitesse. Chaque bâtiment me rappelait ce que j'avais perdu. Je ne pouvais plus passer devant l'épicerie des Pryce sans ressentir de plein fouet la trahison de Jack ni me tenir devant le cottage déserté de Phebe sans plier sous le fardeau de la culpabilité. J'avais besoin de changer d'air. En recevant une lettre de George, m'informant qu'il avait besoin de me parler d'une question personnelle, je sautai sur cette occasion de me rendre à Boston. Je n'avais pas eu de conversation avec lui depuis la révélation de ma naissance et il me manquait, même s'il n'était pas mon vrai frère. Je pouvais lui pardonner le rôle qu'il avait joué dans cette tromperie, ne serait-ce que parce que je me sentais terriblement seule et que j'avais besoin de normalité et d'amour.

Comme il était bon de quitter Tynemouth, même pour une seule journée ! Boston ne pouvait se targuer de la beauté sauvage de la côte, mais il y pulsait une énergie singulière. Elle m'invitait à prendre ma place au cœur de ces hauts édifices et de cette foule.

Le bureau de Boston était un bâtiment somptueux, amélioré et agrandi lors des dernières décennies. Notre maison de Tynemouth était modeste et mes parents, économes, vivaient au-dessous de leurs moyens. Harlowe Mansion, le manoir, en revanche, était à la pointe de l'industrie et du commerce. Je rejoignis George dans son bureau tapissé de boiseries. Il semblait incongru au milieu de ces registres et ces lampes en cuivre. Il posa le document qu'il étudiait et se leva pour m'accueillir.

— Maggie ! s'exclama-t-il en m'embrassant. Quel plaisir de te voir !

Il avait les traits tirés, les yeux rougis. Ma colère contre mon frère préféré s'envola aussitôt. Peu m'importait que nous soyons en réalité cousins, il serait toujours mon frère.

— Viens, fis-je en l'entraînant vers la banquette, devant la fenêtre. Je n'aime pas te voir aussi triste. Que se passe-t-il ?

Il se mit à enrouler sa moustache.

— C'est Ida... Elle a des doutes. Je lui ai dit que j'avais un voyage en vue après le mariage et elle l'a mal pris.

Je ressentis d'abord de la colère. Et si je punissais Ida à l'aide d'un sort ? Si je faisais tomber ses cheveux, par exemple ? De quel droit se plaignait-elle alors qu'elle avait mis le grappin sur le plus beau des partis et sur son amour ? Je maîtrisai ma colère.

— Et elle est prête à renoncer à une vie de bonheur conjugal pour quelques mois d'absence ? fis-je. Elle est idiote.

— C'est une femme merveilleuse, reprit George avec un sourire triste, mais j'apprécie ta loyauté.

— Il suffit de lui faire entendre raison. Veux-tu que je lui parle ?

— Je ne suis pas certain que ce soit une bonne idée, répondit-il, sceptique.

— George, avec toute l'estime que j'ai pour toi, tu as une vie de rêve, dénuée de tragédies ou d'épreuves. Les choses ont toujours été faciles pour toi... Non ! laisse-moi finir. Tu aimes Ida et elle t'aime. Ce problème s'arrangera, mais tu devras te battre. Tu es prêt à lutter ?

— Naturellement ! Mais je ne vois pas pourquoi nous ne trouverions pas un accord. Je ne peux renoncer à mon travail et...

— Personne ne te demande de renoncer à ton travail, coupai-je, surtout pas Ida, j'imagine. Elle veut simplement savoir que tu la chéris plus que tout. Dis-lui à quel point elle va te manquer, combien tu souffres à l'idée de la quitter. Si tu l'aimes autant que tu le dis, exprime ton amour à chaque mot pour éviter qu'elle ait peur ou s'inquiète.

— Et si elle ne change pas d'avis ?

— Dans ce cas, elle n'est pas celle que tu croyais. Si elle est aussi bonne et bienveillante que tu le dis, elle entendra raison.

Dans la rue, des couples insouciants flânaient.

— Si j'avais un homme aussi digne de mon amour, je ferais n'importe quoi pour le garder, repris-je en m'efforçant de ne pas sembler amère. J'irais jusqu'au bout du monde pour lui, je livrerais toutes les batailles pour lui, je le ramènerais à la maison coûte que coûte, je le soignerais, je le garderais pour toujours. Je n'aurais de repos que quand il serait à mes côtés.

La nuit commençait à tomber, annonçant l'hiver.

— Maggie, dit George en prenant mes mains dans les siennes. S'il y a une femme qui mérite un tel amour, c'est bien toi.

Dans le silence du bureau, je détournai la tête pour lui cacher mes larmes. Méritais-je vraiment l'amour ? Je le pensais naguère, mais je n'en étais plus si sûre. Les paroles de Phebe résonnaient encore dans ma tête. Peut-être avait-elle raison en me disant égoïste et naïve.

— Bon, repris-je vivement en essuyant une larme, je ne vais pas t'empêcher de travailler plus longtemps...

— Merci d'être venue. Merci de...

Je l'embrassai tendrement.

— Ce n'est rien. Tu en ferais autant pour moi.

Je regagnai Tynemouth sans savoir que c'était la dernière fois que je verrais mon cher George...

Chapitre 24
Augusta

Assise à son bureau, les jambes tremblantes, Augusta n'avait pas touché son café. Elle était censée rédiger des rapports mais elle revivait sans cesse son entrevue de la veille avec Chris. Il fallait qu'elle parle à Jill et Sharon de cet incident, mais elle ne parvenait pas à s'y résoudre. S'il n'y avait pas dégâts apparents, le système de fixation était peut-être endommagé. La peinture avait peut-être subi une craquelure. De plus, elle devait signaler la présence d'une personne étrangère au service en dehors des heures d'ouverture, non ?

Elle se leva et sortit dans le couloir. Elle voulait oublier la haine et la colère qu'elle avait lues dans le regard de Chris. Elle avait l'impression de marcher vers l'échafaud, peu désireuse de revivre cet incident en le racontant à ses collègues. Que penserait Jill ? Perdrait-elle sa confiance ? Son emploi ?

Jill et Sharon se trouvaient ensemble de l'autre côté du couloir.

— Je peux te parler une minute ?

— Bien sûr, répondit Jill.

Sharon s'apprêta à sortir du bureau.

— Je crois que vous devriez m'écouter toutes les deux, reprit Augusta.

Le regard qu'échangèrent les deux femmes ne lui échappa pas. Augusta ferma la porte et s'assit en essayant de maîtriser ses tremblements. Elle entendait de la musique classique en sourdine et le chant des oiseaux dans les branches du chêne.

— Voilà... hier soir, alors que je travaillais dans mon bureau, mon ex a débarqué sans prévenir. Il avait bu... Il s'est énervé et m'a bousculée.

Elle sentait encore le choc de son contact avec le mur, la peur de ce qui allait suivre.

— Le tableau de l'entrée est tombé, mais il ne semble pas endommagé. Je tenais à ce que vous le sachiez. Shayna devrait peut-être l'examiner...

Sharon la fit taire et posa une main sur son bras.

— Est-ce que tout va bien, Augusta ?

— Oui, ça va. Je voulais vous le dire au cas où il y aurait un problème d'assurance ou de responsabilité à cause de la présence d'une personne en dehors des heures d'ouverture de la maison...

Jill et Sharon se regardèrent à nouveau. Elles étaient inquiètes non pas pour le tableau, mais pour elle. Soudain, elle se rendit compte qu'elle était ce genre de femme. Cette femme qui restait avec un homme qui n'était pas bon pour elle. Cette femme à qui tout le monde disait qu'elle n'était en rien fautive, car ils ne comprenaient pas pourquoi elle restait avec lui alors qu'elle savait comment il était. Elle était ce genre de femme qui inspirait la pitié.

Pire encore, quelqu'un frappa à la porte. La tête de Leo apparut.

— Je dérange ? J'ai les candidatures pour le programme d'été, si vous êtes prêtes à jeter un coup d'œil.

— Tu peux nous accorder un quart d'heure ? demanda Sharon.

Malgré sa tête baissée, Augusta perçut le regard interrogateur de Leo. Elle eut soudain envie de disparaître sous terre.

— Pas de problème, je serai en bas.

Jill attendit qu'il ait refermé la porte.

— On examinera le tableau plus tard pour voir s'il a besoin d'une restauration. Et toi ? Tu as un lieu sûr où séjourner ?

Leo lui avait posé la même question quelques semaines plus tôt et elle l'avait prise à la légère.

— Je vis chez ma mère. Je ne crois pas qu'il irait là-bas.

Sharon hocha la tête. Elles se montraient si bienveillantes que cela faisait presque mal.

— Il faut mettre en place de meilleures procédures, décréta Sharon à Jill. Tynemouth est une petite ville très sûre, mais nous sommes entre femmes quasiment tout le temps et je n'aime pas l'idée que l'une d'entre nous reste seule pour fermer la maison, le soir. Mais tu n'as rien fait de mal, Augusta.

Augusta se tut, embarrassée face à ces deux femmes qu'elle appréciait et admirait. Elles parlaient de sécurité, mais elle les entendait à peine.

— Il faut que j'aille faire quelque chose, dit-elle en se levant soudain.

Jill parut étonnée mais lui adressa un sourire rassurant.

— Merci de nous avoir tenues au courant, Augusta. Si tu as besoin de quoi que ce soit, tu sais où me trouver. Tu veux bien refermer la porte derrière toi ?

Elles allaient parler d'elle. Elle avait déjà de la chance qu'elles ne soient pas fâchées à cause du tableau et qu'elles ne veuillent pas la renvoyer. Une fois dans le couloir, elle s'adossa au mur. En bas, un groupe visitait la maison. Quelques rires fusèrent après une réflexion de la guide. La pensée de regagner son bureau pour se remettre au travail était insupportable. Elle ne voulait pas faire comme si tout allait bien.

Ses yeux s'embuèrent de larmes. Bientôt, son corps fut secoué de sanglots. Ces dernières semaines la rattrapaient et elle plia sous le fardeau de sa rupture, de ses hallucinations, de cette confrontation avec Chris. Lorsqu'elle voulut se rendre à la cuisine, Leo la croisa dans l'escalier. Elle devait avoir une mine épouvantable, avec ses yeux rouges et son mascara, mais elle était trop abattue pour faire bonne figure.

Avant même qu'elle puisse essuyer ses larmes et bredouiller un prétexte, il l'attira vers lui avec le plus grand naturel. Il ne dit rien, il la laissa pleurer. Il était rassurant et ses bras musclés qu'elle admirait depuis le départ l'enlacèrent.

Était-il comme Chris ? Elle avait un jour cru que Chris était le plus merveilleux, le plus attentionné des hommes. Comme elle se fourvoyait ! Leo lui caressait les cheveux en murmurant des paroles douces, mais il en aurait fait autant pour n'importe quelle amie dans la même situation. Or, elle ne parvenait pas à s'écarter de lui.

Chapitre 25
Augusta

Quand elle eut ravalé ses larmes, Leo l'écarta doucement de lui pour la dévisager.

— On devrait aller boire un café. Ça te dit ?

Elle hocha la tête, ravie d'avoir l'occasion de sortir de cette maison. Depuis la venue de Chris, Harlowe House n'était plus ce havre de paix. Et elle redoutait de craquer en présence d'un groupe de touristes. Leo informa Jill et Sharon qu'ils sortaient, puis il entraîna la jeune femme au-dehors, sous le soleil.

Le café était presque désert, à part deux locaux lisant le journal et un type travaillant sur son ordinateur.

— La même chose que d'habitude, un double expresso au lait d'amande ? s'enquit Leo dès qu'ils furent installés.

— Oui, s'il te plaît.

Elle était étonnée qu'il s'en souvienne. Lorsqu'elle voulut payer, il refusa. Elle patienta donc sur la banquette surmontée d'une guirlande lumineuse créant une atmosphère presque romantique. Quelques minutes plus tard, Leo réapparut avec, sur un plateau, leurs boissons et deux parts de gâteau au chocolat.

— Il avait l'air trop bon, se justifia-t-il en posant le tout sur la table. Voilà.

— Voilà…

— Tu n'es pas obligée de me dire…

— Mon ex est venu à Harlowe House, fit-elle dans un flot irrépressible. Il m'a agressée.

Elle préférait qu'il l'apprenne de sa bouche au lieu d'écouter une version déformée. Elle n'omit aucun détail, de l'ivresse et la colère de Chris à l'envol du tableau. Ses mots restèrent en suspens entre eux.

— Ne me regarde pas comme ça, dit-elle, incapable de supporter sa pitié et son inquiétude. Ne me demande pas si ça va. Physiquement, je n'ai rien et c'est tout ce que je suis en mesure de gérer sans l'immédiat.

Il hocha la tête avec bienveillance.

— Je suis content que tu n'aies rien. Tu sais, je suis là si tu as besoin de parler, mais je ne te mets pas la pression. Je peux aussi manger mon gâteau pendant que tu te défoules sur moi. C'est comme tu veux.

Il se tut. L'esquisse d'un sourire disparut de son visage.

— Ou si tu ne supportes plus les hommes dans l'immédiat, je peux comprendre et t'accorder de l'espace.

— Non, fit-elle vivement. Ne pars pas.

Ce qu'elle voulait, c'était sentir à nouveau la chaleur de ses bras, oublier le monde extérieur pendant un moment désormais révolu.

— Pas de problème.

Il s'installa plus confortablement sur la banquette et ils burent en silence, dans une ambiance confortable. Tout était confortable, chez Leo, comme s'ils étaient deux vieux amis qui se retrouvent après une longue séparation. Le seul problème, c'était qu'elle avait envie d'être totalement honnête avec lui.

Les mots s'échappèrent de sa bouche malgré elle.

— Cela va te sembler fou, mais Harlowe House est hantée. Ou plutôt, c'est moi qui suis hantée.

Leo ne trahit aucune surprise.

— Ah oui ? Qu'est-ce qui te fait dire ça ?

— Eh bien...

Comment réunir tous les événements étranges qui se produisaient ?

— Le tableau, par exemple. Il était impossible qu'il tombe du mur dans ces conditions. Il s'est littéralement envolé et a heurté Chris sans jamais toucher ma tête. Et les livres... Chaque fois que je m'assieds à mon bureau, je trouve un livre que je n'ai jamais vu, ouvert à une certaine page concernant Margaret Harlowe.

Augusta prit une profonde inspiration avant de passer à la suite, la partie la plus inexplicable :

— Depuis mon arrivée à Harlowe, j'ai des… hallucinations.

Voyant que Leo ne réagissait pas, elle continua :

— Le premier jour, dans l'ancienne cuisine, j'ai eu une vision de cette pièce telle qu'elle était au XIXe siècle. Ces hallucinations sont de plus en plus longues et vivaces, comme si je voyais le passé de la maison à travers le regard de quelqu'un d'autre.

Jamais elle n'aurait osé confier tout cela à Chris. Or Leo ne l'interrompait pas, ne faisait pas de moues dubitatives.

— D'abord, j'ai cru avoir des vertiges parce que je ne mange pas assez, parfois. Depuis, je m'efforce de prendre un petit déjeuner et cela ne change rien.

Leo posa sa tasse, la mine grave, très concentrée. Augusta crut qu'il allait la traiter de folle, mais il n'en fit rien.

— On devrait la chercher, dit-il au contraire.

— Qui ça ?

— Margaret. Car c'est bien elle, le fantôme, non ? Tu trouves des livres ouverts et il est évident qu'elle te cherche.

Augusta n'y avait pas pensé. Elle avait pris la chute du tableau comme une coïncidence. Et si Margaret avait voulu la protéger ?

C'était une hypothèse à la fois réconfortante et troublante.

— Donc tu me crois ?

— Bien sûr. Si tu dis que c'est arrivé, c'est que c'est arrivé. Quelle autre explication y aurait-il ?

Les explications ne manquaient pas et toutes suggéraient qu'Augusta n'était pas en pleine possession de ses moyens. Cela n'avait guère d'importance, en cet instant. L'essentiel, c'était qu'elle se soit confiée à Leo et qu'il l'ait crue.

— On devrait retourner aux archives et interroger les gens du coin. Tu as évoqué une légende entourant la disparition de Margaret… Il doit bien exister des traces.

— Les lettres, souffla Augusta.

Face au regard intrigué de Leo, elle lui fit part de sa découverte.

— Lors de mon entretien avec Claudia, elle a évoqué une ancêtre ayant fréquenté Margaret.

— On va vérifier les registres des cimetières pour voir si elle est enterrée dans le coin, suggéra Leo avec un enthousiasme juvénile charmant. Ou les archives de la police. Elles existaient déjà dans les années 1870 ? Lori doit le savoir.

La serveuse vint ramasser leurs assiettes, la jolie jeune fille qui avait flirté avec Leo. En voyant qu'Augusta n'avait pas touché son gâteau, elle hésita.

— Je vous laisse terminer ?

— Non merci, ça ira, répondit-elle.

— Vous pouvez nous l'emballer ? demanda Leo. On va l'emporter. Augusta, tu changeras peut-être d'avis plus tard, si tu as besoin d'une petite dose de chocolat.

Elle n'osa pas lui dire qu'elle allait jeter le gâteau avant qu'il ne devienne une tentation dans son réfrigérateur. Dès que la serveuse se fut éloignée, ils revinrent à leur conversation.

— Tu es sûr de vouloir t'impliquer dans cette histoire ? Ça ne fait pas vraiment partie de tes attributions.

— Tu te demandes si j'ai envie de partir à la chasse aux fantômes ? fit-il avec un sourire espiègle. Bien sûr que oui !

Elle but une gorgée de café en essayant de ne pas s'attarder sur son charme fou, surtout quand il était enthousiaste, alors qu'il était généralement réservé et détendu, presque désinvolte. Soudain, il reprit son sérieux.

— Que se passera-t-il si tu as une autre... expérience ? Je ne voudrais pas que tu prennes des risques ou que tu te mettes la pression.

La jeune femme n'y avait pas réfléchi. Depuis sa dernière hallucination, sa mélancolie, son cœur gros ne l'avaient pas quittée. Elle était encore plus tourmentée et curieuse.

Sa passion pour Margaret se muait en une obsession et elle n'aurait de cesse de trouver ce qu'elle était devenue.

— Je vais devoir prendre ce risque.

Chapitre 26
Margaret

Si tu ne m'aimes pas
Aime qui tu voudras,
Mais prends-moi dans tes bras
Et soulage mon cœur.

Down in the Valley,
chanson traditionnelle.

À Boston, je pris la diligence de nuit et dormis par intermittence tandis que les chevaux foulaient la route boueuse. J'espérais qu'un changement de cadre atténuerait ma peine mais, dès les abords familiers de Tynemouth, je sus que ce ne serait pas le cas. Je ne pouvais plus demander conseil à Phebe et j'avais compris trop tard qu'elle avait raison. Je n'allais la voir que quand j'avais besoin de quelque chose, de la compagnie, une oreille compatissante ou un conseil. Maintenant qu'elle était partie, il était trop tard pour m'excuser ou prendre conscience des choses.

Au petit matin, la diligence me déposa sur Main Street. Par chance, je ne vis pas Jack en me hâtant vers ma maison, tête baissée. Je passai la majeure partie de la journée au lit en évitant ma famille. Je détestais me sentir faible et apathique à cause d'un homme. Seule la pensée de l'enfant qui poussait en moi me fit descendre dans la salle à manger où je grignotai quelques bouchées de rôti fade.

Ce soir-là, le dîner se déroula dans le silence, outre le tintement des couverts sur les assiettes et le bruit de l'eau que l'on versait dans les verres.

Il n'y avait que Henry, mes parents et moi. Ils n'étaient pas mes parents, me rappelai-je en buvant à petites gorgées. Dans ma vie, il n'y avait rien de vrai, ni ma famille, ni mon amour pour Jack, ni même celle que je croyais être. Je n'avais que moi-même, mon bébé et une sourde colère qui bouillonnait en moi.

Henry était le seul à ne pas sembler se rendre compte de mon humeur sombre. Mes parents m'évitaient comme la peste, comme si j'étais un serpent venimeux qui risquait de mordre à la moindre provocation. Ils avaient certainement eu vent de ma scène avec Jack, dans la rue. S'ils songeaient toujours à m'éloigner, ils n'avaient plus abordé le sujet. Henry était plein de sollicitude. Il me servait de l'eau, me réservait les plus beaux morceaux de viande. Il pensait sans doute que je viendrais avec lui à Boston, que nous formerions une sorte de famille, lui, l'enfant et moi. Nous étions cousins, après tout, mais cette pensée me répugnait toujours.

Quand je ne pus plus rien avaler de cette nourriture insipide, je me retirai et sortis de la maison. J'avais besoin de sentir la fraîcheur de l'air marin sur mon cou et dans mes cheveux. Si j'avais préparé des potions pour les autres, au fil des années, il n'y en avait aucune qui puisse réparer mon cœur brisé, mon armure fissurée. Dans les bois, au moins, dans le bruissement des arbres et les cris mélancoliques des oiseaux nocturnes, je faisais partie d'un paysage plus large que moi-même et mes soucis terrestres. L'élégante biche qui m'observait de ses yeux noirs ou l'agile souris se moquaient de qui j'étais.

Je foulai les racines, les feuilles et les pierres, puis le sol se fit sablonneux et je parvins à un promontoire rocheux surplombant l'océan. Debout sur les rochers, je laissai l'écume arroser mes pieds nus quand je perçus sa présence. Il n'était pas venu depuis des semaines et je pensais qu'il aurait pu au moins m'accorder une ultime faveur, celle de ne plus se montrer, de me permettre de guérir en paix. Mais non. Je n'aurais pas de répit de cet homme qui faisait bouillonner mon sang de colère et battre mon cœur de désir.

— Qu'est-ce que tu veux, Jack ?

Il s'arrêta quelques pas derrière moi, en silence. Je croyais qu'il allait implorer mon pardon ou tenter de s'expliquer par de belles paroles. J'aurais ressenti une grande satisfaction à le voir m'implorer à genoux. Mais non, il me surprit.

— Quand j'étais petit, j'enviais les marins et les marchands qui partaient pour la grande aventure, dit-il d'une voix douce et claire qui couvrit le fracas des vagues, en contrebas. J'en voulais à mes parents d'être de simples épiciers. À neuf ans, j'ai décidé de monter clandestinement à bord du premier navire pour Santiago et de devenir pirate.

Je ne pus réprimer un rire de dédain en imaginant Jack en tant que passager clandestin, dégingandé, tanné par le soleil. Il s'était approché de moi et, du coin de l'œil, je le vis sourire.

— Heureusement, j'ai eu faim et je suis rentré chez moi avant même d'avoir mis les pieds sur le quai. J'aurais fait un piètre pirate.

Le silence s'installa entre nous. En contrebas, les vagues s'écrasaient sur les rochers. Le vent souleva mon châle mais je réprimai mes frissons. Jack posa son manteau sur mes épaules. Je me raidis. Il s'écarta.

— Si tu crois m'apaiser avec tes histoires ou en jouant les chevaliers servants, tu te méprends sur mon caractère. Je préférerais te pousser dans le vide que d'écouter tes sornettes.

— Je veux bien te croire, murmura-t-il, amusé.

Je poussai un soupir las et me mis à trembler dans le vent.

— Pourquoi es-tu venu, Jack ?

Il ne dit rien, au point que je crus qu'il ne m'avait pas entendue, mais il reprit la parole :

— Je ne suis pas le méchant que tu vois en moi. Au début, je voulais juste m'amuser, c'est vrai, mais toi aussi.

J'ouvris la bouche pour le contredire mais me ravisai aussitôt. Il avait raison. J'étais en chasse et j'y trouvais autant de plaisir que lui, voire davantage.

— Ce que… ce qu'il y a entre nous…

Il toussota et poussa un soupir, puis il ramassa un galet pour le jeter à la mer et le regarder sombrer.

— Je ne suis pas très doué pour m'exprimer, Maggie.

Je hochai la tête car je savais ce qu'il voulait dire. Entre nous, il y avait quelque chose de magique qui dépassait notre plaisir physique. J'aurais pu souhaiter sa mort, vouloir ne plus jamais le revoir, mais je ne pouvais nier l'étincelle.

— Je suis enceinte, dis-je malgré moi. Et je le garde.

Surpris, il retint son souffle. Au moment où je m'attendais à justifier ma décision, il m'étonna encore :

— Je ne peux pas t'épouser, Maggie, dit-il d'une voix lasse et triste.

— Te l'ai-je demandé ?

— Non, mais…

— Je n'ai aucune intention de t'imposer un mariage. Je m'en sortirai très bien sans toi.

— Tu n'as besoin de moi pour rien, apparemment, rétorqua-t-il sèchement. J'entretiendrai cet enfant, tu n'as pas à t'inquiéter.

— Je ne veux pas de ton aide.

Jack ne pouvait avoir assez d'argent pour entretenir une épouse, encore moins un enfant.

— Tu ne m'as pas demandé pourquoi je ne pouvais t'épouser, soupira-t-il.

— Je m'en moque, mais il doit être question de ton héritage et du fait que je ne conviens pas face à une fille telle que Lucy Clerkenwell.

— Tu te trompes. Je ne peux t'épouser parce que je suis déjà fiancé.

Je fixai ses pommettes hautes, ces traits et ces muscles qui constituaient l'homme que j'aimais. À cette révélation, je sentis plus fort le vent marin, mais j'avais l'impression d'être à des milliers de kilomètres des roches. J'avais eu tort de croire que je m'en moquais, que je pourrais vivre sans Jack. C'était faux. Il m'importait beaucoup de ne pas pouvoir l'avoir.

Il m'épargna le besoin de demander qui il allait épouser, ce que je savais déjà.

— Lucy Clerkenwell, dit-il. Une décision folle et inconsidérée, prise dans la folie de la jeunesse, prise après avoir couché avec elle quand nous avions seize ans. Heureusement, elle n'est pas tombée enceinte, mais je lui ai fait ma promesse.

— Tu es fiancé depuis plusieurs années ? Tu m'as séduite, tu as couché avec moi, tu m'as dit que tu allais parler à mon père, à tes parents. Tout ça n'était qu'une ruse ? Tu n'as jamais eu la moindre intention de m'épouser ?

Il avait la mâchoire crispée, les yeux baissés. Je réalisai avec effroi qu'il retenait ses larmes.

— Je pensais que si je n'y prêtais pas attention, ce mariage serait oublié. Je priais pour que Lucy me laisse partir, plus tard, mais elle n'a aucun souhait de rompre et je dois honorer mon engagement.

— Honorer ? raillai-je. Tu parles d'un mot, au vu des circonstances. Ta conduite envers moi ou Lucy n'a rien d'honorable. Tu es faible. Tu voulais voir le monde et tu as renoncé à ton rêve pour pouvoir travailler derrière le comptoir du magasin de tes parents. Tu m'aimes mais tu préfères céder à Lucy Clerkenwell et rester avec elle alors que tes sentiments ont changé. Tu es un lâche.

Il me prit par les épaules mais je n'avais toujours pas peur de lui. Il était fort et aurait pu me pousser dans le vide facilement. Je me serais fracassé les os sur les rochers. Il me força à le regarder dans les yeux.

— Je ne suis pas un lâche, fit-il d'une voix rauque.

Pour souligner ses propos, il s'empara de ma bouche. Mon corps réagit en se plaquant contre lui. Je m'écartai de lui et le giflai. Il arrêta, mais affichait un sourire satisfait.

— C'est ça qui va me manquer.

— Misérable !

Mon sang bouillonnait dans mes veines, mon cœur battait à tout rompre. J'aurais menti en affirmant que cette passion ne me manquerait pas et cette sensation de danger que j'avais dans ses bras.

Je tournai les talons et le plantai là. Je pantelais toujours de désir. C'était un lâche et je n'avais rien à craindre de lui, à part mon cœur brisé. Du moins le croyais-je. Tandis que les créatures nocturnes sortaient et que la lune se glissait derrière les nuages, je fis un serment : Jack Pryce paierait pour ce qu'il m'avait fait, pour m'avoir ridiculisée. Sinon dans cette vie, dans la suivante.

J'élèverais mon enfant, je vivrais seule, je serais la source de déception et de curiosité que j'étais destinée à être. Je me moquais comme d'une guigne de Jack Pryce ou de ceux qui avaient fait semblant d'être ma famille. Je ne m'abaisserais pas à vivre avec Henry dans quelque relation taboue, comme il le voulait. Je partirais de mon côté et j'endurcirai mon cœur afin que Jack ne puisse plus me trouver.

Chapitre 27
Augusta

Le lundi suivant, à son arrivée, Augusta trouva la maison en pleine ébullition. Une énergie vibrante parcourait les pièces vides, les fleurs de soie tremblaient dans leurs vases, les cheminées vides semblaient bâiller de faim. Comment n'avait-elle pas remarqué combien cette maison était vivante ? Elle pulsait, bougeait, attendait. Lorsqu'elle s'assit à son bureau, elle sentit le réconfort de Leo et sa propre détermination s'envoler. Un voile pensif l'enveloppa.

Son tableau de références du catalogue sous les yeux, elle mit à jour les pièces à estimer. Cette tâche monotone l'ennuyait un peu, en général, mais elle lui permettait enfin d'oublier momentanément ses tourments : Leo, ses querelles avec sa mère et, bien sûr, Margaret.

Margaret était-elle une sorte d'ange gardien ? Si elle était vraiment venue à la rescousse d'Augusta en faisant tomber le tableau du mur, elle devait l'être. Elle peinait à accepter le fait qu'elle croyait désormais aux fantômes, mais si elle considérait ses hallucinations comme ce qu'elles étaient, c'est-à-dire des visions du passé, accepter l'existence des fantômes était la suite logique.

Même si elle s'y attendait, elle prit peur en voyant les colonnes de chiffres se troubler. Elle ferma les yeux et se laissa basculer dans la vision, aussi effrayée que la première fois. Mais elle était là et il y avait des réponses, si seulement elle pouvait les trouver.

Ce fut d'abord l'air qui changea avec un parfum léger de citron et d'herbe qui se mit à tournoyer comme du lait que l'on verse dans du café.

Augusta se força à se lever et se mit à déambuler dans les couloirs sombres de la maison, comme en transe. Elle se retrouva dehors, caressée par une douce brise d'automne. L'air était chargé de fumée de charbon. Le murmure de l'océan, au loin, parvint au jardin rocailleux, le cri des mouettes, les cornes des bateaux. Il y avait aussi un autre son, plus proche, plus doux. Un souffle humain et des pas.

Outre le rêve de Margaret dans le miroir, il n'y avait jamais personne lors de ses visions. Cette personne la verrait-elle ? Lui parlerait-elle ? C'était une idée à la fois terrifiante et palpitante. Si elle se trouvait vraiment dans le passé, si ce n'était pas juste une hallucination, cette interaction était-elle susceptible de modifier le présent ? Voir le passé se dérouler comme un film était une chose, y jouer un rôle en était une autre.

À mesure que la silhouette s'approchait, son cœur se mit à battre très fort. Elle avait les mains moites et l'impression de regarder la mort en face. Toutefois, le visage qui apparut n'était pas celui de la mort, ni même celui d'un inconnu. Il était avenant, brun aux yeux sombres, les cheveux gominés, avec une raie au milieu. Elle était certaine de l'avoir déjà vu, mais elle ne parvenait pas à le situer. Il semblait tout droit surgi d'un plateau de cinéma, avec une veste à simple boutonnage, un pantalon rayé et un nœud lavallière un peu lâche. Son grain de peau était très détaillé, bien défini. La gorge nouée, elle attendit qu'il lui parle, qu'il lui demande qui elle était. Il s'arrêta net et l'observa avec attention.

— Maggie, tu te sens bien ? Tu as une mine épouvantable.

— George, souffla Augusta.

Le frère de Margaret. Elle avait vu son portrait dans le salon, mais c'était un homme âgé dans les années 1920.

— Le seul et l'unique. Tu sais faire en sorte qu'un homme se sente désiré, toi. Viens t'asseoir avec moi un instant.

Sans qu'elle puisse réagir, il la prit par la main et l'entraîna vers un banc en fer forgé donnant sur le jardin.

Le bas de sa robe lui caressait les chevilles et les cordons serrés de son corset moulaient ses côtes. Ses hanches rondes ondulaient et elle se mouvait souplement malgré les contraintes de ses vêtements. C'était le corps d'Augusta mais les mouvements de Margaret, l'assurance de Margaret. Pourquoi ne se rendait-il pas compte qu'elle n'était pas sa sœur, qu'elle était une inconnue d'une autre époque ?

— Je sais combien tu aimes cet endroit, dit-il en l'attirant vers lui au point qu'elle se retrouva presque sur ses genoux. Tu te rappelles quand tu étais petite et que tu t'asseyais ici pour jeter des pommes vers le bas du jardin ? Notre vieille nurse, comment s'appelait-elle, déjà ? Elle devenait folle à tenter de les ramasser.

Bien qu'elle n'eût aucune idée de ce dont il parlait, Augusta hocha la tête.

— À présent, tu veux bien dire à ton frère préféré ce qui te tourmente ? fit-il en caressant doucement son poignet de son pouce.

Elle sentait le contact léger de ce doigt sur sa peau. Son regard brun la dévisageait. Que voyait-il ? Une femme qui ne savait plus quel était ce corps et où elle se trouvait ? Ou une créature superbe qui se mouvait au rythme des vagues et s'exprimait comme le clair de lune dans les aiguilles des pins ?

Augusta ouvrit la bouche pour lui dire que quelque chose n'allait pas, que tout cela n'était qu'une erreur, que les mots qui sortaient de sa bouche n'étaient pas les siens. Ils étaient doux, rauques, mélodieux.

— George, si seulement tous les hommes étaient aussi bons…

— Un vaurien t'aurait-il importunée ?

Son regard s'assombrit et il crispa la mâchoire. Pour la première fois, Augusta se rendit compte qu'il était capable de violence sous sa bonhommie apparente. Il était comme Chris.

Augusta attendit sa propre réponse, comme si elle était sur une scène de théâtre et attendait sa prochaine réplique. Elle ne parvenait pas à identifier la source de ses paroles, comme un souvenir vague. À peine eut-elle ouvert la bouche que tout disparut à nouveau : le banc froid, les pommiers odorants, la main de George sur la sienne. Elle était assise sur le parking, derrière la cour, et décelait les bâtiments de Main Street à travers les arbres.

Elle tenta de retrouver ses esprits. Elle n'avait pas seulement vu le passé, elle avait été Margaret, vu le monde à travers ses yeux, perçu sa complicité avec George. Quelqu'un avait-il remarqué son étrange déplacement de son bureau au parking ? Elle devait avoir l'air d'une somnambule errant sans se rendre compte de ce qui l'entourait.

Elle s'attarda un moment sur le souvenir de George, à son côté, et de l'air salé qui s'engouffrait entre eux. Si elle attendait assez longtemps, reviendrait-il ? Voulait-elle qu'il revienne ? Une chose était certaine, ses hallucinations s'intensifiaient, plus vivaces et prégnantes, comme si elles construisaient quelque chose, mais quoi ?

— Par où commencer ?

Augusta leva les yeux de son travail, s'imaginant presque George, sur le seuil de son bureau, et non Leo. Elle avait toujours l'esprit embrumé et un pied dans le passé.

— Par où commencer quoi ?

— La recherche de Margaret, fit-il en s'asseyant. Tu ne croyais quand même pas que j'allais oublier...

Elle savait qu'il n'oublierait pas mais n'était pas certaine qu'il parlait sérieusement.

— J'entrais des données, reprit-elle.

— Des données très importantes, alors. Je suis resté planté là pendant une bonne minute avant que tu ne remarques ma présence. Attention, je ne cherchais pas à te faire peur...

Elle avait presque envie de lui parler de l'hallucination, mais elle avait partagé un moment de tendresse si intime avec George qu'elle ne parvint pas à le lui confier.

— Je songeais aussi à Margaret, dit-elle en optant pour une partie de la vérité.

Leo n'insistant pas, Augusta pensa à ses recherches. Il existait un tas d'endroits où se renseigner sur elle mais Leo et elle ne pouvaient s'insinuer dans ses hallucinations ou ses rêves.

— Le bureau des registres d'état civil ? suggéra-t-elle sans grand espoir.

S'il existait une trace de Margaret, quelqu'un l'aurait trouvée depuis longtemps. Néanmoins, elle se réjouissait de passer une heure avec Leo et peut-être dénicherait-elle un élément intéressant pour son expo.

— Ça me paraît une bonne idée, admit-il pendant qu'elle prenait ses affaires. Alors ? Tout va bien depuis la semaine dernière ?

Elle mit un moment à réaliser qu'il parlait de Chris et de son entrevue pénible. À première vue, Leo semblait détendu, appuyé au chambranle de la porte, mais il ne cessait de serrer le poing et avait la mâchoire crispée. Lui qui était toujours si décontracté... Si sa sollicitude la flattait, elle ne voulait pas qu'il la considère comme une victime.

— Oui, tout va bien, répondit-elle d'un ton sans réplique.

Elle refusait de penser à Chris. Cette querelle hantait déjà son esprit, la sensation de ses mains sur ses épaules, son dos heurtant le mur...

— Il n'est pas revenu ?

— Non.

Leo comprit le message. Ils s'en allèrent en bavardant pour gagner l'hôtel de ville, non loin de là.

Les registres jaunis étaient presque aussi vieux que l'employée qui les leur sortit pour les poser sur une table bancale.

— Pas de téléphones ni de stylos et pas de conversations à voix haute, prévient-elle avant de retourner à son tricot.

— Qu'est-ce qu'on cherche, au juste ? souffla Leo.

Augusta balaya du regard les rayonnages. Elle ne savait quoi chercher et encore moins par où commencer.

— C'était ton idée, non ?

— Oui, mais c'est toi l'experte.

— Tu parles ! Et si on vérifiait tous les noms de famille, comme Harlowe et Foster, pour être sûrs de ne pas manquer un détail ?

Margaret se cachait peut-être dans ces registres sous un nom de famille différent. À moins qu'il n'y ait un acte de mariage qui leur aurait échappé.

— Tu vois, tu dis que tu n'es pas experte, mais tu as toujours de bonnes idées.

Leo se mit à feuilleter le premier volume.

— Il est temps que tu admettes que tu es géniale, ajouta-t-il.

— Silence ! lança l'employée depuis son poste.

— Oui, chef ! murmura Leo.

Ils travaillèrent en silence, mais il était difficile de se concentrer à côté de Leo, de ses manches relevées et de son col ouvert qu'elle voyait du coin de l'œil. Et elle entendait son souffle… Comme ils le redoutaient, il n'y avait aucune Margaret Harlowe. Augusta passa à la lettre « M » au cas où elle serait inscrite par son prénom. C'était plutôt improbable, mais puisqu'ils étaient là... Soudain, un nom attira son attention :

Montrose, Louisa, 1829-185 ?

Où diable avait-elle croisé ce nom de famille ? Elle le revoyait imprimé sur un papier crème. Sur son propre arbre généalogique ! Du côté de sa mère. Ce devait être un patronyme assez courant, mais elle se promit de consulter à nouveau son arbre en rentrant à la maison pour voir si les dates correspondaient. Au moment où elle allait en faire part à Leo, il se pencha vers elle pour murmurer :

— Je viens de recevoir un texto de Jill. Elle et Reggie vont au Sea Dog boire un verre après la fermeture. Elle veut savoir si on veut y aller aussi.

Démoralisée par ces recherches infructueuses, et n'ayant aucune envie de regarder des rediffusions de séries sur son canapé, elle accepta.

— On passe d'abord les chercher ?

— Oh, fit-il comme s'il se rappelait soudain quelque chose. J'avais prévu un dîner avec Lisa, ce soir.

Naturellement, il avait des projets. Il avait une vie en dehors du travail et elle n'en faisait pas partie. Elle ignorait qui était cette Lisa et cela valait mieux, sans doute.

— La prochaine fois, fit Augusta avec l'esquisse d'un sourire.

En parcourant les rues à la nuit tombée en direction du bar, elle pensa au portrait de Margaret, à son regard vert, à son menton volontaire. Margaret ne devait pas être femme à attendre un homme ou quiconque, d'ailleurs. Elle devait prendre ce qu'elle voulait sans se soucier des conséquences. Comme ce devait être libérateur ! Enivrant ! Le temps d'un soir, Augusta aurait aimé savoir ce que l'on ressentait à être comme Margaret.

Le lendemain matin, en proie à une gueule de bois, Augusta brancha la bouilloire électrique dans la cuisine du personnel. Malgré l'absence de Leo, ou peut-être grâce à son absence, elle avait passé une excellente soirée avec ses collègues, libre d'oublier tous ses soucis, son béguin sans espoir, Chris, Margaret… même si elle en payait le prix. Chaque fois qu'elle croyait à une nouvelle hallucination, ce n'étaient en réalité que les effets de l'abus d'alcool. En gravissant l'étroit escalier menant au troisième niveau de Harlowe House, elle se demandait si elle allait partir à nouveau dans le passé ou céder à une nausée sur un tapis ancien.

Elle montait rarement mais devait vérifier les pièges à insectes. Elle s'agenouilla pour extraire un dispositif à base de colle de sous une étagère vide. Elle remarqua des mites et même des araignées et installa un piège neuf. En posant les mains à terre pour se relever, elle sentit le plancher bouger. Intriguée, elle examina les lattes de plus près afin de prévenir Reggie en cas d'anomalie.

Elle prit une photo et quelques notes. Malgré la chaleur étouffante, elle appuya à nouveau sur une latte et la vit se soulever. Sans doute n'y avait-il en dessous qu'un squelette de souris et des décennies de poussière, mais elle ne put s'empêcher de regarder dans le trou.

La torche de son téléphone illumina un élément dont la place n'était pas sous le plancher. Elle se pencha encore : deux livres enveloppés d'une toile rêche étaient nichés dans la cavité.

Augusta demeura immobile. Prendre des lettres dans un meuble était déjà limite, sur le plan éthique, mais ces ouvrages étaient sacrés. Le simple fait que quelqu'un les avait cachés était éloquent. Mille hypothèses se bousculaient dans sa tête. C'était le rôle du conservateur ou de l'archiviste de les examiner, dans un environnement stérile et selon un processus approprié. Et pourtant, tout ce qu'elle savait du protocole s'envola par la fenêtre dès qu'elle ouvrit le premier volume.

Il était relié de cuir avec une dorure sur l'épine. La page de garde portait un titre tracé en écriture cursive : « mon journal », avec une dédicace :

Pour Louisa Montrose, de la part de Catherine, sa mère.

Augusta sentit sa gorge se nouer. Montrose. Encore ce nom. C'était la troisième fois qu'elle le croisait, d'abord sur son arbre généalogique, puis, la veille, dans les archives de l'état civil… Certes, Montrose n'était pas un nom rare, mais il suscitait en elle une réaction. Qui qu'ait été Louisa Montrose, elles avaient un lien.

Elle tourna prudemment les pages manuscrites datant des années 1840. Qui était Louisa Montrose ? Et pourquoi avait-elle caché ce journal sous les lattes d'un plancher, dans le grenier ? Il semblait receler des recettes, des chansonnettes, des croquis difficiles à reconnaître. Augusta remit le volume dans sa toile pour porter son attention sur le second livre. Il était bien plus sommaire, un simple cahier portant une écriture différente. Elle n'eut pas à consulter la première page pour savoir à qui il appartenait. Margaret. C'était un genre de registre comptable, avec des noms suivis de commentaires succincts.

Alice MacKay, son mari lève la main sur elle quand il est saoul. Hattie Mason, trois fausses-couches. Prescrit une décoction d'écorce de saule et de menthe. Son frère gère ses finances et je n'ai pas confiance en lui.

Augusta poursuivit sa lecture. Margaret avait traité ou conseillé toutes ces femmes. Pratiquait-elle une forme de médecine ? Il y avait des sages-femmes dans les années 1870. Cependant, une famille aisée n'aurait pas permis à sa fille de travailler. Et si elle exerçait quelque art, il devait en exister des traces ailleurs.

En bas, la sonnerie d'un téléphone lui rappela qu'elle ne pouvait s'éterniser au grenier. Elle rangea vite les deux volumes dans leur cachette, sous le plancher. Elle décida qu'elle ne les prendrait pas, mais qu'elle n'en dirait rien à Jill ou Sharon, non plus. Ils étaient à elle. C'était un secret entre elle et Margaret. C'était cette dernière qui l'avait menée jusque-là, elle en était certaine. Les confier au regard d'un conservateur ou d'un archiviste aurait été trahir sa confiance.

Elle était encore à quatre pattes par terre quand son téléphone se mit à bourdonner. Elle sursauta. Leo voulait qu'elle le rappelle.

Elle grommela dans sa barbe au souvenir des textos très avinés qu'elle lui avait envoyés la veille au soir. Elle oublia aussitôt les carnets et le rappela, le cœur battant.

— Salut, quoi de neuf ?

— Pas grand-chose, et toi ?

Augusta enroula une mèche de ses cheveux autour de son index, telle une adolescente, et poursuivit :

— Tu me demandes de t'appeler pour me dire qu'il ne se passe rien ?

— Tu m'en voudrais s'il se passait quelque chose ?

Si elle s'était ridiculisée la veille, il était trop élégant pour lui en parler, mais elle percevait un sourire dans sa voix.

— Très bien, alors je vais t'avouer la véritable raison de mon appel.

L'espace d'un instant stupide, elle crut qu'il allait lui dire qu'il voulait l'inviter à sortir avec lui. Mais il fréquentait déjà la mystérieuse Lisa...

— J'ai parlé avec Lori, à Boston, et elle étudie les lettres d'Ida Foster que tu as trouvées.

La déception d'Augusta fut de courte durée.

— Ah oui ?

— Selon elle, elles pourraient nous aider non seulement à comprendre la maison, mais aussi la communauté de l'époque. Tu as fait du bon boulot.

— C'est formidable. Je suis contente qu'elles soient utiles. Rien sur Margaret, par ailleurs ?

— Non, confirma-t-il. Je songeais à chercher si certains noms figurant dans les lettres sont cités dans les archives. Ça se fait, non, de croiser les références ?

— Oui, ça se fait...

Il était trop mignon.

— C'est une bonne idée, ajouta-t-elle.

— Lori m'a donné des photocopies et une liste de noms cités.

Elle entendit un bruissement de papier.

— Tu connais mieux l'histoire de Harlowe House que moi, alors dis-moi s'ils t'évoquent quelque chose. Voilà… Mullins, Montrose, Crenshaw…

— Attends, reviens en arrière ! fit-elle. Quel nom, dis-tu ?

— Crenshaw ?

— Non, avant.

— Montrose ?

Augusta avait l'esprit en émoi. Il ne pouvait s'agir d'une coïncidence. L'univers ne cessait de lui renvoyer ce nom afin qu'elle comprenne sans l'ombre d'un doute qu'elle avait un lien avec la famille Harlowe, avec Margaret.

— Tu es encore là ?

— Oui, oui, je suis là. Ce nom, je crois que je le connais. Tu peux me dire dans quel contexte il apparaît, dans la lettre ?

Encore un bruissement de papier.

— On dirait qu'elle faisait partie de la famille élargie. Ida dit que la famille de Jemima est en visite en ville. C'était son nom de jeune fille.

Le cœur d'Augusta s'emballa. Comment cela avait-il pu lui échapper sur l'arbre généalogique des Harlowe ? La mère de Margaret était une Montrose !

— Ça va ?

Elle émergea de ses pensées.

— Oui, je me disais juste que… je crois que j'ai peut-être un lien de parenté avec Margaret.

Ce fut au tour de Leo de rester muet.

— Ah bon ? Le nom de ta famille est Montrose ?

— Il y a très, très longtemps, semblerait-il.

— C'est fou !

Ils prirent le temps d'assimiler cette information, puis Leo s'exprima de nouveau :

— Sans vouloir changer de sujet, mais puisque je t'ai au bout du fil… Je me demandais si tu étais libre, après le travail, vendredi prochain… On pourrait dîner ensemble.

Elle ne pouvait avoir bien entendu car cela ressemblait à un rendez-vous. Faute de réponse, il continua :

— Je sais que tu viens de rompre et je comprends que tu ne sois pas prête, mais on peut dîner entre amis, si c'est ce que tu…

— Non, enfin, oui. Oui, je veux bien dîner avec toi.

— Ah oui ?

— Tu sembles étonné. Tu croyais que je refuserais ?

— Pas étonné, content.

Elle faillit lui demander qui était Lisa, mais se ravisa. Comment ne pas avoir l'air de se languir de lui depuis deux mois ? Elle entendit Jill l'appeler du bas de l'escalier.

— Je suis contente, moi aussi. Il faut que je file. On se voit la semaine prochaine ?

— Je ne manquerais ça pour rien au monde, Miss Montrose.

*

Lundi, en arrivant au bureau, Augusta eut la surprise de trouver Leo en plein travail dans la salle de bal. Leur rendez-vous étant prévu pour le vendredi, Augusta eut des papillons dans le ventre en le voyant assis en tailleur par terre. Un tatouage maritime qu'elle n'avait jamais remarqué dépassait de sa manche.

En entendant ses pas, il se retourna et son visage s'illumina.

— Salut ! Jill m'a dit que tu travaillais dans la remise à voitures aujourd'hui. Je ne pensais pas te voir. J'ai de la chance.

— Je passais chercher quelque chose, répondit-elle en brandissant un carnet oublié la veille. J'y vais maintenant, mais appelle-moi en cas de besoin.

J'espère que tu auras besoin de moi, songea-t-elle.

Dans la remise, seul le bruit de la pluie sur le toit rompait le silence. Augusta se mit au travail. La plupart des cartons restants ne présentaient aucun intérêt, du matériel, des objets rouillés. Il y avait de vieux matelas moisis qui seraient répertoriés puis détruits. Augusta prit des photos et des notes de chaque pièce. Tandis qu'elle photographiait des ornements de pelouse, son téléphone lui glissa de la main.

Elle ne put l'empêcher de tomber à terre et de glisser sous une étagère poussiéreuse. La jeune femme s'agenouilla et tenta de le récupérer. Elle ne parvint qu'à le pousser plus loin. Il faudrait qu'elle prenne un balai pour le faire sortir. En se relevant, elle eut soudain un vertige et s'appuya à une étagère. Elle avait oublié sa bouteille d'eau. Sans doute était-elle un peu déshydratée.

Comment s'étonner, lorsque sa vision se clarifia, que la remise à voitures ait un tout autre aspect ? Comment s'étonner de cette odeur de foin, de vieux cuirs ? En balayant du regard les voitures et les harnachements, elle eut le souffle coupé.

Que cherchait-elle ? Son téléphone ? Ce seul concept devint flou. Non, elle cherchait une plante, c'est ça. Du thym. Elle n'allait pas en trouver dans la remise à voitures. S'essuyant les mains sur son tablier, elle sortit pour gagner le cellier.

Molly était en train d'étendre du linge sur un fil. En voyant Augusta, elle se renfrogna.

— J'ai encore trouvé ton maudit chien dans le cellier à légumes ! lança-t-elle avec son accent irlandais. Prends garde à ce qu'il ne mange pas quelque chose qui le rendrait malade.

Augusta hocha la tête mais elle n'avait aucune intention de gronder Shadow. C'était un bon chien, son ami le plus fidèle. En entrant dans la maison, elle vit son propre reflet dans les panneaux vitrés de la porte. Elle ne put s'empêcher d'admirer ses longues boucles brunes et son teint lumineux.

Dans le cellier, elle prit le temps d'inhaler le parfum des herbes et fleurs séchées. Elle ne tirait aucune satisfaction du philtre qu'elle était sur le point de concocter, mais il le fallait. Jack paierait pour ses mensonges.

Depuis quelques semaines, il avait cessé de venir à leur lieu de rendez-vous, mais si elle le faisait quérir, il viendrait, elle en était certaine. Ensuite, elle n'aurait qu'à le persuader d'ingérer sa potion.

Quand elle eut pilé et dosé les herbes, elle se mit à la recherche d'une fiole, mais s'arrêta net en voyant Henry appuyé sur le pianoforte de la salle de bal. Ces derniers jours, il semblait rôder en permanence dans la maison, sans rien faire de particulier à part être là. Avant qu'elle ne puisse battre en retraite, il se retourna et riva les yeux sur elle.

— Cousine, dit-il, les yeux sombres pétillants, tu es bien pâle... Te sens-tu bien ?

Augusta ne trouva pas immédiatement l'usage de la parole, puis des mots qui n'étaient pas vraiment les siens s'échappèrent de sa bouche.

— Qu'est-ce que tu veux, Henry ?

— Oh non, on ne va pas reprendre cette vieille conversation, fit-il avec un soupir exagéré. Je ne veux que ton bonheur, depuis toujours. Je m'inquiète pour toi, surtout dans ton état.

— Eh bien, tu t'inquiètes pour rien. Je suis très heureuse.

— Vraiment ?

Il pencha la tête sur le côté pour l'observer.

— Dans ce cas, tu es une femme très patiente. La plupart ne seraient pas *heureuses* en apprenant que leur amant est déjà fiancé.

Elle s'immobilisa, une main posée sur le pianoforte. Henry savait… il savait que Jack était déjà fiancé et il ne lui avait rien dit. Elle eut soudain envie de le gifler. Il afficha alors son sourire condescendant et plein de pitié et elle perdit tout contrôle. Elle le saisit par les revers de sa veste et se mit à le secouer violemment.

— Espèce de misérable ! Tu étais au courant depuis le début et tu n'as rien dit dans l'espoir que… je devienne ta maîtresse ? Ton épouse ? Nous sommes cousins, élevés comme frère et sœur… Ce n'est pas normal !

Elle le repoussa et le maintint à distance en lui martelant le torse de coups.

— Augusta ! Arrête !

Henry la regardait avec une expression étrange, mais elle le frappa encore et encore, ivre de rage. Pourquoi ne se défendait-il pas ? Pourquoi restait-il les bras ballants ?

— Sale brute ! s'écria-t-elle.

Il ne broncha pas.

Quand elle eut enfin défoulé sa fureur, elle appuya le front sur le torse de Henry. Ce n'était pas la laine de son gilet, mais un tissu plus fin, plus doux. En levant les yeux, elle ne vit pas le teint clair de Henry, mais un visage sombre plein d'inquiétude. Le nom de Reggie s'insinua dans l'esprit de la jeune femme alors qu'elle n'avait jamais rencontré personne se nommant ainsi.

— Jill ? Leo ? appela-t-il en la tenant fermement par les bras.

Elle voulut se débattre, mais sa colère avait puisé ses dernières forces et elle était épuisée.

— Augusta... ça va aller !

— Reggie ?

Elle cligna les paupières et chercha des yeux le pianoforte, dans la salle de bal, et Henry. Elle ne vit que quelques chaises pliantes et une exposition en cours d'installation. Quelques instants plus tard, Leo entra en trombe.

— Qu'est-ce qui se passe ? Tout va bien ?

— Ça va, marmonna Augusta, sur le point de céder à une nausée.

— Elle criait sur un certain Henry, puis elle s'est mise à me frapper, expliqua Reggie tandis que Leo l'entraînait vers une chaise.

— Je crois qu'elle a ses hallucinations ou qu'elle fait un cauchemar... Tiens, bois un peu, fit Leo en lui tendant une bouteille d'eau en plastique.

Les mains tremblantes, elle la porta à ses lèvres. La boisson était fraîche mais avait un goût chimique. Elle but avidement jusqu'à avoir le menton dégoulinant.

— Je peux appeler quelqu'un pour elle ? demanda Reggie à Leo. Je ne sais pas si elle suit un traitement, ou quelque chose comme ça.

— Non, fit Leo. Je crois que ça ira. Tu peux prévenir Jill qu'on a besoin d'un peu de répit ? Merci.

Dès qu'ils se retrouvèrent seuls, il prit les mains froides d'Augusta dans les siennes et les frotta pour les réchauffer.

— Tu as encore eu une hallucination ? murmura-t-il.

Elle hocha la tête. Elle avait eu bien plus qu'une hallucination. Comme la dernière fois, elle avait *été* Margaret. En revanche, elle avait également eu accès aux pensées de Margaret, à son savoir, à ses sentiments.

Leo la dévisageait en quête de réponses, mais elle savait qu'il n'y en avait pas.

— C'était pire que d'habitude ? s'enquit-il avec douceur.

En la voyant acquiescer de nouveau, il étouffa un juron.

— Je... j'étais Margaret. J'ai vu son frère Henry et moi... Enfin je veux dire ils se disputaient à propos d'un certain Jack. Je crois qu'il était son amant. Elle était enceinte, souffla-t-elle.

Elle revoyait clairement ce détail. Margaret n'avait pas évoqué une grossesse, mais Augusta sentait l'absence d'une vie dans son ventre, à présent. Un vide étrange.

Leo avait beau hocher la tête, elle voyait bien qu'il peinait à croire ce qu'elle racontait.

— D'accord... Qu'est-ce que tu veux faire ? Je peux appeler ta mère pour qu'elle vienne te chercher.

— Non ! s'exclama la jeune femme. Je préfère rester ici.

Un lien inexplicable la retenait à Harlowe House. De plus, sa mère ne comprendrait pas.

— Je vais me remettre au travail et essayer d'oublier tout ça.

À en juger par son expression, Leo n'était pas du même avis.

— Je vais chercher mes affaires et venir travailler ici avec toi. Si tu as un malaise, préviens-moi.

Il hésita, comme s'il cherchait ses mots :

— Je sais que ça ne me regarde pas, mais... tu prends des substances ou des médicaments qui pourraient... ?

— Non ! fit-elle en retirant ses mains des siennes.

— Bien, fit-il. Désolé, il fallait que je sache parce que... ce n'est pas grave, je reviens.

Augusta le regarda s'éloigner, un peu vexée qu'il la soupçonne de mensonge. Toutefois, si elle prenait des substances, elle aurait au moins une explication.

Ils travaillèrent en silence pour le reste de la journée, n'échangeant que quelques mots quand c'était nécessaire.

Dans la soirée, en se recroquevillant sur le canapé pour regarder des rediffusions à la télévision avec sa mère, elle reçut un message de Leo :

J'espère que tu te sens mieux et que je ne suis pas allé trop loin avec mes questions, tout à l'heure. Le dîner de vendredi tient toujours ? Je comprendrais très bien que tu annules, mais j'espère que non.

Elle lui répondit que le rendez-vous tenait toujours et qu'elle avait hâte. Ce soir-là, en fermant les yeux, elle rêva d'un jeune homme intense, grand, brun, aux yeux bleus perçants...

Chapitre 28
Augusta

Les jours précédant son rendez-vous avec Leo – un vrai rendez-vous ou un dîner entre amis ? – furent longs et éprouvants. Au travail, chaque fois qu'elle clignait les paupières, Augusta redoutait de sombrer dans un nouveau rêve éveillé. Quand cela ne se produisait pas, elle ressentait une tristesse, une impression de perte. Ses nuits étaient tout aussi agitées, peuplées de rêves qui ne lui appartenaient pas vraiment.

Et pourtant, dès que Leo se gara devant chez elle, elle chassa ses tourments, bien décidée à profiter de la soirée. Elle avait grand besoin de se changer les idées et n'en revenait pas de sortir avec Leo. En s'installant à côté de lui sur le siège passager, elle se sentait chez elle.

— Alors ? Où m'emmènes-tu ? s'enquit-elle dès qu'il eut démarré.

Tous deux firent semblant de ne pas voir la mère d'Augusta les observer discrètement depuis la fenêtre.

— Il y a une fête en plein air, ce soir, avec un tas de stands. Je me disais qu'on pourrait prendre de quoi grignoter et se promener, si ça te convient...

Le parc regorgeait de *food trucks,* sous des guirlandes lumineuses. Des familles déambulaient sur la pelouse, au son d'un orchestre installé sur une estrade, en plein milieu. Elle pourrait manger ce qu'elle voudrait sans se sentir mal à l'aise.

Leo opta pour un stand mexicain et Augusta pour un lassi à la mangue et un feuilleté salé. Il y avait aussi une exposition de sculptures nichées au détour des allées sinueuses.

— Tu sais, j'aimerais m'expliquer, dit soudain Leo.

— À propos de quoi ?

— L'autre jour, quand je t'ai demandé si tu prenais des substances...

— Ce n'est rien, fit-elle en secouant la tête. Je comprends que ce soit difficile à croire. Je n'y aurais pas cru non plus, à ta place.

— Je te crois ! Et cela ne me regarde pas, de toute façon.

Ils s'arrêtèrent devant une statue représentant des oiseaux en plein envol. Au tomber du jour, leurs silhouettes noires étaient très réalistes, comme figées dans leur ascension.

— Je crois avoir mentionné que mon ex était morte, mais je ne t'ai pas fourni de précisions, il me semble.

Il regardait au loin, vers l'étang, mais il perçut le mouvement de tête de la jeune femme.

— Eh bien, elle est morte, peu après notre rupture, d'une overdose. Il n'a pas été établi si elle était accidentelle ou non. Elle menaçait souvent de se suicider, au point que j'ai fini par ne plus la prendre au sérieux.

Il glissa les mains dans ses poches et donna un coup de pied dans un caillou.

— Je croyais qu'elle cherchait à me culpabiliser pour que je revienne, mais elle était sérieuse.

Augusta comprit ce qu'il avait dû ressentir car Chris avait lui aussi évoqué le suicide. Quel fardeau à porter pour Leo !

— C'est dur, fit-elle sans parvenir à lui prendre la main.

— C'est en partie pourquoi je ne bois pas d'alcool, reprit-il. Je ne veux pas perdre le contrôle de moi-même, pas seulement de crainte d'aller trop loin, mais aussi au cas où je devrais conduire quelqu'un à l'hôpital ou effectuer un massage cardiaque, par exemple.

Elle n'avait jamais prêté attention au fait que Leo ne buvait pas. Il se joignait rarement à leurs sorties d'après le travail entre collègues et se contentait alors d'un cocktail sans alcool.

— Bref, quand je t'ai vue…

Il serra les dents et se détourna.

— Enfin, je suis content que tu ailles bien.

Sa sollicitude la flattait, même si cela semblait un peu déplacé, car elle avait pour origine un événement traumatisant pour lui. En tout cas, elle se réjouissait de ses confidences.

— Je te comprends, dit-elle. Ta question était légitime.

Laissant les oiseaux derrière eux, ils se remirent en marche et s'arrêtèrent près d'un banc. Leo s'assit juste à côté d'elle alors qu'il avait largement la place. Malgré la fraîcheur de la soirée, elle sentait la chaleur de son corps.

— Alors ? fit Leo, plus détendu. On en est où de nos recherches sur Margaret ?

— Cela dépend, répondit-elle prudemment. Je n'ai pas eu beaucoup de temps à lui consacrer, mais j'ai l'impression de tellement mieux la connaître, depuis... ma dernière crise.

— Comment cela ?

Augusta regarda au loin vers le paysage moderne et ne se sentit pas à sa place. Deux enfants tenant des ballons en forme d'animaux couraient devant leurs parents. La musique leur parvenait grâce à la sonorisation de la pelouse. Cela semblait si loin de la vie de Margaret...

— Je crois qu'elle a eu un problème avec son amant. Elle était enceinte et l'homme qu'elle voulait épouser l'a trahie. Il était déjà fiancé.

Elle se rappela combien elle se sentait trahie, sa douleur.

— Son frère, du moins son cousin, le plus jeune, Henry, essayait de la décourager dans l'espoir de… je ne sais pas trop. J'ai l'impression qu'il avait peut-être des sentiments pour elle. Des sentiments amoureux.

— Waouh ! C'est tordu… commenta Leo.

— Tu m'étonnes, frémit-elle au souvenir du regard appuyé de Henry. Et ce n'est pas tout. Tu te souviens de ces noms de famille, dont Montrose ? Eh bien, je crois que Margaret était une enfant adoptée.

— Pourquoi ?

Comment l'expliquer ? Elle savait simplement que Margaret avait été adoptée par la famille de sa tante et son oncle comme elle avait su que Margaret était enceinte. Cela faisait partie d'elle.

— Quand on y pense… Il n'y a aucune trace de sa naissance dans les archives des Harlowe. Le premier indice sur son existence est un achat de vêtements pour fillette, et on n'est même pas certains qu'ils étaient pour elle. Tu as dit que Louisa Montrose était une parente des Harlowe du côté de Jemima Harlowe. Je crois qu'elle était la mère de Margaret. Elle a eu des ennuis ou est morte en couches et les Harlowe ont adopté sa fille.

Augusta garda le silence sur le livre portant le nom de Louisa Montrose. Après l'avoir trouvé, elle était retournée voir son arbre généalogique. Il y avait bien une Catherine Montrose et sa fille Louisa, née de père inconnu. Ensuite, la lignée s'était éteinte.

— Donc votre ancêtre commune était la grand-mère de Margaret ? fit Leo.

— Je le crois.

Il posa sur elle un regard admiratif qui lui donna la chair de poule.

— C'est peut-être ce qui explique tes visions, hasarda-t-il. Il y a peut-être une sorte de... je ne sais pas... une mémoire généalogique qui se transmet aux générations suivantes.

Il semblait incroyable qu'elle ait des visions comme si elle était dans la peau de son ancêtre, mais était-ce plus fou que les hallucinations ?

— J'effectuais des recherches en ligne sur la réincarnation, ce genre de choses, ce qui pourrait expliquer ces phénomènes. On ne sait que croire dans toutes ces histoires.

— Hum... fit-il simplement.

Il s'appuya sur le dossier du banc et parut penser à quelque chose de déplaisant car il se détourna, gêné.

— Qu'est-ce que tu as ?

Il marmonna dans sa barbe, rechignant visiblement à poursuivre. Enfin, il croisa son regard.

— Tu devrais parler à ma mère, dit-il.

— Hein ?

— Ma mère, répéta Leo. Elle est branchée... enfin, tous ces trucs, les pierres de soin, les anges gardiens, les régressions dans une vie passée… le New Age.

Augusta réfléchit un instant, puis esquissa un sourire entendu.

— Tu veux que je rencontre ta mère ?

Elle n'était toujours pas certaine de la nature de ce rendez-vous et voilà qu'elle allait rencontrer ses parents ! Elle qui voulait laisser passer un peu de temps pour faire le point… mais elle était incapable de réfréner ses sentiments alors qu'il était si proche d'elle qu'elle aurait pu poser la tête sur son épaule.

— Oui, c'est ça, et j'espère que je ne le regretterai pas, marmonna-t-il. Elle est parfois… difficile à suivre, mais elle t'apprécierait, c'est sûr.

— J'adorerais la rencontrer, avoua Augusta. J'ai besoin de toute l'aide possible.

— Elle habite à presque trois heures d'ici, en direction du Maine, dit-il comme s'il cherchait à la dissuader, finalement.

— J'adore les trajets en voiture.

Amusé, il lui adressa un regard de biais.

— Dans ce cas, je n'ai pas le choix. Je dois t'emmener là-bas.

Ravie, Augusta but une longue gorgée de sa boisson. Non seulement elle avait un prétexte pour passer plus de temps en tête-à-tête avec Leo, mais sa mère pourrait peut-être l'aider dans ses recherches. Pour la première fois depuis des mois, elle s'autorisa à espérer. Elle était libérée de Chris et des limites qu'elle s'imposait depuis si longtemps. Bientôt, elle serait peut-être libérée de ses hallucinations, aussi.

L'air pur, la musique en fond sonore lui donnèrent le courage et l'envie de se joindre aux esprits aventureux qui suivaient les élans de leurs cœurs, les soirs d'automne. Elle se permit de pencher la tête légèrement sur le côté pour la poser sur l'épaule de Leo.

Elle retint son souffle en le sentant remuer un peu, puis elle s'enhardit à glisser ses doigts entre les siens. La musique s'était tue et ils n'entendaient que les cris des enfants qui jouaient. Tout était parfait, à un détail près :

— Leo ? fit-elle en s'humectant les lèvres.

— Augusta ?

— C'est un vrai rendez-vous ?

Son épaule se crispa imperceptiblement et il mit une éternité à lui répondre :

— Eh bien, voyons voir... Je suis passé te chercher chez toi pour t'amener à cette fête romantique et on est assis sur un banc, ta tête sur mon épaule. Et je m'apprêtais à t'embrasser... donc on dirait bien.

Il allait l'embrasser. Augusta leva le visage vers lui. Dès qu'il posa une main sur sa joue, elle ferma les yeux. Une chaleur envahit son corps, une impatience presque insupportable, mais le baiser ne vint pas. Rouvrant les yeux, Augusta s'écarta. Leo s'était rembruni tandis qu'il regardait plus loin dans l'allée.

— Tu le connais, ce type ? Il nous observe.

En suivant son regard, elle se crispa. Que faisaient Chris, Doug et Gemma dans ce parc ? Et pourquoi avait-elle l'impression d'avoir été surprise en train de faire quelque chose de mal ? Elle sentait la chaleur du corps de Leo.

— C'est lui, n'est-ce pas ? Ton ex ?

Avant qu'elle ne puisse prendre vraiment conscience de la situation, Leo se leva et s'éloigna d'un pas décidé dans l'allée.

— Leo ! Ne dis rien. Il n'y a pas de problème !

Il ne ralentit même pas.

— Si, il y a un problème ! Il t'a agressée.

— Ce n'était pas une agression, c'était juste…

Sa voix s'éteignit. C'était une agression. Pourquoi était-elle à ce point disposée à minimiser les faits ? Mais cela ne signifiait pas qu'elle voulait que Leo se batte pour elle.

Chris dit quelque chose à Doug, qui haussa les épaules et s'éloigna en direction de la fête. Gemma semblait avoir envie de rester pour voir ce qui allait se passer, mais elle finit par suivre Doug.

Augusta s'interposa entre les deux hommes. Chris semblait aller très bien, comme s'il n'avait pas été quitté par sa petite amie de longue date. Sans doute se rendait-il encore plus souvent à la salle de sport maintenant qu'elle n'était plus là pour se plaindre du temps qu'il passait là-bas. Et il était enfin allé chez le coiffeur.

— Qu'est-ce que tu fais là ? demanda-t-elle les dents serrées.

— Doug et Gemma voulaient retrouver des amis. J'ai le droit de sortir, moi aussi, non ? ajouta-t-il d'un ton sarcastique.

Elle fut submergée d'une vague de jalousie. Chris ne l'emmenait jamais à ce genre d'événement quand ils étaient ensemble.

— Vous devriez vous éloigner, grommela Leo d'un air menaçant qui la toucha au plus profond d'elle-même.

Jamais deux hommes ne s'étaient battus pour elle. C'était peut-être un fantasme romantique, mais elle n'avait pas envie de le voir se réaliser dans la vraie vie.

Chris ignora Leo et se pencha pour voir derrière lui.

— Augusta, puisque tu es là, j'ai quelque chose à te dire. Je t'ai envoyé des messages mais tu ne m'as jamais répondu.

— On n'a rien à se dire, dit-elle avec un aplomb qui l'étonna elle-même. Tu te souviens de ce qui est arrivé la dernière fois que tu as « voulu me parler » ?

Chris rougit. Au moins il était capable d'avoir honte de ce qu'il avait fait.

— J'étais saoul et les choses ont dégénéré…

Leo émit un grommellement de dédain.

— Mais je suis sobre, à présent, et je veux te parler. Pour m'excuser.

Augusta hocha la tête un peu sèchement. Elle ne voulait pas vraiment des excuses, elle voulait juste qu'il s'en aille afin qu'elle puisse continuer sa vie. La culpabilité de Chris était son problème et elle n'avait pas à la porter, elle aussi.

— D'accord. J'accepte tes excuses, déclara-t-elle.

Au lieu de partir, Chris mit les mains dans ses poches, l'air d'un gamin qui essaie d'avouer avoir chipé un biscuit.

— Quoi ? fit-elle.

— Je ne sais pas trop comment te le dire... bredouilla-t-il, l'air hésitant.

— Parlez, ordonna Leo. Et ensuite, allez-vous-en.

— Ce soir-là, quand... enfin, tu sais. J'ai vu quelque chose.

Augusta attendit qu'il poursuive.

— Quand le tableau est tombé, j'ai vu... j'ai vu quelque chose. Dans le couloir, avec nous.

Elle sentit qu'il n'était pas seulement question de leur dispute. Soudain, elle eut la chair de poule.

— Margaret, murmura-t-elle.

— Qui ? Non ! Ce n'était pas une personne. Je ne sais pas ce que c'était. Quand tu étais contre le mur, il y a eu une... lumière.

— Une lumière ?

— Elle provenait de toi, fit Chris.

— Qu'est-ce que tu racontes ? souffla la jeune femme, de plus en plus troublée.

— Quand le tableau est tombé, il se passait quelque chose en toi. Écoute, je sais que j'ai été brutal et que c'était mal, et je n'en suis pas fier, crois-moi. Mais je ne t'ai pas poussée aussi fort.

— Tu étais bourré. Tes souvenirs ne sont sans doute pas très clairs.

Elle avait néanmoins l'impression qu'il disait la vérité. Pourquoi mentir sur quelque chose dont il avait tant besoin de libérer sa conscience ? Elle ne voulait pas trop réfléchir à ce que cela signifiait. Accepter qu'elle voyait le passé à travers les yeux de Margaret était déjà assez difficile… Peu importait que Margaret soit visible à d'autres, dans le présent.

— Écoute, je n'étais pas obligé de m'excuser ou de te parler de ça. Crois ce que tu veux, mais il s'est passé un truc bizarre et je tenais à te le dire.

— C'est bon, fit Leo en s'avançant, prêt à en découdre. Il est temps que tu dégages, maintenant !

— C'est comme ça qu'on me remercie d'avoir agi en adulte ! Va te faire voir, Augusta ! Et toi aussi, le type qui se tape mon ex !

Augusta sentit sa colère monter d'un cran. Avait-elle envie d'apaiser les choses ou de lui en coller une ? Sentant son désarroi, Leo lui prit la main. Chris cracha à terre et fila, bousculant un passant sur son passage. Augusta fut soulagée de le voir s'éloigner, mais il avait brisé le romantisme et la magie de cette soirée.

— Enfoiré, murmura Leo.

Il posa une main sur le bas de son dos pour l'emmener vers le parking. Elle observa à la dérobée son chevalier servant.

— Tu t'es déjà battu avec quelqu'un ?

— Peut-être, dans ma folle jeunesse, mais jamais pour défendre l'honneur d'une belle femme.

Elle fut parcourue d'un frisson. En dépit de sa déception, elle quittait le parc en compagnie du bon compagnon, et rien d'autre n'avait vraiment d'importance.

CHAPITRE 29
AUGUSTA

Une semaine plus tard, Leo tint sa promesse. La jeune femme se retrouva en route pour Pale Harbor, dans le Maine. Ils avaient emporté de quoi grignoter, du café et de la musique et les trois heures de route passèrent vite. Augusta brancha son téléphone et mit une nouvelle chanson.

— C'est quoi ? s'enquit Leo en se tournant vers elle.

— C'est une vieille chanson folk que j'ai entendue quelque part, répondit-elle sans se rappeler où ni pourquoi elle connaissait les paroles par cœur :

Let no man steal your thyme, « Ne laissez aucun homme vous voler votre thym »

Écoutez bien, jolies jeunes filles
Qui êtes dans la fleur de l'âge
Méfiez-vous, méfiez-vous

Protégez votre beau jardin
Ne laissez aucun homme vous voler votre thym
Ne laissez aucun homme vous voler votre temps
Car lorsque votre thym aura disparu pour de bon
L'homme n'aura que faire de vous
Et tout ce que vous aurez perdu
Ne fera place qu'à des regrets
Ne fera place qu'à des regrets
Si une femme est un arbre
Un homme n'est qu'une vigne grimpante
Et sur ses branches, il prendra
Tout ce qu'il trouvera.

La mélodie entêtante envahit l'habitacle. De temps à autre, ils ne disaient rien, quand Augusta se rappelait pourquoi ils se rendaient chez la mère de Leo. Celui-ci n'est pas son petit ami et il ne lui présentait pas sa famille parce qu'elle était importante à ses yeux. Il l'emmenait voir sa mère parce qu'il la pensait capable d'aider Augusta à comprendre ses rêves et hallucinations. Ils étaient sortis une fois ensemble mais Chris avait tout gâché. Augusta espérait que cet incident n'ait pas totalement découragé Leo de lui proposer un autre rendez-vous.

Pale Harbor était une bourgade pittoresque, avec ses petites maisons anciennes groupées autour d'un port typique de la région. Le pré central était décoré de nasses à homard et des pancartes annonçaient la fête des moissons. Voilà donc pourquoi Tynemouth rappelait à Leo sa ville natale… Difficile d'imaginer que les familles vivant dans ces maisons bardées de bois entourées de ravissants jardins devaient allonger leur lait pour le faire durer une semaine ou rapporter de la nourriture de la cantine quand les fins de mois étaient compliquées !

Quittant la rue principale, Leo s'arrêta devant une demeure chaleureuse, à pignon ouvragé, dont le jardin était coquet.

— C'est parti, marmonna-t-il en descendant de voiture.

Un parfum de lavande et d'herbes aromatiques flottait dans l'air, au-delà de la barrière. Un carillon tintait doucement dans la brise. Un panneau informait les visiteurs de la présence d'un « chat de garde ». Leo secoua la tête en sonnant à la porte.

Un homme d'âge mûr aux cheveux gris, vêtu d'un vieux tee-shirt et de sandales, ouvrit la porte.

— Leo ! Entre donc, mon garçon.

— Salut, papa. Maman est là ?

— Elle lit au salon, je crois. Tu as amené une amie ? Bonjour, je suis Terry, dit-il en tendant la main. Bienvenue chez les Stone.

— Merci. Enchantée de vous rencontrer.

Terry leur fit signe d'entrer. Ils le suivirent dans un couloir jalonné de pierres de soin exposées dans des vitrines et de posters encadrés de Jimi Hendrix et des Grateful Dead.

— Leo, je crois que tes parents sont des hippies, murmura-t-elle.

— Je crois que tu as raison, répondit-il sur le même ton. Ils se sont rencontrés sur la tournée des Grateful Dead. De vraies caricatures, tu vas voir.

Au salon, elle rencontra une femme hâlée vêtue d'une robe ample en lin, brodée de fleurs, un livre dans une main. De l'autre, elle caressait un chat roux.

— Salut, maman, dit Leo en l'embrassant. Tu as l'air en forme.

— Merci, chéri. Vous devez être Augusta… ajouta-t-elle avec un large sourire. Enchantée de vous rencontrer.

— Bonjour, Mrs Stone.

— Appelez-moi Ellen, proposa-t-elle en déplaçant le chat pour se lever. Vous avez une aura magnifique, d'un ton lavande très apaisant…

— Maman ! fit Leo d'un ton qu'Augusta n'avait jamais entendu.

Ellen l'ignora.

— Je vous en prie, mettez-vous à l'aise, reprit-elle. Leo, il y a du thé glacé dans le frigo. Tu veux bien aller nous le chercher, avec des verres ?

Tandis que Leo s'éloignait vers la cuisine, Augusta observa discrètement les détails de cette pièce, diamétralement opposée à la maison de son enfance. Pat Podos aurait pensé que les plantes suspendues dans des supports en macramé et les rideaux en soie turquoise étaient très « baba cool », mais Augusta les trouvait chaleureux.

Leo réapparut et leur servit du thé glacé à la pêche, puis il s'assit près d'Augusta sur le canapé.

— Alors, fit Ellen. Tu as appelé Lisa, ces derniers temps ?

— Je vais l'appeler, répondit-il, un peu nerveux. Je n'ai pas eu le temps.

Augusta observa tour à tour la mère et son fils. Revoilà la mystérieuse Lisa…

— Ma fille va se marier, expliqua Ellen avec fierté. Elle et sa copine vivent ensemble depuis… sept ou huit ans, déjà. On attendait ce moment depuis longtemps et elles vont enfin officialiser. Le jour où j'ai rencontré Kira, je leur ai donné mon accord. Je ne sais pas pourquoi elles ont attendu aussi longtemps.

— Maman, elle a presque quarante ans. Elle n'a pas besoin de ton accord.

Sa sœur. Augusta s'en voulut d'avoir cru que Leo voyait une autre femme. Soudain, elle se sentait plus légère.

Ellen eut un geste désinvolte qui fit tinter ses bracelets.

— Que vous a raconté mon fils sur son excentrique maman ?

Leo voulut parler mais elle l'en empêcha d'un haussement de sourcils suggérant qu'elle le savait très bien. Elle interrogea Augusta du regard.

— Il m'a dit que vous pourriez peut-être m'aider avec… mon problème.

— Hum, fit Ellen comme si elle avait coutume d'être consultée. Tout dépend de votre problème. Je crois pouvoir me rendre utile dans plusieurs domaines. Leo, va donc voir si ton père a besoin d'aide en cuisine, que je puisse discuter avec Augusta.

Il voulut protester, mais elle le foudroya d'un regard digne de Pat Podos.

— J'y vais, soupira-t-il. Appelez-moi en cas de besoin.

Il hésita une seconde et se pencha vers Augusta :

— Ne la laisse pas te pousser trop loin ou te mettre mal à l'aise. Elle est pleine de bonnes intentions.

Ellen s'installa plus confortablement dans le fauteuil et le chat sauta sur ses genoux en ronronnant. Il fit trois tours sur lui-même avant de se coucher et d'observer Augusta de ses yeux jaunes.

— Leo est un excellent cuisinier, déclara Ellen. On va se régaler. Mais vous n'êtes pas venue pour ça. Alors ? Qu'est-ce qui vous amène à Pale Harbor ?

Augusta se sentait si bien en sa compagnie qu'elle lui raconta tout, de ses rêves à ses hallucinations de plus en plus puissantes. Les mots venaient facilement car elle s'était déjà confiée à Leo. Ellen ne l'interrompit pas, ne sourcilla pas. Elle se contenta de hocher la tête en caressant son chat. Le bruit de Leo et Terry s'affairant dans la cuisine leur parvenait de temps en temps.

— Ce doit être très dur, commenta Ellen à la fin du récit. Non seulement ces crises, mais le fait de les revivre. Merci de m'avoir accordé votre confiance.

Augusta se sentait soulagée d'un grand poids. Elle ne s'était pas encore autorisée à réfléchir en profondeur à la situation, mais Ellen avait raison : c'était difficile. Elle avait l'impression d'être deux personnes différentes et aucune n'était à sa place au bon moment.

Quand elle était dans le présent, elle avait envie de revoir le monde de Margaret, de la comprendre, de savoir ce qu'il lui était arrivé. Une fois dans le passé, elle craignait de se perdre et de ne pas pouvoir revenir.

— Ne faites pas attention à moi, déclara Terry en posant un plateau de crudités accompagnées de houmous. Je vous apporte de quoi vous restaurer.

— Merci, chéri, répondit Ellen avec un large sourire.

Elle tendit l'assiette à Augusta, qui secoua négativement la tête.

— Que dois-je faire ? demanda-t-elle dès que Terry se fut retiré en chantonnant.

La femme assise en face d'elle ne pouvait pas résoudre ses problèmes, mais elle savait l'écouter, au moins. Allait-elle lui poser un cristal sur le front en récitant une incantation ? Y aurait-il une cérémonie où elle ferait brûler des herbes et l'aspergerait d'eau sacrée ? Augusta était prête à tout essayer. La réponse d'Ellen l'étonna.

— Je ne sais pas s'il y a quelque chose que vous puissiez faire.

Face à la mine déconfite de la jeune femme, elle poursuivit :

— D'après ce que vous me racontez, j'ai l'impression que vous n'avez pas cherché à provoquer ces crises. C'est cette entité extérieure, cette Margaret qui en est l'instigatrice.

Ce n'était pas ce qu'elle avait envie d'entendre. Elle n'était pas entièrement persuadée que tout cela n'était pas le fruit de son imagination et que quelque chose n'allait vraiment pas chez elle.

— Il ne vaut donc pas la peine de demander à Margaret de me laisser tranquille ?

Elle se sentit aussitôt ridicule. De plus, elle se rendit compte qu'elle n'était pas prête à renoncer à ces visions. Elle voulait savoir ce qui était arrivé à Margaret après cette dispute avec Henry et comment elle s'était volatilisée.

Ellen prit un air pensif.

— Vous pourriez… De toute évidence, elle cherche à vous dire quelque chose. Je me demande si, quand vous saurez ce qu'elle cherche à vous révéler, elle arrêtera d'elle-même… Vous devriez poser des limites.

— Comment ?

— D'abord, essayez d'entrer en communication avec elle, demandez-lui une vision quand vous serez disposée. Ainsi, vous ne serez pas prise au dépourvu par la crise. Si elle vous a choisie, ce n'est pas par hasard. Peut-être est-ce parce que vous êtes parentes, ou alors parce qu'elle vous pense capable de la comprendre et de vous battre pour elle. Elle ne vous parle pas directement mais elle veille à ce que vous voyiez ce qu'elle veut vous montrer. La prochaine fois que vous sentez venir une crise, essayez de lui demander ce qu'elle veut. Je sais que vous espériez une autre solution, mais c'est là votre meilleure chance de prendre un peu le contrôle.

Augusta réfléchit un instant. Dans ce salon chaleureux, tandis que d'appétissants effluves lui parvenaient de la cuisine, Harlowe House et ses fantômes lui semblaient bien loin... Elle bavarda encore un peu avec Ellen et glana même des anecdotes gênantes sur la jeunesse de Leo. La lumière dorée commençait à décliner quand Leo leur annonça que le dîner était prêt.

Ils s'attablèrent dans la salle à manger, avec du jazz en fond sonore. En posant le plat sur la table, il se pencha à son oreille.

— J'espère que tu vas y goûter. Je l'ai fait en pensant à toi.

Son souffle chaud dans son cou la fit rougir et ses paroles l'enveloppèrent comme un pull douillet. Comment ne pas goûter le plat végétarien mitonné spécialement à son intention ? Elle se soucierait des calories plus tard. Pour l'heure, elle voulait profiter de ce moment d'intimité.

Ce dîner familial fut des plus chaleureux et détendus. Pas une fois elle ne se sentit de trop, même lorsqu'ils évoquèrent des vacances du passé ou le prochain mariage de la sœur de Leo. Depuis quand n'avait-elle pas dîné en famille ? Même avant la mort de son père, Augusta était à l'université, puis ses parents s'étaient séparés. Chez les Stone, elle se sentait un peu chez elle.

Après la tourte aux myrtilles accompagnée d'une glace à la vanille maison, Leo débarrassa la table et annonça qu'ils n'allaient pas tarder à partir.

— Restez au moins prendre une tisane, protesta sa mère.

— On a de la route à faire et je ne crois pas qu'Augusta ait envie d'entendre parler d'un autre concert des Grateful Dead d'avant sa naissance.

Ellen fit une moue mais embrassa son fils.

— D'accord, chéri. Sois prudent. Et appelle ta sœur ! Tu n'as pas besoin d'une raison pour lui parler de temps en temps.

Les oreilles de Leo rougirent. Il donna un dernier baiser à sa mère et étreignit son père.

— Ce fut vraiment un plaisir de vous rencontrer, dit Augusta en tendant la main.

Ellen l'ignora et embrassa la jeune femme.

— Ravie d'avoir fait ta connaissance, ma grande. Reviens quand tu veux et bonne chance avec Margaret. Tiens-moi au courant.

La nuit tombait sur la petite ville du Maine lorsqu'ils montèrent en voiture.

— Alors ? Ma mère t'a prodigué de bons conseils ? s'enquit Leo en tournant dans Main Street.

Augusta réfléchit à leur conversation avant de lui répondre.

— Je crois, oui. Elle voulait que je vive cela de façon positive, que je me sente plus forte. En tout cas, c'est bon d'en parler à quelqu'un qui n'est pas impliqué.

— Tant mieux, fit-il sans demander de précisions.

Dans la voiture, elle était à l'aise pour lui parler. Peut-être parce qu'ils regardaient tous les deux devant eux et qu'elle n'était pas troublée par son regard appuyé. Tandis qu'ils roulaient dans les rues étroites, elle ne put s'empêcher de sourire.

— Quoi ? fit Leo.

— Rien... Je pensais à nos conversations en voiture.

Elle s'attendait à ce qu'il se moque d'elle. Pourtant, elle commençait à le connaître.

— Tu as raison dit-il avant d'opérer un demi-tour. On va changer ça.

— Où va-t-on ?

— Là où j'ai passé une grande partie de ma jeunesse à Pale Harbor, répondit-il en désignant une colline.

Quelques minutes plus tard, ils s'arrêtèrent sur une aire de stationnement en graviers.

— Une petite randonnée, ça te plairait ?

Si elle n'aimait guère la marche et les activités de plein air sans insecticide, elle aurait sans doute suivi Leo dans le cratère d'un volcan.

Sur la pente escarpée, ses chaussures légères ne cessaient de déraper sur les cailloux. Elle entendit toutes sortes de bestioles dans les fourrés. À plusieurs reprises, Leo s'arrêta pour l'aider. Heureusement, il faisait sombre car elle ne voulait pas qu'il se rende compte à quel point elle peinait.

— On y est ! annonça-t-il en l'aidant à gravir le sommet.

Augusta en eut le souffle coupé. D'un côté, ils surplombaient l'océan au clair de lune et, de l'autre, la bourgade verdoyante. Au loin, un phare scintillait en transperçant les ténèbres d'un rayon de lumière. Dans la brise, le spectacle était époustouflant et valait le déplacement, les chevilles écorchées et les poumons brûlants.

— C'est impressionnant, non ?

— Oh oui…

— Viens, on peut s'asseoir par là.

Elle le suivit vers un point donnant sur l'océan, en contrebas. Ils s'assirent côte à côte dans l'herbe. Un frisson d'impatience parcourut la jeune femme, comme si elle avait à nouveau seize ans et se retrouvait seule en compagnie d'un garçon qui lui plaisait.

— Il est étonnant qu'il n'y ait pas plus de monde, dit-elle. C'est le lieu idéal pour contempler les étoiles.

— En théorie, ce n'est pas un lieu public. Tu vois cette maison, là-bas ?

Elle distingua la silhouette d'une imposante bâtisse.

— C'est Castle Carver, expliqua Leo. Un musée, un peu comme Harlowe House. Je crois que ça te plairait.

Dans la pénombre, elle discernait à peine de grandes fenêtres et une tourelle. Jamais elle n'avait rien vu de tel.

— J'aimerais bien la voir en plein jour.

— La prochaine fois que tu auras besoin d'une consultation de spiritualité avec ma mère, je t'y emmènerai, si tu veux.

Elle le sentit sourire.

— Merci encore de m'avoir amenée. Et pas seulement pour cette vue, pour cette rencontre avec ta mère. Elle m'a beaucoup aidée.

— Pas de problème.

Elle se risqua à l'observer. La lune projetait des ombres sur son visage qui ressemblait à une statue en marbre, appelant les caresses. Si elle en avait eu le courage, elle aurait tracé le contour de sa mâchoire, ses traits fins. Il ne lui suffisait pas d'être assise à côté de lui.

Elle voulait savoir tout ce qui faisait de lui l'homme pour qui elle commençait à avoir des sentiments.

— Tu es très proche de ta famille, n'est-ce pas ?

S'il perçut l'envie dans sa voix, il n'en montra rien.

— Oui, mais ça n'a pas toujours été le cas. Ma mère a eu un cancer du sein, il y a quelques années, et le pronostic n'était pas très bon. Par chance, elle s'en est sortie. Une telle expérience remet les choses en perspective. On revient de loin.

Il repoussa ses cheveux en arrière et sourit.

— Bref, je suis content qu'elle t'ait aidée. Mes parents sont des gens bien malgré des tensions, quelquefois.

— Comment cela ?

— Ils fument pas mal d'herbe, surtout mon père, ce qui n'est pas un problème, s'empressa-t-il d'ajouter. Rien à voir avec Rachel et son addiction. Ils sont au courant de son overdose mais, parfois, je me sens mal à l'aise avec eux quand ils sont en plein trip. Cela me rend nerveux, comme si une catastrophe pouvait arriver à tout moment.

Augusta eut de la peine pour lui, pour le fardeau de culpabilité qu'il portait sur les épaules.

— Ce doit être dur, fit-elle. Elle était comment ?

— Rachel ? s'étonna-t-il. Elle était… comme un feu d'artifice : brillante, exubérante, en recherche permanente d'attention. On ne pouvait qu'être impressionné, même si elle était toujours débordée de travail dans son ONG. Elle avait toujours du temps à accorder à ceux qui frappaient à sa porte. Mais elle avait aussi un côté sombre et, finalement, ses démons ont eu le dessus.

Augusta hésita. Voulait-elle vraiment connaître la réponse à sa question suivante ?

— Tu penses souvent à elle ?

— Difficile de faire autrement. Je pense surtout à ce qui aurait pu être différent. Mais il ne faut pas se torturer avec des « et si ». C'est ce que j'ai fait pendant des années. Et si j'avais été présent quand elle a fait son overdose ? Et si je l'avais crue quand elle disait qu'elle était mal au lieu de croire qu'elle cherchait simplement à attirer mon attention ? Ce qui est fait est fait et rien ne la ramènera.

Dans le silence qui suivit, le spectre de Rachel plana entre eux, sous le ciel étoilé.

— Et toi ? demanda-t-il en se tournant vers elle, une lueur vulnérable dans le regard.

— Je n'ai jamais été très proche de ma famille, mais je n'ai ni frères et sœurs ni cousins. À la mort de mon père, j'ai cru que ma mère et moi serions plus proches. Au contraire, on s'est éloignées. C'est vraiment bizarre, dit-elle, étonnée par sa colère. Ma mère semble déterminée à faire comme s'il ne s'était rien passé. C'est peut-être parce que mes parents ne s'entendaient plus. Elle fait comme s'il n'avait jamais existé.

Soudain, Leo prit sa main dans la sienne.

— Je suis désolé pour toi...

Ils demeurèrent ainsi, caressés par la brise, bercés par le fracas des vagues, au loin. Augusta eut l'impression qu'une autre petite partie d'elle-même se remettait en place.

— Je peux te poser une question ?

Le ton de Leo l'alerta. Il voulait aller plus loin. Il s'était confié à elle et elle lui devait la même chose.

Elle acquiesça, un peu méfiante, mais sa question la surprit.

— Tu penses être prête pour une relation si peu de temps après ta rupture avec ton ex ?

— C'est drôle, fit-elle, cherchant ses mots. Ces crises... Quand je vois le monde à travers les yeux de Margaret... je ressens quelque chose dans ma poitrine, je vois plus clairement ce qui compte vraiment et combien la vie est courte et spéciale.

Les joues rouges, elle percevait le regard de Leo rivé sur elle.

— Je pense que je me faisais une image dans ma tête de ce que serait ma vie et, depuis ma rupture avec Chris, j'ai dû modifier cette image. Je voulais vivre seule, me trouver, tout ça... or j'ai toujours été là.

Soudain, elle se demanda où tout cela menait.

— Je t'ai rencontré et… tu me plais beaucoup. J'ai l'impression que c'est réciproque. Mais si ça va trop vite… je voulais que tu saches que…

Elle ne put terminer car Leo la prit doucement par le menton et se pencha vers elle. Dès que ses lèvres effleurèrent les siennes, elle ferma les yeux d'instinct. Son souffle tiède sentait la menthe et la vanille. Le contact de ses doigts éveilla le corps entier de la jeune femme. Elle rêvait depuis des semaines de ce moment et il était à la hauteur de ses attentes. Elle se mit à explorer les muscles fermes de ses bras tandis qu'il enfouissait les doigts dans ses cheveux. Elle fut parcourue d'un frisson de plaisir.

— Ça va ? murmura-t-il en l'attirant vers lui.

Mieux que cela, elle était au paradis. De peur de rompre la magie de ce moment, elle se contenta d'un hochement de tête.

— Tant mieux, souffla-t-il en déposant un chapelet de petits baisers dans son cou. Parce que j'en meurs d'envie depuis des semaines…

Elle ne pensait pas que leur attirance était mutuelle depuis aussi longtemps, mais peu importait. Elle savoura la chaleur de ses mains dans son dos, sur sa nuque. Jamais elle ne s'était sentie aussi vivante, aussi protégée.

Le vent de l'océan se leva et Leo la vit trembler.

— Tu as froid, constata-t-il en s'écartant légèrement.

— Ça va, assura-t-elle en claquant des dents. Tu me réchauffes.

Elle venait d'avoir le plaisir de l'embrasser et voilà que le temps du Maine s'en mêlait !

Il n'en crut pas un mot.

— Viens, dit-il en se levant. Il est temps que je te raccompagne.

— Je ne suis plus une adolescente. Je peux rentrer tard.

— Ah oui ? C'est une bonne nouvelle, ça, railla-t-il avec un sourire radieux.

Lorsqu'ils parvinrent à la voiture, il plaqua Augusta contre la portière et l'embrassa longuement au point qu'elle en eut les jambes en coton. Serait-ce toujours aussi merveilleux ? Elle avait simplement besoin d'un aperçu de ce que pouvait être la vie avec un homme comme Leo. À présent, elle se rendait compte que ce serait un calvaire de revenir à des relations purement amicales, d'être près de lui mais pas *avec* lui. Certains avaient un cœur d'artichaut, d'autres aimaient jouer au chat et à la souris. Pas elle. À quoi bon perdre du temps quand le cœur savait ce qu'il réclamait ?

— Je peux te demander un service ? dit-il alors qu'elle avait posé la tête sur son épaule.

Elle sentait les battements effrénés de son cœur. En cet instant, elle lui aurait promis n'importe quoi.

— Bien sûr…

— Promets-moi de ne rien tenter avec Margaret, dans la maison, tant que je ne serai pas là.

Étonnée par cette requête, elle lut de l'appréhension dans son regard.

— Je sais que tu es capable de gérer, ajouta-t-il vivement, mais je préfère être présent au cas où il y aurait un problème. Fais-moi plaisir...

— D'accord, concéda-t-elle, plus touchée par sa sollicitude qu'alarmée par un problème éventuel.

— Bien, fit-il comme s'il émergeait de ses pensées. Je te raccompagne.

L'autoroute était déserte. L'air frais entrait par les vitres baissées. Augusta pencha la tête en arrière, les yeux fermés. Était-ce ce que l'on ressentait à obtenir ce que l'on voulait ? Était-ce cela, la liberté d'être soi-même et de se sentir acceptée, désirée ?

— Leo ?

— Oui ? demanda-t-il avec un regard de biais.

— Je veux aller plus vite.

— Tu es sûre ?

Elle hocha la tête. Il se contenta d'un sourire et fila sur l'autoroute. Les mains unies entre les deux sièges, de la musique en fond sonore.

Chapitre 30
Margaret

L'amour est au cœur de tout ce qu'on voit
L'amour est le joyau qui nous guide,
Quoi qu'il arrive, mon amour, tu resteras avec moi
Quoi qu'il arrive, mon amour, je resterai avec toi.

The Water is Wide, chanson traditionnelle écossaise.

Voici la vérité telle que je la connais : nous faisons partie de quelque chose de plus grand, de plus beau que ce que nous ne saurons jamais comprendre. Durant notre bref passage sur cette terre, nous n'avons qu'un aperçu du monde qui nous entoure. Or, on m'a privée de ces lumières, condamnée à errer dans cet entre-deux jusqu'à ce que mon histoire soit connue et mes restes terrestres respectés comme tels. Je vois sans être vue, j'entends sans être entendue, je n'oublie rien mais on ne se souvient pas de moi.

Ne me jugez pas. Je ne souhaite aucun mal à ma défenseuse, qui a été si bonne envers moi et a ôté toute poussière de mon nom. Mais c'est dur, si dur. Je suis une chanson qui se conclut par un accord inachevé, une histoire sans fin. Alors quand je vois ma chance, je la prends.

Ma défenseuse entre dans la maison, un sourire au coin des lèvres, et elle se met au travail. Ce sourire, je ne le connais que trop bien. Il est le signe d'un cœur léger et de l'amour.

Elle se déplace dans la maison avec calme et révérence. Elle aime cet endroit, et c'est bien normal. C'est aussi chez elle, d'une certaine façon. Je la laisse s'attarder devant la place de mon portrait, à contempler l'espace vide.

J'attends qu'elle soit dans mon cellier. Je n'ai guère joué de rôle dans la découverte de sa lignée. Elle l'a fait seule, en dépoussiérant un miroir et en voyant le reflet. À présent, je dois aller au-delà du miroir.

Tout commence par un murmure. Elle s'arrête, dresse l'oreille et vient vers moi.

Sa main se fige, elle ressent des picotements sur sa nuque. Elle lève les yeux en quête de l'origine de son trouble. Oh, je goûte presque l'air qui franchit ses lèvres.

On dit que les jeunes gâchent leur jeunesse, mais je crois que les vivants gâchent leur vie. Si j'avais un corps, je ne l'affamerais pas, je ne le priverais d'aucun plaisir. Je l'emplirais de nourriture, je savourerais chaque petit miracle que l'univers daignerait m'accorder.

Et c'est ce que je vais faire.

Chapitre 31
Augusta

Augusta n'avait jamais été du genre à chantonner. Pourtant, le lendemain, en pénétrant Harlowe House, elle se rendit compte qu'elle fredonnait. Ce n'était pas un de ces airs qui hantaient ses rêves, mais une chanson qu'elle avait écoutée dans la voiture de Leo, la veille, en rentrant. Il était plus de minuit quand elle était allée se coucher, mais elle se sentait pleine de vie et d'espoir. Elle fit signe à Reggie, qui préparait du café dans la cuisine, et monta à l'étage.

La porte du bureau de Jill était ouverte. Devait-elle entrer lui parler ? Leo et elle devraient-ils faire part de leur relation à leurs collègues ? Étaient-ils vraiment en couple ? Elle allait vite en besogne. Ils n'avaient pour l'heure échangé que quelques baisers fougueux, certes, des baisers merveilleux. Ils ne sortaient pas ensemble. Elle savait qu'il y avait entre eux bien plus qu'une attirance sexuelle.

Il aurait été facile de tout oublier pour revivre cette soirée, encore et encore, mais si elle devait affronter Margaret, autant en finir. Plus vite elle pourrait retrouver une activité normale et se concentrer sur son travail et sur Leo, mieux ce serait. Il ne serait pas content en apprenant qu'elle était allée au-devant de Margaret sans lui. Mais il ne le lui avait pas franchement interdit. De plus, elle avait l'impression que Margaret ne se manifesterait pas en présence d'une tierce personne. Elle passa donc devant le bureau de Jill, saisit une lampe torche et se rendit sur le lieu de sa première vision.

Augusta la sentit dès qu'elle franchit le seuil de l'ancienne cuisine et alluma la lumière.

— Bonjour, Margaret, souffla-t-elle dans l'air humide.

Pas de réponse, mais elle s'y attendait un peu. Elle posa sa lampe en songeant aux conseils d'Ellen. Margaret voulait simplement être entendue. Augusta n'avait rien à craindre d'elle, même si cet épisode lui semblait hors de contrôle. Elle referma la porte derrière elle pour ne pas être dérangée et s'assit au centre de la pièce, sur la terre battue. Puis elle ferma les yeux.

Rien. Elle rouvrit les yeux et regarda autour d'elle. Si Jill ou Reggie la surprenaient, comment leur expliquerait-elle son attitude ? Les autres crises ayant commencé de façon banale, elle voulut travailler.

À peine avait-elle pris son stylo qu'elle eut des picotements sur la nuque.

— Margaret... murmura-t-elle.

Alors tout devint flou et la pièce la ramena dans le passé.

Chapitre 32
Margaret

Elle devint un cadavre, un cadavre sous la terre
Elle devint l'argile froide qui l'engloutit.

The Two Magicians,
chanson traditionnelle.

Vois ce que je vois. Sens ce que je sens. Sois ce que je suis.

Je ne suis pas une douce marée qui se retire, mais un courant violent qui aspire et entraîne jusqu'à obtenir ce que je veux. La récompense est alors si douce ! Je suis tant de choses, mais je ne suis pas ton amie. J'ai déjà été faible et je l'ai payé de ma vie. Je ne serai plus faible.

Elle ne lutte pas, cette fois. Elle vient d'elle-même tel un agneau à sacrifier. Le cœur bon, le cœur tendre. Je le devrais peut-être, mais je ne ressens aucune culpabilité pour quelqu'un qui ne mène que la moitié d'une vie.

— Montre-moi, Margaret, dit-elle.

Et je me fais un plaisir d'accéder à sa demande.

Jack se trouvait à leur ancien lieu de rendez-vous, sur les rochers. En la voyant, il sourit. Elle lui avait adressé un message l'invitant à la retrouver ici. Elle détestait avoir dû ravaler sa fierté pour le faire venir, ce serait la dernière fois.

L'air était brumeux et les oiseaux criaient. En l'apercevant, les vestiges de son cœur s'emballèrent. Il était grand et ténébreux et il appartenait à une autre femme.

Sous sa robe, la potion lui brûlait la peau. Elle s'imagina lui faire boire la décoction de belladone mortelle. Son visage pâle, sa mâchoire crispée, ses yeux révulsés, son corps sans vie dans ses bras. Il serait beau dans la mort, au clair de lune. Il n'en méritait pas moins. Et pourtant, elle ne parvenait pas à lui dire adieu tout de suite.

— Tu vas bien ? s'enquit-il.

Elle s'écarta.

— Quelle question ! Bien sûr que non ! Qu'as-tu raconté à Lucy pour ce soir ?

— Tu sais bien que nous ne vivons pas ensemble, fit-il en pinçant les lèvres, l'air fâché.

— Je ne sais rien de toi ou de tes affaires, manifestement.

Si elle voulait lui administrer le poison, elle devait au moins tenter de le mettre en confiance au lieu de se montrer brusque. Hélas, c'était plus fort qu'elle.

— N'en parlons pas, dit-il en la prenant par la taille.

Elle sentait chaque parcelle de son corps contre le sien. Sa chaleur la fit vibrer de désir.

Elle le laissa l'embrasser et fut incapable de ne pas lui rendre ses baisers avec la même fougue en se jurant que c'était la dernière fois qu'elle lui accordait de telles libertés. La dernière fois qu'elle lui permettait de respirer. Pour l'instant, il était à elle.

Il caressa son corps, palpant ses seins sous sa robe, insinuant une cuisse entre les siennes. Le plaisir s'empara d'elle. Soudain, il s'écarta, le regard noir.

— Qu'est-ce que c'est ? demanda-t-il.

— Quoi ? Jack ! s'exclama-t-elle lorsqu'il sortit le sachet de son décolleté.

Il semblait bien innocent, ce morceau de toile fermé par un bout de ficelle et rempli d'herbes. Sans doute lut-il de la culpabilité dans son regard car il recula.

— Tu voulais m'empoisonner ? Ou me jeter un sort, peut-être ?

Elle garda le silence. Jack sortit le canif qu'il avait toujours dans sa botte.

— Je serais en droit de me défendre, dit-il sans émotion ni conviction, avec lassitude. Je serais en droit d'attiser les rumeurs et de te dénoncer pour magie noire.

— Mais tu n'en feras rien, rétorqua-t-elle en se redressant fièrement.

Avec un soupir, il passa une main nerveuse dans ses cheveux.

— Non. Et tu ne me tueras pas, même si tu en as envie.

C'était le problème, avec un tel amour : ils se connaissaient trop bien.

Au moment où elle allait lui dire qu'il ne la connaissait peut-être pas si bien, ils entendirent des pas maladroits dans les fourrés. Encore les voyous ? Cette rencontre lui semblait si loin, désormais. Jack dut avoir la même idée car il s'approcha et se posta entre elle et ce bruit.

À qui s'attendait-elle ? En voyant son frère surgir dans la clairière, elle faillit trébucher. Il semblait ivre de rage.

— Henry ? fit-elle en contournant Jack. Qu'est-ce que tu fais là ?

Il ne la regarda même pas.

— Pryce, fit-il en le fusillant du regard.

Les deux hommes se toisèrent tels des loups se tournant autour.

— J'espère que tu ne menaçais pas ma chère cousine avec ce couteau.

— Ta cousine ?

Elle faillit s'esclaffer face à la surprise de Jack. Il ignorait que Henry n'était pas son frère ! Elle ne lui avait jamais parlé de ses origines, de la vérité sur sa famille. Quelle importance, désormais ? Plus rien n'avait d'importance car tout serait bientôt fini.

— Rentre à la maison, Henry ! maugréa-t-elle.

— Tu n'as pas d'ordres à me donner, rétorqua-t-il d'une voix plus mûre qu'elle ne lui connaissait pas. Je suis venu te chercher et te ramener à Boston. Cette liaison avec Jack Pryce est terminée. Ma cousine ne tombera pas aussi bas.

Lorsqu'il lui agrippa le bras, elle se libéra de son emprise.

— Je ne partirai pas avec toi ! persifla-t-elle. Plutôt mourir que de vivre en tant que ta maîtresse ou quels que soient tes projets pour mon avenir.

Jack surgit enfin de sa torpeur.

— Écoute-la, Henry. Elle ne veut pas partir avec toi.

— Peu importe ce qu'elle veut ou pas ! C'est une femme déshonorée et tu n'es pas en position de la rendre respectable. Je m'occuperai d'elle et de l'enfant. Elle sera en sécurité, hors de ta portée.

Elle aurait au moins dû faire semblant de lui céder, mais ils étaient du même sang, enclins à la passion.

— Tu es fou, lui dit-elle.

Elle s'empara du couteau de Jack et le brandit, espérant le convaincre qu'il n'obtiendrait rien que des ennuis s'il persistait.

Il ne broncha pas.

— Ne sois pas ridicule, Margaret, fit-il avec un sourire narquois. Tu veux terminer comme ta pauvre mère ? Brisée, usée, seule au monde ? Tu crois vraiment que nos parents te permettront de vivre seule avec ton bâtard ? Ils t'ont peut-être élevée comme leur fille, mais ils ont leurs limites, surtout en ce qui concerne leur réputation et celle de l'entreprise.

Elle ne supportait pas de l'entendre parler de sa mère en ces termes. Elle ne supportait pas cette pitié, cette condescendance sur le visage de Henry. Ce n'était pas tant lui le fautif. Il ne disait que la vérité, même si elle faisait frémir la jeune femme. Non, Henry n'était que le messager de sa propre rage, de sa haine, de sa souffrance. Il était injuste qu'on la prive du seul amour qu'elle ait trouvé, ni qu'elle vive dans la honte des conséquences naturelles de cet amour.

En sentant le couteau, dans sa main, elle se rendit compte que l'idée du poison était stupide. Henry parlait encore mais elle n'entendait pas ses mots, ni Jack qui l'implorait de lâcher le couteau. Elle ne songeait qu'à l'injustice qu'elle subissait. C'était elle qui méritait de flâner au bras de Jack dans Main Street, de se blottir dans ses bras, la nuit. C'était elle qui aurait dû posséder le cœur de Jack pour l'éternité. Henry croyait la comprendre, il croyait qu'il pourrait remplacer Jack. Quel imbécile ! Elle se rua sur lui. Jack cria son nom, mais trop tard. Henry trébucha en arrière.

Leurs corps se trouvèrent. Les boutons de sa robe se plaquèrent contre son torse dans une étreinte clandestine dont Henry avait toujours eu envie. Elle fut de courte durée. Quelque chose de chaud et de pointu la transperça et elle recula aussitôt.

D'abord, elle lut le choc sur le visage de Henry. Puis elle baissa les yeux. Le canif en argent était planté dans sa poitrine alors qu'elle tenait encore le manche, la main de Henry sur la sienne. Ne comprenant pas encore vraiment, elle releva la tête. Le bébé. Le couteau avait-il touché le bébé ? Existait-il un sortilège pour endiguer le flot de sang ? Elle eut le tournis et, soudain, comprit qu'elle allait mourir. Le fait que la lame ait ou non touché le bébé n'avait aucune importance, car le bébé mourrait avec elle. Elle tomba à genoux, puis s'écroula sur le dos sur le sol froid et rocailleux. Aucun sortilège ne pouvait la sauver.

Jack se tenait au-dessus d'elle, en plein désarroi. Le sang chaud s'écoulait d'elle, mais elle avait trop froid. Jamais elle n'avait eu aussi froid. Une odeur de pin et de vase envahit ses narines. Elle se sentait de moins en moins en contact avec la terre, les rochers, les pins noueux qui l'entouraient.

— Qu'as-tu fait ? fit une voix sourde. Mon Dieu, qu'as-tu donc fait ?

Mais Henry ne dit mot. Si elle ne distinguait pas son visage, elle n'imaginait que trop bien son effroi. Il ne pouvait l'avoir fait exprès. Il l'aimait. En dépit de ses défauts, Henry l'avait toujours aimée. S'il ne l'avait pas aimée à ce point, elle serait peut-être encore en train de respirer l'air marin et de sentir la vie pousser dans son ventre.

Jack tomba à genoux et son visage envahit son champ de vision de plus en plus étroit.

— Margaret, tu m'entends ?

Henry sortit enfin de son mutisme et écarta Jack de la jeune femme.

— Éloigne-toi d'elle, salaud !

Elle n'avait jamais vu Jack pleurer, mais il fondit en larmes. Elle les sentit tomber sur ses mains, l'unique rituel de purification que connaîtrait son corps.

C'était le trou noir, mais les voix lui parvenaient encore, leur énergie vibrante l'enveloppait. Elle était à la fois dans son corps et détachée de lui. Elle était morte, mais elle était encore là. L'air circulait autour d'elle et l'emportait dans les feuilles. Dans la clairière, elle percevait la brume épaisse dont chaque particule fusionna avec son âme. Margaret était à la fois partout et nulle part, tel un esquif battu par les vagues, sans port d'attache, un étourneau pris dans une tempête, sans perchoir en vue, un dauphin capturé dans un filet de pêche, une force de vie palpitante dépourvu d'enveloppe charnelle.

— Elle est morte, déclara Jack, la gorge nouée par l'émotion. Tu l'as tuée.

— Je l'ai sauvée, rétorqua Henry. Elle aurait tué l'un d'entre nous et serait devenue une meurtrière. Une meurtrière enceinte, de surcroît. Tu imagines son nom, à la une des journaux ? Comparaissant face à un juge et un jury, puis condamnée à mort ? De plus, tu es impliqué dans tout cela.

Elle imagina le visage blême de Jack.

Le silence s'installa entre eux.

— Il… il faut l'enterrer, reprit Henry d'une voix tremblante.

— L'enterrer ? Tu es fou, Henry !

— Non. Je suis le seul à réfléchir posément. On ne peut pas laisser son corps ici, à la vue de tous.

— Elle mérite une sépulture. On lui doit au moins ça.

— Tu joues les bons samaritains, à présent ? Tu ne te souciais pas de ce qu'elle méritait quand tu couchais avec elle.

Jack voulut parler, mais Henry n'en avait pas terminé.

— Je t'ai vu prendre ma sœur contre un arbre comme une traînée, avec tes mains sur elle. Tu peux nier autant que tu le voudras, tu es fiancé et tu as couché avec une femme qui est morte. Qui les gens vont-ils croire, d'après toi : un Harlowe ou le fils d'un vulgaire épicier ?

— Je l'aimais, dit Jack.

— Tu l'as engrossée sachant pertinemment que tu ne l'épouserais jamais. Tu ne l'aimais pas. Tu t'es servi d'elle.

Jack étouffa un cri, puis ils soulevèrent le corps et le déplacèrent. Une terre froide tomba en pluie pour le recouvrir.

Telle fut ma fin. Du moins, cela aurait dû être ma fin. J'ai à présent la chance de terminer ce que j'avais à terminer. Je n'ai qu'à m'enfoncer un peu plus, m'enraciner plus fermement en elle. Mais avant que je ne le puisse, nous sommes interrompues...

Chapitre 33
Augusta

— Augusta ! Augusta !

Elle ouvrit un œil, s'attendant à voir des mottes de terre tomber en pluie sur elle. Elle avait mal à la tête et l'impression que quelqu'un avait déversé du ciment dans ses poumons. Au lieu d'être allongée dans la fosse peu profonde, elle se trouvait dans l'ancienne cuisine. La lumière entrait par la porte ouverte. Elle était elle-même et non Margaret ou un fantôme. Et ce n'étaient pas Jack ni Henry qui étaient penchés sur elle, mais un Leo très pâle et agité.

— Je sais ce qui s'est passé, souffla-t-elle. Je sais ce qui est arrivé à Margaret…

— Tu as mauvaise mine. On va te faire asseoir quelque part, dit-il.

Elle l'écoutait à peine. L'ampoule du plafonnier bourdonnait. Tout était trop clair, trop vif.

— Ce n'est pas Jack ! Ce n'est pas Jack ! C'était son frère, Henry. Il était jaloux et il l'a tuée.

Elle sentait encore la douleur vive de la lame. Soudain, elle porta la main à son ventre. Le bébé. Son chagrin d'avoir perdu un enfant qui n'était pas le sien, qui n'avait jamais été le sien, était plus intense que tout ce qu'elle avait vécu auparavant. Elle ravala ses larmes.

— Ensuite, ils l'ont enterrée quelque part, je ne sais pas où.

Elle frémit au souvenir de la pénombre, de la terre froide qui s'ouvrait pour l'engloutir.

Elle était peut-être de retour dans le présent, dans son propre corps, mais elle ressentait un grand vide en elle. Si c'était Margaret qui avait perdu l'enfant, perdu sa vie, c'était Augusta qui portait ce deuil. Elle avait vu se dérouler la triste histoire de Margaret et, pourtant, elle brûlait de retourner là-bas.

— C'est terminé, fit Leo d'un ton grave en l'aidant à se lever. Je n'aurais jamais dû t'encourager ou t'emmener voir ma mère. Ce n'est pas bon pour toi. Tu arrives à peine à marcher !

Elle balaya ses inquiétudes. Elle pourrait désormais monter une exposition et raconter l'histoire de Margaret. Ce ne serait pas une simple exposition. Elle pourrait publier un article. Résoudre un mystère du passé n'était pas fréquent et elle disposait d'une arme secrète de témoin direct. Naturellement, elle ne divulguerait jamais son expérience, mais elle saurait quelles informations rechercher et elle connaîtrait les réponses avant même de commencer.

— Je vais dire à Jill que tu es malade et que tu prends le reste de la journée... Non, de la semaine, décréta Leo en l'entraînant hors de la pièce.

Augusta fut aussitôt en alerte.

— Non ! s'exclama-t-elle en libérant sa main de son emprise, si brusquement qu'elle faillit perdre l'équilibre. Je veux rester. Tu n'as pas à prendre de décisions pour moi.

Leo parut surpris, puis déçu.

— D'accord, fit-il avec un calme exaspérant. Et si on allait faire un tour, alors ? Prendre un café ?

En temps normal, elle aurait sauté sur l'occasion, mais elle refusait de quitter Harlowe House. Sa place était là. Elle sortit lentement, en prenant appui sur le mur.

— Non, merci. Je serai dans mon bureau.

— Augusta...

Il tendit la main vers elle mais elle s'écarta.

Dans son bureau, elle regarda dans le vide, en pleine torpeur. Lorsqu'elle et Leo s'étaient embrassés, tout était si lumineux, si prometteur... À présent, elle n'avait plus qu'une seule impression en tête, la sensation d'être transpercée par un couteau et la terre froide qui l'engloutissait... Elle avait l'impression d'avoir laissé une partie d'elle-même, une partie essentielle, sous terre, avec Margaret.

Sur une impulsion, elle prit son téléphone et parcourut ses contacts avant d'appuyer sur la touche « appeler ». Au bout de plusieurs sonneries, une voix féminine rauque et grave lui répondit.

— Gussie ? Pourquoi m'appelles-tu ? Tu sais, il existe un système génial qui permet d'envoyer un message à quelqu'un.

Maureen s'interrompit. L'énergie un peu provocante de l'ancienne collègue d'Augusta émanait de l'écran.

— Ou alors tu avais envie d'entendre ma voix ? reprit-elle.

Augusta éclata de rire.

— Tu as commencé ton stage de criminologie ? Tu as des connaissances sur la décomposition d'un cadavre et la façon d'en retrouver un ?

Maureen prit le temps de la réflexion avant de lui répondre :

— Augusta Podos, est-ce que je dois m'inquiéter, là ?

— En théorie.

— Eh bien, si tu comptes te lancer dans une chasse au cadavre, tu as intérêt à m'inviter.

— C'est une hypothèse. Simple curiosité.

— Tu as entendu parler des moteurs de recherche sur Internet ?

— Tu avais peut-être raison, finalement. J'avais envie d'entendre ta voix.

Augusta sentait ses inhibitions s'envoler.

— Arrête, Gussie ! Tu vas me faire rougir, soupira Maureen. Bon, dis-moi ce dont tu as besoin…

Décrire un enterrement de fortune sans révéler sa propre expérience fut plus difficile que prévu. Elle préféra rester dans le vague.

— Je cherche l'endroit où un cadavre a pu être enfoui, il y a très longtemps.

— D'accord, fit Maureen. La plupart des villes ont des archives de ce genre de choses. Tu as essayé ?

À bout de patience, Augusta secoua la tête, même si son amie ne la voyait pas.

— Il n'y a pas de trace officielle et je suis sûre que la sépulture se trouve en dehors d'un cimetière et sans pierre tombale. Je sais que la zone est boisée, mais je doute que la fosse soit très profonde car… Enfin, peu importe.

— Si la fosse n'est pas profonde, cela signifie que celui qui l'a creusée prévoyait de déplacer le corps plus tard, vers un autre endroit. Le crâne est la première chose qui apparaît dans la terre à cause d'une activité humaine ou de l'érosion. Donc quelqu'un qui savait ce qu'il faisait aurait enterré le corps tête en bas. Les os du pied sont petits et moins décelables. En revanche, si c'était un amateur et s'il avait peur d'être pris en flagrant délit, il a pu se montrer négligent. Je n'arrive pas à croire ce que je vais te dire mais… si tu détiens ce type d'informations, tu devrais peut-être appeler la police, non ?

— Je n'appellerai pas la police. C'est un meurtre perpétré il y a plus d'un siècle. De plus, ce ne sont que des hypothèses.

— Des hypothèses… d'accord.

Le silence s'installa entre elles. Augusta avait l'esprit en émoi. Margaret voulait être trouvée, sinon elle n'aurait pas montré à Augusta ce qu'il lui était arrivé. En revanche, elle n'avait pas montré à la jeune femme où elle était enterrée. Peut-être l'ignorait-elle elle-même ? Augusta devrait se rendre dans les bois en espérant tomber sur un crâne ? Autant chercher une aiguille dans une botte de foin.

— Il faut que je te laisse mais merci pour les infos, conclut-elle.

— De rien. Écoute… tu vas bien ? Tu as une voix… différente.

Augusta n'en avait pas conscience. Était-ce parce qu'elle n'était plus la jeune femme timide et peu sûre d'elle qui travaillait à l'Old Jail ? Ou bien parce que Margaret accaparait la majeure partie de son temps ?

— Oui, ça va.

Le silence s'éternisa.

— Gussie, tu me manques, au boulot, avoua Maureen. On pourrait se voir, un de ces jours.

Si elle n'avait pas été obsédée par Margaret, Augusta aurait été touchée et aurait saisi cette occasion de voir Maureen. Combien de fois avait-elle déploré de ne pas avoir d'amis ? Elle avait Margaret, à présent, et même Leo la détournait de ce qui était vraiment important.

— Bien sûr, dit-elle. On se voit bientôt.

En le disant, elle savait que c'était trop tard.

Le soir, à table, Augusta sentit le regard critique de sa mère rivé sur elle. Elle n'avait pas envie d'être attablée dans cette cuisine au sol en linoléum, en train de chipoter avec ses lasagnes réchauffées au micro-ondes. Elle n'avait pas envie de débiter des banalités sur son travail ou d'écouter sa mère lui relater les derniers ragots du quartier. Elle ne voulait qu'une chose : être à nouveau avec Margaret. *Être* à nouveau Margaret. Celle-ci n'en avait pas terminé avec ce qu'elle faisait et Augusta ressentait sa fébrilité au plus profond d'elle-même.

Sa mère soupira soudain et posa sa fourchette pour la foudroyer du regard.

— Tu vas continuer longtemps à ignorer ce que je te raconte ? demanda-t-elle.

— Hein ? fit la jeune femme, qui n'avait pas écouté.

— Qu'est-ce qui se passe ? Depuis ton retour, tu es de mauvaise humeur.

— Je ne suis pas de mauvaise humeur !

— Si !

Sa mère croisa les bras et la fusilla du regard.

— Tu te comportes comme une adolescente boudeuse.

— Pourquoi on ne parle jamais de notre famille ? Pourquoi tu crains à ce point d'affronter la mort de papa ? Pourquoi on ne fait jamais rien pour se souvenir de lui ?

— Qu'est-ce que tu racontes ? Bien sûr que je me rappelle ton père !

— Ce n'est pas ce que je voulais dire.

Pat soupira.

— Je n'ai pas à salir la mémoire de ton père en ta présence. Ça te va ? Assez parlé de ça.

— Qu'est-ce que ça veut dire, ça ? Parce que vous ne vous entendiez pas, je suis censée effacer tout souvenir de lui ?

— Je te jure qu'on ferait mieux de ne pas parler de ça, Augusta. Surtout quand tu te comportes ainsi.

Sa mère ne voulait pas parler de son père ? Pas de problème. Il y avait encore un tas de questions qu'elle se posait.

— Pourquoi tu caches tous les objets de famille ? Pourquoi dois-je creuser aussi loin pour trouver qui je suis ?

— Je ne comprends rien à ce que tu me racontes. Tu sais très bien qui tu es. Tu es Augusta Jean Podos, et en ce moment, tu es franchement pénible.

Augusta refusait de baisser les bras.

— Je veux savoir d'où nous venons, à quoi correspondent tous ces noms dans notre arbre généalogique. Pourquoi on n'allait jamais voir personne pour les fêtes ? Pourquoi... ?

Pat frappa des mains sur la table.

— C'est bon ! Tu veux en savoir plus sur notre famille ? Eh bien je vais t'en parler. Notre famille est une catastrophe, pleine de trahisons, de disputes, de morts tragiques, avec plus de divorces que de couples unis. Ma grand-mère m'a raconté que nous étions nés sous une mauvaise étoile et que si j'étais attachée à cette famille, il valait mieux que je n'aie pas d'enfants pour ne pas transmettre la malédiction. Je voulais te protéger du malheur et de la tristesse qui se transmet de génération en génération, mais on dirait que tu es décidée à suivre cette voie, toi aussi. Tu avais un couple heureux, un emploi, un logement, et tu as tout jeté aux orties pour revenir vivre ici et repartir de zéro. Et pour quoi ?

— Donc ce ne sont que des superstitions, c'est ça ?

Elle s'attendait à quelque sombre secret, à quelque chose de concret sur ses origines.

— Bien sûr, il y a des divorces et des morts, comme toutes les familles. Tu aurais pu me dire la vérité dès le départ. Je ne suis pas une enfant.

— Tu es *mon* enfant !

Il devait y avoir autre chose. Sa mère était très pragmatique. Elle fuyait ce qui touchait à l'occulte et au surnaturel. Pat n'accepterait jamais l'idée d'une malédiction familiale.

— Tu ne voulais pas que j'en sache plus sur la famille parce que tu es soudain devenue superstitieuse ? Allons, maman, tu ne m'as même pas fait croire au père Noël !

— Ce n'est pas qu'une superstition, marmonna Pat en évitant son regard.

En vingt-huit ans, Augusta n'avait jamais entendu sa mère marmonner de la sorte. Pat s'exprimait toujours sans détour.

— Quoi ?

Augusta craignait d'avoir une petite idée sur la question.

— Nous descendons des sorcières de Salem…

La jeune femme en demeura abasourdie. À Salem, on racontait en plaisantant que tout le monde descendait de l'une des sorcières condamnées lors des célèbres procès en sorcellerie. Et certains touristes qui visitaient l'Old Jail en étaient souvent persuadés. C'était sans doute le cas de certains, mais de nombreuses légendes familiales circulaient. Sa mère faisait-elle vraiment partie de ces descendants ? Pourquoi n'en avait-elle jamais parlé ? Il n'était pas impossible que la famille ait des liens étroits avec l'une des sorcières de Salem. Après tout, sa famille y vivait depuis des générations.

Soudain, son esprit embrumé s'éclaircit. Elle se rappela ce que Claudia lui avait raconté sur Phebe et la mystérieuse jeune fille qui lui avait attiré des ennuis, à l'époque. Sans oublier le fait que Margaret avait choisi de raconter son histoire à travers Augusta… et les carnets retrouvés dans le grenier, pleins de ce qui semblait être des recettes, mais qui devaient être des remèdes à base de plantes ou des potions. Margaret avait vécu deux cents ans après les procès en sorcellerie, mais elle n'en était pas moins une sorcière. Évidemment différente de l'image que s'en faisaient les touristes, loin des balais et des chapeaux pointus. Elle devait être une sorte de guérisseuse, plutôt.

— Augusta ? Tu as entendu ce que je t'ai dit ?

— Oui, marmonna-t-elle. Tu m'as menti, tu m'as isolée de ma famille uniquement à cause d'une superstition débile.

Peu lui importait de savoir si Margaret avait été une sorcière au véritable sens du terme ou non. Il était ridicule de croire à une malédiction familiale à cause d'une seule ancêtre un peu excentrique. Mais si Margaret possédait une sorte de pouvoir ? Cela n'expliquerait-il pas les visions d'Augusta ? Sa tête se mit à tourner. Tout ce qu'elle croyait savoir de sa propre vie venait de basculer.

Elle sortit la boîte de documents familiaux de sous le lit et se plongea dans cet écheveau de noms : Podos, Gennetti, Bishop, Cooke, Barrett, Montrose, Hale. Pourquoi ne lui avait-on jamais révélé qui elle était ? Qui étaient ces personnes ? Comment l'avaient-elles façonnée ? Elle refusait de croire que sa famille était maudite ou possédait des racines tragiques et sombres. Et s'il y avait une part de vérité là-dedans ? Rien qu'un peu ? Elle pensa à son entretien avec Claudia et aux récits transmis de génération en génération. Si elle était vraiment une parente de Margaret, une tristesse, un chagrin se transmettait peut-être en se manifestant par des morts prématurées, des cœurs brisés, des prédispositions à la mélancolie.

Elle avait toujours été solitaire, un peu perdue. Peut-être était-ce pour cela qu'elle s'était raccrochée si longtemps à Chris. Des parents âgés, pas de frères et sœurs ni de cousins avec qui partager une histoire familiale… Avec Margaret, elle donnait un sens à sa vie. Elle descendait d'une femme puissante qui avait été lésée.

Sans vraiment savoir pourquoi, elle prit ses clés de voiture.

— Où vas-tu, à présent ? lança sa mère depuis la cuisine, où sa fille l'avait laissée laver la vaisselle seule.

— Je sors ! répondit-elle avant de claquer la porte derrière elle.

Dès qu'elle eut garé la voiture, elle se sentit mieux et parvint à respirer normalement. Elle était à sa place. Au plus profond d'elle-même, elle se rendait compte qu'elle agissait par impulsion, mais comme il était bon d'y céder !

Elle composa le code pour entrer dans la maison. Jill et Reggie constateraient peut-être qu'elle était venue le soir, mais quelle importance, en réalité ? L'essentiel, c'était qu'elle se trouvait là où elle devait se trouver. Elle seule était la gardienne de l'héritage de Margaret, donc de celui de Harlowe House. La maison était silencieuse. Elle ferma les yeux pour humer le parfum du vieux bois.

— Je suis là, murmura-t-elle à la maison vide. Ce n'est pas parce que tu as fini de me raconter ton histoire que tu dois partir.

*

Je n'ai jamais rien entendu d'aussi accueillant. Je serais venue quand même, mais être invitée… ce n'est pas rien. Cela rend mon travail infiniment plus facile. Je dois dépenser moins d'énergie pour achever ma magie. Voilà ce que j'attendais depuis toutes ces années. Ma protectrice, mon sang, mon vaisseau. Cette fois, il n'y aura pas d'interruption. Cette fois, je vais terminer ce que j'ai commencé.

Je la sens se crisper. Elle est surprise, puis elle soupire tandis que je m'installe.

— Margaret, dit-elle dans sa tête.

— Augusta, réponds-je.

Nous sommes ensemble, elle et moi. Une hôtesse et son invitée. Un corps et une âme.

CHAPITRE 34
MARGARET ET AUGUSTA

En ouvrant les yeux, je me retrouve dans mon ancien cellier. Il est vide et sent le renfermé. Machinalement, je chasse une toile d'araignée qui me chatouille le visage. Je m'émerveille de la façon dont les fils soyeux me collent aux doigts. Je n'ai jamais rien ressenti d'aussi prodigieux.

Une torche électrique est posée à terre, mais je n'en ai pas besoin. Je m'oriente parfaitement dans le noir tel un chat. Je ne vois ma maison que de loin depuis si longtemps… et voilà que je la parcours comme autrefois. Je soulève un vase en cristal pour en apprécier le poids avant de le remettre en place.

Dans la cuisine, je me sers un verre d'eau que je laisse dégouliner sur mon menton et imbiber mon corsage. C'est exquis ! Je me rends aux toilettes et j'allume la lumière pour voir mon reflet dans le miroir.

Ce visage qui m'observe avec étonnement n'est pas le mien, mais je le connais si bien qu'il pourrait l'être. Mes boucles sont plus claires et plus courtes et j'ai des taches de rousseur sur le nez. Je fronce les sourcils. Ces vêtements ne flattent guère mes courbes féminines. Tant pis, je ferai avec. Dans ces yeux bruns, je lis de la peur mais je ne dois pas m'attarder là-dessus. Je suis libre, c'est l'essentiel. Bien que j'habite son corps, je ne lis pas ses pensées, ses souvenirs, ses craintes. C'est une bonne chose car je ne m'y intéresse en rien.

Je déambule dans la maison pendant des heures, à explorer, à toucher, à ressentir. Je vis des expériences. Derrière la porte, il y a tout un monde. Pour l'heure, je veux simplement redécouvrir mon foyer. J'ai le temps, désormais. Je peux faire ce qui m'était jusqu'alors interdit. Il ne manque que Jack.

En montrant à Augusta ce que j'étais devenue, j'ai appris quelque chose. J'avais toujours cru que c'était Jack qui m'avait porté le coup fatal. En fait, c'était Henry. Pendant des années, j'ai placé l'arme dans la mauvaise main, j'ai senti la lame me pénétrer dans le mauvais sens. Cependant, si la main de Jack ne m'a pas frappée, c'est bien à cause de lui et de ce qu'il m'avait infligé que je me trouvais sur les rochers, ce soir-là. Sans la trahison de Jack, Henry n'aurait pas eu à défendre mon honneur.

Les rayons du soleil filtrent à travers les rideaux du musée : je ne serai bientôt plus seule.

— Tiens, Augusta ! Tu es matinale !

C'est la dénommée Jill. Elle me regarde d'un air étonné, ses lèvres rouges entrouvertes. Je lui adresse un large sourire.

— Je voulais commencer des recherches, dis-je d'une voix plus aiguë que prévu.

Elle m'observe un peu trop longtemps et je sens qu'elle perçoit une différence sans parvenir à mettre le doigt dessus.

— D'accord. J'espère que tu te sens mieux, aujourd'hui. Je serai dans mon bureau si tu as besoin de moi.

Dès qu'elle est partie, je reprends mon inventaire de la maison. Outre mon portrait, celui qui était accroché dans la salle à manger, c'est comme si je n'avais jamais vécu ici. J'aurais peut-être dû laisser Augusta réaliser son exposition d'abord… Enfin, je suppose que je peux raconter ma propre histoire, à présent.

Je regarde des groupes de touristes envahir ma maison, indifférents ou exubérants. Quand je ne supporte plus de les voir fouler mes tapis avec leurs chaussures sales, je sors. L'air marin me caresse le visage. Je renais, je fais baptiser mon nouveau corps par le soleil. J'ôte mon gilet pour que l'air caresse davantage de peau.

Mes entraves ont cédé et je suis enfin libérée de ma prison, tel un papillon qui sort de sa chrysalide. Pour la première fois depuis plus d'un siècle, je vois au-delà des murs de ma maison, je découvre le monde extérieur. Tynemouth a changé. Il est maintenant plus difficile de voir l'océan depuis la pelouse. Je prends conscience de la technologie qui a envahi la rue. Les charrettes des pêcheurs et les attelages ont fait place à des véhicules polluants. Il flotte une odeur que je ne parviens pas à situer. Comme mon nouveau corps, j'en veux aux dépositaires du monde de le négliger à ce point.

En apercevant mon reflet dans une vitrine de Main Street, je ne peux m'empêcher de l'admirer. Je croise le regard d'un jeune homme, je lui adresse un clin d'œil puis j'éclate de rire. Quelle liberté ! Hélas, ma joie est de courte durée et se mue en mélancolie quand je passe devant le bâtiment qui abritait l'épicerie Pryce. La boutique vend désormais des souvenirs. Jack. Les années l'ont emporté. J'ignore ce qu'il est devenu et je me le suis souvent demandé. Il n'a jamais rendu des comptes. Est-il retourné auprès de Lucy ? Lui a-t-elle donné des enfants ? Ont-ils vieilli ensemble ? Est-il revenu à notre lieu de rendez-vous, sur les rochers, en pensant à ce que nous aurions pu vivre ?

Entourée de tous ces inconnus d'une autre époque, je me sens soudain très seule. Je donnerais n'importe quoi pour que George me soulève dans ses bras et me couvre de compliments. Je donnerais n'importe quoi pour avoir Shadow sur les talons. Un jour, je les retrouverai peut-être, de l'autre côté. Cette enveloppe mortelle ne pourra m'abriter qu'un certain temps. Cette fois, en revanche, je mourrai vieille et ridée, et selon mes propres conditions.

Je m'arrête devant le cottage de Phebe, du moins l'endroit où il se dressait. Il ne reste aucune trace de l'allée en graviers d'huîtres ni de la barrière en bois. Je dresse l'oreille pour entendre tinter les carillons en coquillages. Hélas, leur son mélodieux n'est plus qu'un souvenir oublié. Je me demande ce qu'est devenu Phebe, si elle m'a pardonnée. Elle fait partie des regrets que le temps ne pourra effacer.

En sentant mon estomac gargouiller, je me mets à rire. Encore un rappel de mon corps ! Je ne m'en lasserai jamais. Je brûle de me percher sur les rochers et de sentir l'écume de l'océan sur mes pieds, mais je retourne vers la maison pour trouver à manger.

Le réfrigérateur contient une abondance de mets. Que de délices encore inconnus ! Je mords dans une pêche dont le jus coule sur mon menton. Dans ma bouche, c'est une explosion sucrée. Alors que je me régale, je sens une présence masculine derrière moi. Je me retourne. Leo, en chair et en os.

— Augusta ? fait-il comme s'il n'avait jamais vu la jeune femme qui se tient devant lui.

Jill m'a dit que tu étais arrivée en avance. Tu es sûre de vouloir travailler, aujourd'hui ?

Je le toise sans masquer mon intérêt, en léchant le jus de pêche qui a coulé sur mes doigts. Il est beau avec ses yeux gris et son visage ouvert presque poupin. Il n'est pas aussi grand que Jack mais bien bâti et svelte. Hésitant, il fait un pas vers moi. Je sens son parfum décadent, un mélange de cèdre et de savon.

— Goûte, dis-je en lui tendant la pêche.

En dépit de sa méfiance manifeste, il est aussi tenté qu'Adam face à Ève lui offrant le fruit défendu. La lumière artificielle de la cuisine éclaire la chair moelleuse du fruit.

— Je suis content de te voir manger.

Son regard erre de la pêche à mes lèvres et s'y attarde.

— Je n'ai rien voulu te dire parce que… enfin, je m'inquiète et…

Il s'interrompt en me voyant poser le fruit et m'approcher de lui pour poser les mains à plat sur son torse. Je sens son cœur s'emballer sous le fin tissu de sa chemise. Je ne sais pas tout ce qu'il s'est passé entre eux, mais Augusta était stupide de ne pas voir comment il la regarde, sa façon de boire ses paroles, comme en adoration devant quelque déesse. Je glisse mes doigts le long de son torse en appréciant ses muscles fermes.

— Qu'est-ce… qu'est-ce que tu fais ? me demande-t-il sans s'éloigner pour autant.

— Que voudrais-tu que je fasse ?

Je me redresse pour déposer de petits baisers le long de sa mâchoire. Il a la peau chaude, douce, vivante.

— Augusta, murmure-t-il, le souffle court. Je ne crois pas que ce soit une bonne idée. Pas après que tu…

Je le fais taire d'un baiser profond et exigeant. Son corps se fond dans le mien. C'est le paradis. Voilà ce que c'est que d'être vraiment en vie. Un corps seul n'est qu'un récipient, mais un corps imprégné d'amour se doit de goûter tout ce que l'univers a à lui proposer. Et j'ai faim depuis si longtemps…

Augusta regarde avec effroi son corps se mouvoir de lui-même.

Leo l'embrasse, mais ce n'est pas elle qu'il embrasse. Ce n'est pas elle qu'il prend dans ses bras. Toutes les sensations, la chaleur, le bonheur, le désir qui l'avaient envahie lors de ce baiser sur la colline ont disparu. Elle a l'impression de manger quelque chose sans en sentir la saveur. Une crise de claustrophobie s'installe alors qu'elle n'a pas de corps pour résister, pas de voix pour crier. Elle est un bouchon de canne à pêche qui flotte à la surface de l'eau, attaché à un fil.

Leo, *crie-t-elle, en vain.* C'est Margaret, pas moi ! Ce n'est pas moi ! Au secours !

Pas un son ne sort de sa bouche.

Margaret, *songe-t-elle désespérément*. Je t'en prie, laisse-moi sortir. Je raconterai ton histoire. Je ferai ce que tu voudras mais, je t'en prie, laisse-moi sortir !

Pas de réponse. Ce n'est qu'un cauchemar, il ne peut en être autrement. Elle va se réveiller en proie à une étrange nostalgie, comme les autres fois. Même en pleine crise, elle n'a jamais été à ce point désespérée. Plus moyen de se cacher la vérité : elle est victime d'un phénomène bien plus sombre sur lequel elle n'a aucun contrôle.

Leo s'écarte. Il s'adosse au mur et se passe les mains sur le visage, en pleine angoisse, comme s'il venait de renverser un chien avec sa voiture.

— Je ne peux pas, je suis désolé, je ne peux pas. Pas après que tu... tu ne t'es pas sentie bien.

Margaret émet un rire un peu tremblant.

— Bon... Plus tard, peut-être.

Augusta voit Leo poser sur elle un regard chargé de doute et de crainte avant de s'enfuir de la cuisine. Que veut Margaret ? Quelles sont ses intentions ? Elle ignore où Augusta habite, ainsi que les détails de sa vie en dehors de Harlowe House. Margaret veut-elle simplement revivre dans son ancienne maison ? Dans ce cas, quelqu'un se rendra vite compte qu'elle n'est pas Augusta. Comment ses collègues peuvent-ils l'aider ? Elle a l'impression de rouler à vive allure dans une voiture sans freins, les mains liées dans le dos.

Margaret dévore avec appétit ce qu'elle trouve dans le frigo, puis elle regagne son bureau de l'étage. Son seul espoir est que Margaret ait aussi peu de contrôle qu'elle durant les crises et qu'elle disparaîtra bientôt. Hélas, elle a la terrible impression que Margaret va rester. Augusta ne l'a-t-elle pas invitée à entrer ? Comment aurait-elle pu deviner ce sombre dessein ? Comment aurait-elle pu savoir que Margaret trahirait l'alliance qu'elles avaient nouée à Harlowe House ?

Chapitre 35
Margaret

Mes deux carnets sont là où je les avais laissés. J'attends que les touristes et les employés soient partis avant de monter au grenier. J'insinue une petite lime sous le plancher. Noyée sous la poussière et les insectes morts, je retrouve le paquet que j'ai caché il y a plus de cent cinquante ans. Augusta est la seule autre personne à les avoir regardés. Cette pensée me fait sourire. Ses yeux… Mes yeux…

Je me redresse et les soupèse. Ils sont plus fragiles que le jour où je les ai déposés. Cependant, les souvenirs ressurgissent avec mon savoir, mon pouvoir que j'ai préservé pour un moment comme celui-ci. Mes doigts brûlent de tourner les pages mais je les retiens. Ce que je lis, *elle* le lit. J'ai peut-être le contrôle pour l'instant, mais ma position est délicate. Elle sera informée de tout ce que je chercherais à mettre en œuvre. La seule partie de la vie d'Augusta que je connaisse est ce qui s'est déroulé dans cette maison. Et si, depuis notre fusion, elle voit à travers mes yeux, je dois me rappeler qu'elle est de mon sang et qu'elle possède des pouvoirs, fussent-ils latents. C'est elle qui a fait voler le tableau, qu'elle s'en soit rendu compte ou non.

Je me relève pour me dégourdir les jambes. J'ignore où Augusta allait quand elle n'était pas à Harlowe House et je m'en moque. Son ancienne vie n'est pas ma vie. Néanmoins, je dois réfléchir à certaines questions. Je ne peux pas dormir ici de peur d'attirer une attention indésirable, ni porter tous les jours les mêmes vêtements. À la longue, je devrais trouver un logement et gérer les menus détails du quotidien.

En bas, les horloges indiquent onze heures. J'ai encore le temps avant d'être obligée de céder ma maison aux touristes. Ayant vu Augusta désactiver le système de sécurité des centaines de fois, je n'ai aucun mal à saisir le code pour sortir.

Je me dirige vers la remise à voitures. Jack ne m'a jamais donné de preuves d'amour. Il n'était pas assez riche pour m'acheter des objets précieux. D'ailleurs, je n'avais nul besoin de babioles, car je possédais son cœur. Du moins en étais-je persuadée…

Dans cette maison, la seule chose qu'il reste de lui est une petite boîte en fer qui contenait jadis des aiguilles à coudre et dans laquelle il avait rangé une fleur séchée pour me l'offrir.

Elle n'a l'air de rien, mais elle représentait autrefois tous mes rêves et tous mes espoirs. Je caresse l'illustration un peu rouillée du couvercle, des roses presque effacées, et je glisse la boîte dans ma poche.

C'est une belle soirée de novembre, sous une bruine marine embaumée d'herbe séchée. Le chemin est familier même si le revêtement est plus dur sous mes pieds. En atteignant le vieux cimetière, je suis en nage. J'ai toujours adoré ce cimetière, même dans ma propre vie. Perché au sommet d'une colline, il surplombe le port. Ses pierres en marbres luisent telles des âmes perdues dans la nuit. Le lieu est à l'abandon, hélas, la grille est rouillée et les mauvaises herbes ont englouti les sépultures. Je me dirige vers le secteur le plus ancien, à l'arrière, où les croix penchées et les cénotaphes délabrés surgissent de terre un peu partout.

Je parviens au carré des Harlowe. La grille en fer forgé noire qui étincelait autrefois s'écaille et le marbre des pierres est terni, usé par les éléments. Au fil des années, j'ai entendu suffisamment de visites guidées pour mémoriser la date de la mort de chacun des membres de ma famille. Et pourtant, voir les nombres qui marquent la fin de chaque existence me serre encore le cœur. Où est mon cadavre ? Sous quel arbre sans nom je repose ? Que reste-t-il de moi ? Je revois Jack, penché sur moi, puis une pluie de mottes de terre froide… mais où ? M'ont-ils laissée dans la clairière ? M'ont-ils transportée ailleurs ? Même si je le savais, je ne supporterais pas de voir mes vieux ossements épars. Je frémis dans la fraîcheur de la nuit.

Je me recueille devant la tombe de George et me relève en ôtant les feuilles mortes de mes genoux. Au moment de m'éloigner, un simple nom sur une pierre attire mon regard :

Ici repose
Jack Pryce

Mille émotions m'envahissent, des sentiments que je n'ai pas ressentis depuis des années. Il n'y a ni date, ni ornement, rien qu'un nom rongé par le lichen. Quand est-il mort ? Comment ? Car si l'histoire de ma famille est immortalisée par le musée, Jack est aussi perdu que moi dans l'Histoire.

Je m'agenouille à nouveau pour poser la main sur la pierre pleine de mousse.

— Jack, dis-je dans un souffle qui s'évapore dans l'air nocturne. On va se retrouver bientôt. Je n'ai pas oublié mon serment.

Ne laissez aucun homme vous voler votre thym. La chanson traditionnelle m'envahit la tête tandis que je quitte le cimetière. Je souris. Aucun homme ne me volera mon *temps*. Plus jamais.

Le lendemain, j'attends Leo après une nuit à la belle étoile dans mes vieux bois. S'il est revigorant de respirer de l'air pur et de se baigner au clair de lune, je ne pourrai dormir dehors chaque nuit. J'ai envie d'un bon bain chaud et d'un oreiller moelleux, deux petits conforts dont je me passe depuis si longtemps…

— Salut, lui dis-je en entrant dans la salle de bal.

Il pose sur moi un regard méfiant puis se remet au travail.

— Salut.

Le rouge lui monte aux joues, vestige de sa honte ou de son désir à la suite de notre entrevue de la veille.

— J'espère que je ne t'ai pas contrarié, hier. Je suis très stressée, ces derniers temps et tu as dû trouver mon comportement bizarre.

Les mots me viennent aisément. Cela fait des mois que j'observe Augusta et je l'imite à merveille.

Il est agenouillé par terre, entouré de papiers, mais il se lève et vient vers moi, en gardant ses distances.

— Faisons comme si rien ne s'était passé, d'accord ? On aurait tous les deux pu gérer la situation mieux que ça.

Il désigne son ordinateur portable posé sur une chaise pliante.

— Mon ordi fait encore des siennes et j'ai une conférence, ce soir, au collège communautaire.

Il semble soudain intimidé.

— Excuse-moi de te demander ça, mais tu pourrais jeter un coup d'œil comme l'autre fois et voir si tu peux faire quelque chose ?

Augusta aurait su quoi faire, mais pas moi. Je hausse les épaules.

— J'aimerais bien t'aider, mais j'ai du travail qui m'attend en haut.

Je pose une main amicale sur son bras pour qu'il sache que je ne lui en veux pas et je le laisse planté là.

AUGUSTA

Margaret ! Pas moyen de savoir si elle entend Augusta ou si elle comprend quoi que ce soit. Le visage de Leo exprime à la fois sa douleur et sa confusion quand elle le laisse planté là en chantonnant.

Augusta a vu Margaret sortir les carnets de sous le plancher du grenier, la veille au soir, puis sillonner le cimetière. Ces carnets recèlent quelque chose que Margaret ne veut pas montrer à Augusta, car elle les a vite refermés et remis dans leur cachette. Margaret a dû oublier qu'Augusta les a déjà vus et qu'elle sait ce qu'ils contiennent. Même si elle n'a pas compris grand-chose aux recettes et notes du second carnet.

Margaret s'installe au bureau d'Augusta et feuillète les documents en regardant de temps en temps l'écran d'ordinateur. Si seulement il y avait un moyen d'envoyer un message, de donner l'alerte, car quelque chose ne va pas. Mais comment ? Augusta n'exerce aucun contrôle sur son corps et tout le monde croit qu'elle est là, à sa place, derrière son bureau. Son seul espoir est que Margaret se lasse de son nouveau corps et le quitte d'elle-même.

En entendant frapper à la porte, elle – Margaret – lève les yeux et voit Leo.

— Désolé de te déranger…

Le cœur d'Augusta se serre en le voyant si vulnérable et hésitant.

— Tu ne me déranges jamais, assure Margaret avec un sourire radieux.

Leo hésite encore avant de poursuivre :

— Je me demandais si tu étais libre ce week-end. Je vais voir mes parents dans le Maine et j'aimerais bien que tu m'accompagnes.

Comment ne voit-il pas qu'elle n'est pas elle-même ? Cela dit, il ne la connaît pas si bien. Ils se sont rencontrés il y a quelques mois à peine. Leur relation était prometteuse mais, alors qu'ils allaient passer à la vitesse supérieure, Margaret a tout pris à Augusta.

Posant ses documents, Margaret affiche un sourire contrit.

— Oh, j'aimerais bien, mais il se trouve que j'ai des projets pour ce week-end.

Des projets ? Quels projets peut bien avoir une sorcière-fantôme de cent cinquante ans ?

— Ah oui ? fait Leo qui ne semble pas découragé. Qu'est-ce que tu as prévu ?

— Oh, des obligations familiales, tu sais ce que c'est… Mes parents ont besoin de moi à la maison.

Augusta observe attentivement la réaction de Leo. A-t-il relevé l'erreur de Margaret ? Se rend-il compte que cela indique quelque chose de sinistre ? Et surtout, cela signifie-t-il que Margaret ignore tout de la vie d'Augusta en dehors de Harlowe House ?

Il ne trahit aucun signe.

— Bien sûr, je comprends, dit-il.

Au moment de tourner les talons, il se ravise :

— J'aimerais vraiment que tu viennes. On parlera de Margaret et de ton expo. Écoute, je sais que ce n'est pas vraiment mon rôle, mais je dois dire que je m'inquiète pour toi. Ma sœur sera à Pale Harbor ce week-end et elle est psychiatre. Je pensais que tu pourrais peut-être… enfin…

Sa voix s'éteint. Il semble gêné.

— Enfin, si tu ne te sens pas bien, elle peut te conseiller quelqu'un qui t'aidera.

Il pense qu'Augusta souffre d'un trouble de la personnalité ou quelque chose de ce genre et il veut que sa sœur l'examine. D'abord, il a cru qu'elle se droguait et voilà qu'il la soupçonne d'avoir une maladie mentale ! Pourquoi ne voit-il pas qu'il y a quelque chose qui va au-delà de toute explication logique ?

Margaret tapote son stylo sur son bureau. Augusta perçoit son irritation.

— Tu sais quoi ? Je crois que je vais venir. Pourquoi pas ? Ça pourrait être sympa. Même si je vais parfaitement bien, je te rassure.

— Super, conclut Leo. Rendez-vous est pris.

Le mince espoir d'Augusta s'envole. Même s'il avait décelé un problème, qu'aurait-il pu faire ? Personne ne peut l'aider.

MARGARET

Le bureau de Jill était la chambre de mon frère Clarence. Le joli papier peint damassé a fait place à une peinture blanc cassé un peu terne. La fenêtre est fermée car il fait frais. Ravalant mon irritation, j'affiche mon plus beau sourire et je frappe à la porte.

— Entre !

Jill est assise derrière son bureau.

— Quoi de neuf, Augusta ?

Je me perche sur le bord d'une chaise et je caresse les accoudoirs en bois lisse.

— Oh, pas grand-chose. Je continue mes recherches.

Je m'interromps comme pour réfléchir.

— Comment puis-je retrouver une personne qui vivait dans les années 1870 à Tynemouth ?

Jill arque ses sourcils parfaits.

— C'est encore à propos de Margaret ? Je croyais que tu avais déniché des informations utiles dans les archives ?

En entendant mon nom sur ses lèvres, je me crispe. Naturellement, elle n'est pas au courant.

— Ah bon ? Oui, bien sûr... Mais là, c'est autre chose. Je cherche un membre de la famille de l'époque des Harlowe.

— Tu devrais demander à Sharon ou Lori, mais elles t'enverront sans doute aux archives de l'état civil.

J'espérais ne pas avoir besoin de quelqu'un qui travaille ici, mais je hoche la tête car sa réponse est judicieuse.

— Merci.

Au moment où je me lève pour partir, Jill me retient.

— Augusta, comment tu te sens ? Je veux être sûre que tu es à l'aise et que tu te sens en sécurité ici après ce qui s'est passé.

Étonnée, je me rassieds. Je sais que je ne suis pas Augusta, que je ne saisis pas toutes les nuances de la vie moderne. Mais Chris, ce misérable, m'a au moins fourni une excuse.

— En vérité, ça a été un peu dur. Parfois, j'ai l'impression de ne pas être moi-même.

— Prends soin de toi, me répond Jill, compréhensive. Si je peux faire quoi que ce soit, je suis là.

Je sens l'émotion monter en moi et, l'espace d'un instant, je crois que je vais pleurer. À part Phebe, je n'ai jamais eu une amie de confiance, encore moins une amie de mon âge. Je réprime cette émotion et me rappelle qu'elle n'est pas *mon* amie, mais celle d'Augusta. Aucun d'entre eux n'est mon ami, surtout pas Leo.

AUGUSTA

Lors de sa dernière visite aux archives de l'état civil, elle était accompagnée de Leo et pleine d'enthousiasme. À présent, en regardant Margaret gravir les marches de pierre de l'hôtel de ville, elle se sent désespérée, impuissante, mais curieuse. Qui Margaret cherche-t-elle ? Et qu'espère-t-elle trouver ?

Avec la grâce d'une reine, Margaret sollicite de l'employée travaillant derrière la vitre les registres de naissances et de décès de la fin du XIXe siècle, puis elle s'installe sur une table de lecture en attendant les documents.

Margaret parcourt les pages à une vitesse étonnante, glissant un index sur les noms dactylographiés. Le premier volume n'ayant rien donné, elle pousse un soupir exaspéré.

En étudiant le quatrième volume, Margaret retient son souffle. Son doigt s'arrête sur une ligne.

Pryce, Jack, né en 185 ?,
décédé en 1877.

Augusta aurait dû s'en douter. Margaret veut savoir ce qu'est devenu son amant perdu, l'homme qui ne l'a pas tuée mais qui lui a brisé le cœur et qui l'a menée sur le chemin de la destruction. Il n'avait survécu qu'un an après la mort de Margaret. Comment ne pas se demander si sa mort avait un rapport avec cette perte ? C'était une histoire tragique, un amour condamné, mais Augusta n'a de peine pour aucun des deux. Tandis que Margaret a les yeux rivés sur le nom de Jack, le silence se fait dans la salle.

Puis elle prend la parole. Une fois encore, Augusta se rend compte que si leurs âmes habitent un seul corps, Margaret est encore capable de garder au moins une partie de ses pensées pour elle.

— Jack, souffle-t-elle. Bientôt.

Elle a murmuré, comme si elle avait parlé malgré elle.

— Excusez-moi, dit-elle à l'employée. Comment trouver les circonstances de la mort de quelqu'un ?

— C'est impossible, répond-elle. Pour cela, il faudrait un certificat de décès et on n'en a pas, ici.

Margaret fronçe les sourcils et referme vivement le registre. Elle se lève et sort sans se soucier de l'employée qui lui hurle de remettre ses documents en place.

Sur les marches du perron, elle s'arrête et regarde vers le ciel.

— Oui, tu commences à comprendre mon but, maintenant.

Augusta comprend que c'est à elle qu'elle s'adresse.

— Mais sache ceci, si mon plan se réalise, rien de tout cela n'aura été inutile. Tu fais partie de quelque chose qui te dépasse, à présent.

Elle esquisse un sourire, mais Augusta n'y voit qu'un signe de mauvais augure.

Il fait nuit et Harlowe House est fermée depuis longtemps quand Margaret revient de sa marche en ville. D'un pas déterminé, elle gagne l'arrière de la maison et l'abri de jardin. Elle agite les poignées fermées d'une chaîne. Reggie y range la plupart de son matériel de jardinage et ses outils. Que cherche-t-elle donc ?

Sans se laisser décourager, elle prend une pierre et se met à frapper la chaîne jusqu'à ce qu'elle cède. Elle ouvre la porte et fouille les lieux pour trouver une pelle. Dès que sa main se referme sur le manche, Augusta comprend. Margaret ne peut avoir besoin d'une pelle que pour deux raisons : elle veut soit enterrer, soit déterrer quelque chose.

Laissant la porte de l'abri entrouverte, elle s'éloigne sur le trottoir, munie de l'outil, en chantonnant, ce qui lui vaut quelques regards intrigués des passants.

Lorsque le vieux cimetière est en vue, Augusta sent la panique monter en elle. Margaret va déterrer quelqu'un et elle croit savoir qui.

La jeune femme gagne le fond du cimetière et se met à creuser la petite tombe. Non, ce n'est pas possible… Si c'est la volonté de Margaret qui la guide, ce sont bien les mains d'Augusta qui enfoncent la pelle dans la terre caillouteuse. Augusta qui devrait répondre de cette profanation et qui serait hantée pour le reste de ses jours par ces actes… si elle parvenait à échapper à la prison de son corps.

Une voiture passe dans la rue, derrière la grille, projetant momentanément la lumière de ses phares avant de s'éloigner. Quelqu'un verrait-il Margaret ? Quelqu'un la ferait-il cesser ? Si elle était arrêtée, il y aurait un procès et une expertise psychiatrique. Un médecin se rendrait compte que quelque chose n'allait pas. Nul n'intervient et Margaret peut poursuivre sa tâche sordide.

Elle creuse depuis une éternité quand la pelle heurte un objet dur, mais il fait sombre, au clair de lune, avec un unique réverbère dans la rue. Les murs du cimetière se dressent autour d'elle comme une prison d'argile. Augusta imagine la une des journaux : « Une tombe ancienne profanée dans le vieux cimetière de Tynemouth » ou « Des vandales s'attaquent au cimetière lors d'une macabre plaisanterie de Halloween ». Pour l'heure, il n'y a qu'elle, Margaret et la magie noire qui les relient.

Elle s'accroupit et palpe les bords du vieux cercueil en écartant la terre. Elle remonte des fragments de bois et des vers. Heureusement, les restes qu'elle extrait sont à peine identifiables. Pas de crâne hérissé de cheveux, ni de vêtements moisis collant à des lambeaux de chair, rien que des os desséchés. Que s'attendait-elle à trouver ? Est-elle déçue de ne pouvoir observer son amant décédé ?

Margaret récupère les ossements et les glisse dans un sac à cordons. Aux premières lueurs de l'aube, elle émerge de la fosse et se met à la remplir en partie, ce qui ne tromperait personne. Sans doute faudrait-il plusieurs jours avant que quelqu'un ne se rende compte que quelque chose ne va pas.

Les os de son amant en poche, Margaret regagne Harlowe House où elle enfile les vêtements de rechange qu'Augusta garde dans son bureau. Et l'attente commence pour Augusta…

Chapitre 36
Augusta

Durant les jours qui suivent, l'horreur de cette nuit passée à creuser s'estompe. Augusta en vient presque à croire qu'elle a rêvé. Naturellement, elle ne rêve plus, elle ne dort plus et sa vie est devenue un cauchemar éveillé.

Le trajet vers Pale Harbor est plus silencieux que tous les autres trajets en voiture d'Augusta et Leo, mais Margaret ne paraît pas s'en rendre compte. Quand Leo lui adresse la parole, elle se montre polie et aimable, sans chercher à entretenir la conversation. Sans doute craint-elle de commettre une bourde. Tant mieux, songe Augusta. Elle risque moins de semer le trouble entre Leo et elle.

C'est étrange que Leo ait à ce point envie de l'emmener à nouveau chez ses parents, et aussi vite. Augusta avait eu l'impression qu'il n'adhérait pas entièrement aux théories de sa mère et qu'il n'avait pas d'excellentes relations avec sa sœur.

En lui ouvrant la portière, il lui adresse un étrange sourire.

— Attention où tu mets les pieds. J'ai l'impression que mon père a arrosé le jardin et oublié d'éteindre le robinet, une fois de plus.

Il pose une main dans son dos pour la guider jusqu'à la porte d'entrée. Sans doute Margaret sent-elle la chaleur de cette main, mais elle n'en a que faire.

C'est sans doute Lisa, la sœur de Leo, qui les accueille, une femme élancée aux cheveux châtains, coupés au carré et au même regard gris et doux que son « petit frère », comme elle l'appele en l'embrassant.

— Cela faisait si longtemps ! Et voici sans doute Augusta.

Lisa toise la jeune femme. Est-ce une mise à l'épreuve et, si oui, a-t-elle réussi ?

— Leo m'a beaucoup parlé de toi.

— C'est trop gentil, répond Margaret en balayant l'entrée du regard. Il m'a beaucoup parlé de toi aussi.

Augusta avait glané quelques informations. Sa sœur est plus âgée que lui, elle vit à Portland avec sa fiancée et est psychiatre. Son mariage aurait pour couleurs le bleu marine et l'argenté et elle est marathonienne.

— Lisa se marie en décembre, lui rappelle Leo.

— Bien sûr. Comme c'est exaltant. Félicitations à vous et à l'heureux homme.

— C'est une heureuse femme, en fait, corrige Leo en voyant Lisa pincer les lèvres.

— Ah ! C'est formidable.

Leo et Lisa échangent un regard indéchiffrable.

— Entrez donc ! dit Lisa. Maman vous attend.

Leo la fait asseoir sur le même canapé couvert d'un patchwork.

— Je vais voir si Lisa a besoin d'aide à la cuisine et je t'envoie ma mère. Tu veux quelque chose ?

— Non merci.

Augusta aurait aimé que Margaret regarde Leo tandis qu'il quittait la pièce, mais elle se contente de rester assise et d'étudier son environnement. Le chat entre et, en posant les yeux sur Augusta, se met à feuler avant de détaler. Quelques instants plus tard, Ellen fait son apparition, drapée dans un caftan satiné et portant de grosses boucles d'oreilles en turquoise.

— Augusta ! dit-elle en l'embrassant avec la chaleur d'une mère. Quel plaisir de te revoir.

Margaret redouble de bonnes manières et de sourires. En la regardant converser naturellement avec Ellen, Augusta se demande si elle est vraiment malveillante. Après avoir vécu les expériences et les chagrins de Margaret à travers son regard, il est difficile de la qualifier ainsi. Et pourtant, elle a volé la vie d'Augusta, son cœur, ses espoirs. C'est la pire des trahisons après qu'Augusta a fait son possible pour en savoir davantage sur Margaret et raconter son histoire.

Ellen s'assied en face d'elle.

— Tu te demandes sans doute pourquoi je t'ai invitée à revenir me voir si vite après notre dernière conversation.

Augusta se pose la question, en effet. Ellen avait une vision intéressante quoique erronée. Margaret se contente d'un haussement d'épaules.

— Vous êtes une hôtesse très aimable, Mrs Stone. De plus, je crois que je suis ici pour voir votre fille. Leo pense que j'ai besoin d'un diagnostic.

Ellen plisse imperceptiblement les yeux, ce qui n'échappe pas à Augusta.

— Merci. Et je te le répète, appelle-moi Ellen.

— D'accord.

— As-tu l'impression de devoir voir un psychiatre ? La dernière fois, tu semblais certaine que ce qu'il t'arrivait n'était pas du ressort de la médecine.

Encore un haussement d'épaules.

— Si cela peut rassurer Leo, c'est le moins que je puisse faire.

Augusta ne le voit pas, mais elle sent sa présence si proche. C'est réconfortant. Elle donnerait tout pour sentir les coussins moelleux du canapé, être assise à côté de Leo, sa cuisse frôlant la sienne. Margaret est en train de comploter quelque chose en rapport avec lui, avec Jack. Avec ces ossements qu'elle a encore dans sa poche. Augusta ignore comment, mais Leo est en danger et elle est impuissante, incapable de l'aider. Elle n'aime pas la façon dont Margaret le regarde, le jauge. Ellen sent-elle que quelque chose ne va pas, chez elle ? Qu'elle n'est pas elle-même ?

— Bon, fait Ellen en s'adossant plus confortablement, as-tu suivi mon conseil de la dernière fois ? As-tu essayé d'initier un contact avec Margaret ?

Celle-ci semble mettre une éternité à répondre alors qu'il ne s'agit en réalité que d'une fraction de seconde.

— Oui. C'était un conseil très avisé, merci. Elle m'a montré ce que j'avais besoin de savoir.

— Humm, fait Ellen après réflexion.

Est-ce l'imagination d'Augusta ? Elle croit déceler une lueur maligne dans le regard d'Ellen.

— Je me demande, reprend-elle, si c'était le meilleur des conseils, finalement.

— Pourquoi dites-vous cela ? demande Margaret, un peu tendue.

— Je partais du principe qu'elle était un esprit bienveillant qui voulait seulement que la vérité soit faite afin de pouvoir avancer. Mais ce n'est peut-être pas le cas.

— En quoi sa bienveillance supposée est-elle importante ? Elle a peut-être été lésée et mérite plus que de voir son histoire racontée.

C'est comme une partie de tennis. Ellen marque un point puis Margaret contre-attaque.

— Une sorcière qui pratique la magie vengeresse invite cette énergie à revenir vers elle. Se venger en nuisant à quelqu'un qui ne vous a rien fait de mal, c'est...

Elle laisse ses paroles en suspens et fait un geste désinvolte, mais son regard bleu est dur.

Margaret est perchée au bord du canapé, qu'elle tapote de ses doigts.

— Peut-être. Tout cela n'est qu'hypothétique, bien sûr. On ne saura peut-être jamais ce qui est arrivé à Margaret ou ce qu'elle voulait, dit-elle avec un sourire triste.

Un point pour Margaret.

Avec une vivacité étonnante pour une femme de son âge, Ellen se lève pour pointer son index vers Margaret :

— Écoute-moi bien, Margaret. Je sais ce que tu as fait. Je reconnais la magie noire. De plus, même si je n'ai rencontré Augusta qu'une seule fois, je ne suis pas dupe de cette mascarade.

Margaret paraît étonnée, puis elle éclate de rire.

— Oh, Ellen, j'aurais dû me douter que je m'adressais à une autre sorcière. Comme c'est bon de cesser de faire semblant et de parler franchement. Vous comprendrez les malheurs que j'ai subis et pourquoi nous sommes obligées de vivre dans l'ombre de peur d'être rejetées voire tuées. Et votre fille ? Lui auriez-vous tendu l'autre joue si elle avait été tuée par votre fils ? Seriez-vous tranquille si elle mourait de façon obscure ?

— Je lutterais jusqu'à mon dernier souffle pour qu'elle obtienne justice, persifle Ellen. Mais je n'impliquerais jamais une innocente dans un sombre projet et je ne lui volerais pas sa vie.

Elles semblent être à égalité dans leur match. Elles demeurent silencieuses, à s'observer. Pour la première fois depuis le début de ce cauchemar, Augusta perçoit une lueur d'espoir. Ellen est au courant de la vérité et si elle est une sorcière comme l'affirme Margaret, elle peut peut-être aider Augusta. Il y a de la lumière au bout du tunnel. Augusta a une chance de récupérer son corps. Ellen expliquerait-elle tout à Leo ? Malgré les difficultés qu'affronte Augusta, l'ignorance de Leo est le plus difficile à supporter. Chaque fois que Margaret regarde vers lui, un sourire aux lèvres, l'âme d'Augusta s'éteint un peu et son espoir s'amenuise.

CHAPITRE 37
MARGARET

Donc la femme qui se tient devant moi se prend pour une sorcière… Elle est peut-être inoffensive mais elle risque aussi d'être bien plus puissante que ne le suggère son attitude. Comment avoir la certitude qu'elle ne constitue pas une menace ? J'ai fait mes preuves et ma magie est ancienne, alors je ne peux imaginer que cette femme douce aux cheveux gris et aux yeux bleus soit capable de défaire mon œuvre. Les apparences sont souvent trompeuses et j'ai beaucoup à perdre si j'échoue.

Je vois Leo sur le pas de la porte. Il essaie d'entendre ce qui se raconte. Avant de parler, j'entends que Lisa l'appelle et qu'il retourne à contrecœur dans la cuisine.

Ellen et moi tournons en rond comme deux chiens sur le point de se battre.

— Alors ? Qu'est-ce que vous comptez faire ?

À en juger par son expression, Ellen ne s'attendait pas à une question aussi directe.

— Je ferai ce qui est en mon pouvoir pour te chasser et ramener Augusta.

— Hum... et quel est votre pouvoir, au juste ?

— Mon pouvoir ?

Elle balaie la pièce du regard, les photos de famille sur la cheminée, les géraniums, le confort d'un nid douillet. J'arque les sourcils en attente d'une réponse.

— Mon pouvoir, c'est l'amour, dit-elle en se redressant.

— L'amour, dis-je, certaine de ne pas comprendre.

— C'est cela, m'assure-t-elle. L'amour est la plus puissante des magies. Il peut tout vaincre.

J'éclate de rire et j'essuie même une larme. Elle y croit vraiment !

— Si seulement l'amour suffisait à résoudre mes problèmes et me faire avancer.

— Je ne m'attendais pas à ce que quelqu'un comme toi comprenne. Tu ne sais pas ce que c'est qu'être mère, cet amour féroce pour ses enfants qui pousse à faire n'importe quoi pour les protéger. N'importe quoi !

Je sens monter une chaleur en moi. Je vois rouge. Elle croit que je ne sais pas ce que c'est qu'être mère, que je ne peux pas comprendre l'amour sans avoir un enfant vivant bien à moi. Eh bien elle se trompe. Je sais très bien ce que c'est qu'être mère, peut-être encore davantage car j'ai perdu mon enfant à naître. Je sais ce que c'est que porter le plus lourd des fardeaux, de devoir prendre des décisions impossibles pour une petite vie à laquelle on sacrifierait volontiers la sienne. Comme il serait facile de lui donner une leçon de pouvoir, le vrai pouvoir. Je pourrais la projeter dans les airs, tel cet homme dans les bois, ou verser quelque chose dans son thé pour empêcher son sang de couler. Mais je ne peux prendre le risque de faire de la peine à Leo alors que je suis si proche de ce pour quoi j'ai travaillé. Je brûle de la voir se rouler par terre, implorer ma pitié, mais je devrais me contenter d'une petite démonstration de mes compétences.

Je laisse monter ma colère, pas uniquement contre elle mais aussi pour l'enfant que j'ai perdu, l'amour qui m'a trahi, le monde qui m'a oubliée. Quand je suis incapable de contenir cette énergie qui vibre dans mes mains, je l'envoie voler à travers la pièce. Dans un coin, une lampe explose et le silence se fait.

Ellen demeure figée, pâle, les yeux écarquillés d'effroi.

— L'amour peut faire ça ? lui dis-je, triomphante.

Je doute qu'elle ait la réponse, mais nous sommes interrompues avant qu'elle ne puisse parler. Dans une ambiance électrique, Leo apparaît.

— Tout va bien ? J'ai cru entendre un bruit…

— On discute, répond Ellen, un peu tendue.

Elle joue si mal la comédie que c'est amusant.

— Ta mère est très perspicace, lui dis-je. J'apprécie toujours nos conversations.

Ellen m'ignore et se tourne vers Leo.

— Je peux te parler une minute ?

Lisa surgit de la cuisine et nous observe, les bras croisés. Elle échange un regard avec Leo, puis il rejoint Ellen dans le couloir.

Je m'installe confortablement sur le canapé tandis que Lisa me jauge. Elle n'a pas la douceur d'Ellen et me fusille du regard, elle ne m'apprécie pas beaucoup. Je m'en moque. Ces femmes sont inférieures à moi avec leurs questions et leurs soupçons. Je bâille ostensiblement.

— Mon frère semble croire que tu as une double personnalité, déclare Lisa sans préambule.

— Ah oui ? Et toi, tu en penses quoi ?

— Je crois que tu le mènes en bateau, mais je lui ai promis de te parler, au moins pour voir si je peux lui donner une opinion professionnelle.

— Tu penses donc établir un diagnostic ? Ce n'est pas très professionnel, ça. Tu me connais à peine.

— Je n'ai pas besoin de te connaître. Leo m'a tout raconté et rien ne suggère le moindre trouble de la personnalité. Je crois que tu te moques de lui et qu'il est aveuglé par ses sentiments. Et c'est là mon opinion de sœur. Leo est mon petit frère et je l'aime plus que tout. Mais il choisit toujours très mal ses femmes. Je ne vais pas rester les bras croisés à le regarder souffrir à cause d'une femme destructrice.

— Eh bien... j'espère que tu ne parles pas aussi sèchement à tes patients.

Je prends le temps d'examiner l'ovale parfait de mes ongles sous le regard furibond de Lisa.

— Qu'est-ce que tu comptes faire ? demandé-je enfin.

— À propos de quoi ?

— Tu penses que je n'ai aucun problème d'ordre médical mais Leo s'inquiète pour moi et tu t'inquiètes pour Leo, alors qu'est-ce que tu vas faire ?

Le regard qu'elle pose sur moi est si mordant qu'il confirme mes soupçons à son sujet. Si Ellen me voit telle que je suis, cette femme est médecin, une scientifique. Elle ne croirait jamais la vérité. Elle ne l'imaginerait même pas. Elle peut dire ce qu'elle veut, je n'ai rien à craindre d'elle. Leo est à moi.

Lorsqu'il réapparaît en compagnie de sa mère, il est pâle, le regard perdu, tel un homme qui vient d'être condamné à mort. Je participe à un dîner silencieux avec ses parents et sa sœur. Son père est le seul à ne pas ressentir la tension ambiante.

Après un dessert abrégé, Ellen embrasse son fils.

— Au revoir, chéri. N'oublie pas ce dont on a parlé et sois prudent.

Il regarde dans ma direction, mal à l'aise, et embrasse sa mère à son tour.

Il est tendu en me raccompagnant vers la voiture. De quoi ont-ils discuté ? Et quel genre d'amour va, selon Ellen, sauver son fils et Augusta ? Quel qu'il soit, il n'est pas à la hauteur de mes pouvoirs transmis de génération en génération.

CHAPITRE 38
AUGUSTA

Le trajet de retour dans le Massachusetts se déroule en silence. Cette fois, pas de halte sur la colline et encore moins de baisers. Augusta devine qu'elle doit s'en réjouir, mais elle peine à ressentir autre chose qu'un sourd désespoir.

Elle pensait qu'Ellen interviendrait en comprenant la situation, or elle n'avait même pas essayé. La sœur de Leo la prend uniquement pour une fille intéressée. Des deux femmes, Leo devait croire sa sœur plus que sa mère. Autrement dit, elle est fichue.

Les phares des voitures illuminent le profil de Leo. Il est beau, très beau. Comment Margaret parvient-elle à ne pas lui prendre la main ? Il la regarde de biais comme s'il cherchait quelque chose à dire.

— Tu te souviens de la musique qu'on a écoutée lors de notre premier trajet en voiture ? demande-t-il enfin.

Comment l'oublier ? C'était Fleetwood Mac. Margaret paraît l'ignorer. Elle semble ne savoir que ce qui se déroule à Harlowe House. Augusta note ce détail pour plus tard.

— Et si on arrêtait cette comédie ? fait Margaret d'un ton cinglant. Je ne suis pas Augusta et je n'ai pas une tumeur au cerveau ou autre chose de ce genre. Tu dois le savoir, à présent. Ta mère ne te l'a pas dit ?

Leo a du mal à garder les yeux sur la route, au point qu'Augusta craint qu'il ne percute une voiture arrivant en face. Il redresse sa trajectoire, les mains crispées sur le volant, en marmonnant.

— Qu'est-ce que tu dis ?

— Je n'arrive pas à croire que ma mère a raison et que je m'adresse à un genre de fantôme ou d'esprit ou que sais-je !

— Tu parles à Margaret Harlowe, très vivante et très humaine. Et je pense que tu as des questions à me poser.

Leo passe une main dans ses cheveux et maugrée un juron.

— Qu'est-ce que tu veux, nom de Dieu ?

— Leo, je ne suis pas un monstre, fait-elle gentiment. Je ne veux que la vie dont on m'a privée. Je veux voir le monde au-delà des murs de Harlowe House. Je veux manger, boire, dormir, nager.

— Et Augusta ? Tout ce qu'elle ne pourra pas faire, elle ?

— Tu ne sais vraiment pas, n'est-ce pas ?

— Quoi ? fait-il d'un ton las.

— C'est Augusta qui l'a cherché ! Elle m'a invitée. Non, elle m'a implorée de venir à elle.

— Ma mère dit qu'elle t'a invitée, mais...

Margaret lui coupe la parole :

— Augusta savait. Elle savait ce qu'elle faisait en m'appelant. Elle n'était pas heureuse et elle a trouvé cette issue.

Elle ment, Leo ! Elle ment ! Jamais je n'aurais accepté ça ! crie Augusta, en vain.

Face à la mine dubitative de Leo, Margaret poursuit :

— Elle ne mangeait pas, elle n'appréciait rien, elle était à peine capable de se défendre.

— Je ne te crois pas. Augusta avait peut-être ses démons, mais je ne l'aurais jamais laissé faire une chose pareille si j'avais su.

— Ce n'était pas à toi de décider. C'était à Augusta. Elle est mon sang et je suis le sien. Elle vit à travers moi, à présent.

— Donc c'est ça ? Tu vas mener sa vie ? Et qu'est-ce que tu vas dire à sa famille ?

— Je ne sais pas, admet Margaret en pinçant les lèvres. Ils croiront sans doute qu'elle est partie.

— Je vois... Elle m'entend ? Elle est là, quelque part ? Augusta ! Si tu m'entends, sois forte ! Ma mère veut que tu restes à l'écart. Elle m'a entendu, là ? demande-t-il à Margaret.

— Je n'en sais rien, Leo, ment-elle. Tu aimerais vraiment lui parler ? Lui dire au revoir ?

Qu'est-ce qu'elle racontait ? Allait-elle faire ça ? Le pouvait-elle ?

— Qu'est-ce que tu veux dire ?

— Ramène-moi à Harlowe House et tu verras par toi-même que c'était ce qu'elle voulait. Et tu pourras lui dire au revoir.

— Comment saurai-je que c'est elle ?

— Tu ne reconnaîtrais pas la femme que tu aimes ?

Même dans la pénombre, Augusta le voit rougir.

— Je n'ai jamais dit que...

— Je t'en prie ! s'esclaffe Margaret. Pourquoi gaspiller ton souffle terrestre à le nier ?

Oh, Leo. Si elle n'a plus de cœur à briser, elle sent son âme se craqueler. Ils ne dirent plus rien jusqu'à leur arrivée à Harlowe House. La lune est cachée derrière de gros nuages, donnant à la maison une allure sinistre. Elle n'arrive pas à croire que Margaret la laissera parler à Leo alors qu'elle risque d'appeler à l'aide et de réfuter les propos de la sorcière. Ce qui ne présage rien de bon...

Chapitre 39
Margaret

La silhouette de ma maison se profile. Elle a survécu toutes ces années avec grâce et dignité ! Son aspect intemporel me rassure. J'ai peut-être un corps, désormais, mais ma maison abritera toujours mon âme, ma douleur, l'amour et la vie représentés sur tous les murs, mon être se reflétant dans chaque fenêtre.

Phebe m'a mise en garde contre les aspects plus sombres de la magie, mais il ne peut y avoir de lumière sans la pénombre. Ce sera mieux ainsi. Augusta et Leo, ensemble, et Jack et moi, enfin réunis.

Le bruissement du vent dans les feuilles mortes me guide dans l'escalier. L'atmosphère est électrique, froide et sèche. Un orage s'annonce. Derrière moi, j'entends les pas lents et lourds de Leo. Je me retourne pour lui adresser un sourire rassurant. Tel un prisonnier montant vers l'échafaud, il me suit.

Mon appréhension éclipse toute culpabilité éventuelle. Je n'ai jamais tenté une action d'une telle ampleur. Et si cela ne fonctionnait pas ? Et si cela fonctionnait, mais pas comme prévu ? La promesse d'un face à face avec Jack me motive. Je fais entrer Leo et nous nous hâtons vers le grenier.

Je sors mes carnets de leur cachette et je m'assure d'avoir dans la poche le sachet contenant les restes d'ossements de Jack. Je songe un instant à organiser la cérémonie ici, mais je me ravise. Mes pouvoirs seront rehaussés dehors, dans les bois, avec l'océan dans mon dos et la lueur de la lune dans mes cheveux.

— Viens, dis-je à Leo en l'entraînant à l'extérieur.

— Où va-t-on ?

— Un peu plus loin. On a besoin du clair de lune pour la cérémonie.

— La cérémonie ? répond-il en s'arrêtant.

— Oui. Tu n'as aucune raison d'avoir peur. Je dois juste pouvoir me concentrer, m'assurer que je peux communiquer avec elle.

— Et tu me jures que je pourrai parler à Augusta ? insiste-t-il, sceptique.

— Je te le jure.

Il ne me fait pas confiance. Les arbres sont plus clairsemés qu'avant et les lumières de la ville filtrent à travers les branches.

— Ici, lui dis-je.

Dans le noir, je peux presque faire comme s'il était Jack. Il n'est pas aussi grand, ni svelte, mais la chaleur de son corps près du mien est exaltante. Bientôt, je serai capable de dire toutes les choses que je n'ai jamais pu lui dire, de faire ce qui aurait dû être fait à l'époque.

Il commence à pleuvoir. Leo me regarde former un cercle de quartz sur le sol. Il est mal à l'aise, il remue, il fait les cent pas. Mais il ne dit rien pendant que je me livre aux préparatifs.

Quand j'ai terminé, je tends la main vers lui en souriant.

— Viens. On va se mettre dans le cercle et je vais contacter Augusta pour toi. Tu peux lui demander ce que tu veux et tu verras que j'avais raison.

Il hésite, puis prend la main que je lui tends. Un courant passe entre nous, un vestige de son sentiment pour Augusta, sans doute.

— Tiens ceci, lui dis-je en posant ma petite boîte dans une de ses paumes, et les ossements dans l'autre.

Il ouvre la bouche pour parler mais je l'en empêche et je replie ses doigts sur les objets.

— Fais-moi confiance.

— Je n'ai aucune confiance en toi.

Peu m'importe, du moment qu'il ne bouge pas et qu'il fait ce que je lui dis. J'ai des frissons en réalisant combien je suis proche de revoir Jack, ne serait-ce qu'un instant, mais ce sera suffisant.

Le vent se lève et fait voleter mes cheveux. Leo étant en place, il est temps de sortir le carnet. Les nuages filent dans le ciel et la lune éclaire à peine les mots de ces générations de femmes. Même dans ma première vie, je n'ai jamais tenté une telle magie. Cela dit, je me sens plus puissante maintenant, les pieds dans la terre humide, avec l'orage dans l'air et mon nouveau corps affûté. Leo me parle, mais je suis prête pour l'incantation qui me ramènera mon amant volage.

AUGUSTA

Sous une pluie battante, Margaret lit dans son carnet, Leo debout au milieu du cercle, de plus en plus inquiet. Si Augusta ignore ce qui passe par la tête de Margaret, elle sait que Leo est en danger de mort. Margaret tient un couteau. D'où le sort-elle ? Avec une clarté épouvantable, le projet de Margaret se profile enfin. Elle va ramener Jack en utilisant les ossements et le corps de Leo.

Mais pourquoi veut-elle ramener un homme qui l'a trahie ? Une autre femme aurait pardonné à Jack, mais Augusta a vu le monde à travers les yeux de Margaret et elle a senti sa colère. Elle n'est pas femme à pardonner, elle a soif de vengeance.

Non ! Elle ne réalise que trop tard ce que Margaret va faire. Elle termine son incantation et rejette la tête en arrière, trempée par la pluie. Un éclair zèbre le ciel. Augusta voit le regard de Leo se troubler alors qu'il tombe à genoux. L'espace d'un instant terrible, elle croit qu'il a été foudroyé. Il git à terre telle une forme impuissante dans la nuit. Puis il cherche à se relever en scrutant les alentours comme s'il ne savait plus ce qu'il faisait là.

Margaret retient son souffle, les doigts crispés sur le manche de son couteau.

— Où suis-je ? balbutie-t-il. Je... Qui êtes-vous ?

Margaret pousse un long soupir de soulagement et s'avance pour poser une main sur le menton de Leo.

— Jack, murmure-t-elle. Tu ne reconnais pas ton grand amour ?

— Vous n'êtes pas Margaret, je ne suis pas...

Il observe ses mains.

— Je dormais. Je dormais dans un endroit merveilleux, dit-il.

— Ah, mon amour... Bien sûr. Mais je t'ai ramené. Nous n'en avons pas terminé, tous les deux. Tu ne me reconnais vraiment pas ?

Sur ces mots, elle attire son visage vers le sien et l'embrasse. Augusta le voit hésiter, mais il lui rend son baiser, d'abord doucement, puis avec une ardeur équivalente à la sienne.

— Margaret ? C'est toi ?

C'est la voix de Leo, mais avec des intonations étrangères.

— Tu m'as pardonné, alors ?

— J'ai pensé à toi, ces cent dernières années, murmure-t-elle. À ce qu'on a partagé, à ce qu'on a vécu. J'ai pensé au fait que je t'avais tout donné et que tu as tout pris.

Leo – Jack – ne remarque pas la pointe du couteau contre sa chemise mouillée. Il a posé le menton sur la tête de Margaret, les yeux fermés, en murmurant des paroles incompréhensibles sous la pluie battante.

Margaret va le tuer. Augusta va le tuer. Elle l'a vu dans le carnet, elle a vu les sortilèges et les dessins, mais seulement pendant quelques minutes, quand elle avait trouvé les calepins. Quel sortilège a ramené Jack ? Même si elle se le rappelle, comment l'inverser alors qu'elle est prisonnière dans son propre corps ? Si encore elle pouvait crier, appeler à l'aide. Hélas, elle ne peut qu'assister, impuissante, au spectacle de Margaret, couteau en main, qui attire Leo vers elle par la nuque pour un ultime baiser.

Soudain, il se produit un phénomène étrange. D'abord, un léger engourdissement, comme si le corps d'Augusta avait été endormi et se réveillait, en commençant par les pieds, jusqu'au sommet de la tête. La colère monte en elle tel un torrent qui menace de s'insinuer dans la moindre faille. Ce n'est pas seulement le danger qui menace Leo, mais les émotions refoulées au fil des années. Chaque fois qu'elle a courbé l'échine, baissé les yeux, chaque fois que Chris l'a humiliée, chaque fois qu'elle a choisi la facilité pour éviter la confrontation. Elle monte, monte jusqu'à ce que la jeune femme ne soit plus qu'une feuille tremblante prête à être arrachée de sa branche et emportée par l'ouragan qu'elle a créé.

Margaret dut percevoir le changement car elle recule d'un bond, relâchant son emprise sur le manche du couteau. Elle est peut-être distraite, ou bien manque-t-elle d'énergie après avoir ramené Jack... Quelle que soit la raison, il y a une ouverture et Augusta ne peut prendre le risque qu'elle se referme.

Augusta avait entendu des histoires sur des plongeurs qui souffraient du mal de décompression en remontant trop vite à la surface. Elle est en train de retrouver son corps et chacun de ses muscles souffre comme après un marathon, chaque nerf est tendu. Pendant ce temps, Margaret riposte, faisant de son mieux pour rester.

Elle sent le couteau, à présent, le métal chaud et lisse dans sa main. Il tremble. Margaret cherche à le projeter en avant et Augusta lutte pour le retenir.

Elle a l'impression que cela dure une éternité, alors qu'il ne s'agit sans doute que de quelques secondes. Les yeux fermés, Jack passe la main dans les cheveux de la jeune femme, mais son regard revient soudain à Augusta.

— Margaret ? murmure-t-il en remarquant enfin le couteau qu'elle tient. Qu'est-ce que c'est ? Qu'est-ce qui se passe ?

— Inverse le sortilège, Margaret, dit Augusta à voix haute. Ramène Leo.

Pas de réponse. Cependant, elle sent Margaret, à présent. Leurs deux êtres raccordés dans un seul corps. Vue de l'extérieur, elle doit ressembler à une marionnette désarticulée en lutte avec elle-même, à se balancer d'avant en arrière.

Au cœur de cette lutte interne, elle et Leo se sont rapprochés du bord de la clairière. Une pente descend doucement vers la plage, mais elle est rocailleuse et tapissée de fourrés. Les galets roulent sous ses pieds et elle doit s'appuyer sur les rochers glissants, redoutant d'être emportée par le vent à tout moment. Que se passe-t-il ? Va-t-elle retrouver son corps pour découvrir qu'elle s'est brisé le cou et est morte ?

— Margaret !

Jack se précipite, tout aussi incertain, dans son nouveau corps, pour saisir sa main. Un éclair baigne la scène dans une lumière bleue qui éblouit Jack. Alors qu'il comble la distance entre eux, ses pieds se dérobent.

Un cri s'échappe de la gorge d'Augusta, qui aurait pu être le sien ou celui de Margaret. Elle se lance à la poursuite de Jack et trébuche sur un rocher. Elle pivote et chute lourdement sur son épaule. Le couteau s'envole et retombe dans les rochers avant de disparaître dans la nuit.

Margaret a tout pris à Augusta, son corps, sa vie et à présent Leo. La colère suscitée par son impuissance n'est rien comparée à la rage qui s'empare d'elle. Les arbres se mettent à danser en chantant : *ne laisse aucun homme te voler ton thym, ne laisse aucun homme te voler ton thym*. Elle voit rouge. La rage monte, monte, jusqu'à ce que le monde ne soit plus qu'une version ensanglantée de lui-même. Puis, soudainement, c'est le trou noir.

En tournant la tête, elle sent une herbe lui caresser la joue et envoyer une onde de sensations dans son corps. Elle cligne les paupières et ouvre les yeux. *Elle cligne les paupières et ouvre les yeux.* Elle a récupéré ses yeux. Elle les referme pour en avoir le cœur net, sous la pluie, puis les rouvre lentement. Des aiguilles de pin et des pierres lui meurtrissent le dos et le vent frais soulève ses cheveux de ses tempes. Au-delà des mauvaises herbes, elle décèle la silhouette de Leo qui git sur les galets, en contrebas. Les vagues viennent mourir à quelques centimètres de lui.

Luttant contre la douleur lancinante de son propre corps, elle se lève et dévale le reste de la pente pour s'écrouler près de lui, sur les galets.

— Leo !

Sa chemise est trempée et maculée de boue. Il est impossible de voir s'il saigne.

— Leo ! Réveille-toi !

Elle cherche son téléphone dans sa poche, mais il a disparu. Ils se trouvent sur une étendue sauvage de côte, en pleine nuit. Pas moyen d'appeler à l'aide. Elle est fatiguée, si fatiguée. Cela finira peut-être ainsi : la vie la quittera peu à peu et elle sombrera vers le néant tandis que Leo se videra de son sang en contrebas, hors d'atteinte. Puis elle songe au téléphone de Leo. Elle fouille maladroitement ses poches et le trouve. Par miracle, il n'est pas trop mouillé. Elle puise ses dernières forces et appuie sur la touche d'appel d'urgence avant de s'écrouler à nouveau, sous les nuages, dans un trou noir.

Chapitre 40
Augusta

— Explique-moi à nouveau, fait Lisa en se frottant l'arête du nez.

Le cœur d'Augusta se serre car Leo a la même habitude quand il réfléchit.

— Leo et toi marchiez en plein orage, pendant la nuit, et il est tombé d'une corniche ?

L'éclairage de l'hôpital lui brûle les yeux et le ronronnement des appareils lui irrite les oreilles. Elle a mal à la gorge et à la cheville mais, après avoir passé un moment sous perfusion, elle est sortie avec juste une attelle.

Elle n'a pas envie d'être assise dans cette petite chambre d'hôpital, à fixer l'homme qui a échappé de peu à la mort à cause d'elle. Elle n'a pas envie de répondre aux questions de Lisa ou d'attendre l'arrivée des parents de Leo qui voudront savoir ce qu'il s'est passé. Elle veut être loin de tout cela, assise au sommet d'une colline balayée par le vent, sous les étoiles, à côté d'un Leo en pleine forme.

Elle détourne enfin les yeux de lui pour répondre à Lisa :

— Je veux bien te le réexpliquer, mais rien ne dit que tu me croiras.

Il y avait eu une brève enquête sur l'incident et Augusta avait dû faire une déposition à la police. Elle leur avait raconté qu'ils faisaient une promenade nocturne sur les rochers et qu'ils avaient glissé. Leo était le plus sérieusement blessé. En l'absence d'éléments prouvant un délit, elle avait été relâchée rapidement avec un simple rappel à la loi sur les parcs naturels. À présent, elle doit répondre à Lisa, venue de Portland, quelques heures avant Ellen et Terry. Elle regrette presque de ne pas parler à la police car la peur, la colère et la fatigue de Lisa lui sont insupportables.

— Je ne comprends pas ce que vous fabriquiez dans un espace naturel protégé, en pleine nuit.

Augusta tripote nerveusement son téléphone.

— Je voulais lui montrer mon endroit préféré. Il m'avait montré le sien, Castle Carver, à Pale Harbor. Pour moi, ce sont ces ruines dans les bois.

Lisa tapote fébrilement son accoudoir, le regard dur.

— Mais en pleine nuit ? Cela ne ressemble pas à Leo. Ce doit être le genre de comportements erratiques dont il me parlait à ton propos.

— Ta mère comprendra. Elle t'expliquera tout quand elle sera là.

Mais même si Ellen comprenait, voulait-elle que Lisa connaisse la vérité ? Elle était partie sur de mauvaises bases avec la sœur de Leo et elle doutait que celle-ci apprécie d'entendre une version différente des faits, sans parler des aspects magie, possession et sorcellerie.

— Ma mère. C'est ça... fait-elle d'un air pincé.

À cet instant précis, Ellen entre dans la chambre, Terry sur les talons et... oh non, la mère d'Augusta !

S'ensuivirent une série d'embrassades et une cacophonie de réprimandes et de questions au point qu'une infirmière dut leur dire de faire moins de bruit, sinon elle leur demanderait de partir. Ils se mirent tous à chuchoter.

— Augusta ! persifle sa mère en tenue d'infirmière, comme si elle débarquait de son service de pédiatrie. Qu'est-ce qui se passe ? Tu es absente depuis des jours et je reçois un appel d'un certain Leo pour me dire que tu es chez lui, puis d'un Dr Draper pour m'annoncer que tu es ici et que la police t'a interrogée.

Elle se tait comme si elle remarquait enfin la présence d'un homme inconscient dans le lit.

— Qui est ce garçon ? C'est le petit ami chez qui tu étais censée rester ?

— C'est mon fils, déclare Ellen, sur la défensive.

Elle avait remonté les couvertures et consulté les courbes et tableaux.

— Depuis combien de temps est-il inconscient ? Ces chambres d'hôpital ne sont pas propices à la guérison. Comment un organisme peut-il se reposer avec tous ces bruits et cette agitation ? On devrait essayer de le faire transférer dans un endroit plus calme.

Lisa finit par hausser le ton et ramener tout le monde à la raison.

— Il est stable. Il lui a fallu de nombreux points de sutures et il souffre probablement d'un léger traumatisme crânien, mais ils veulent le garder quelques jours en observation pour s'assurer qu'il n'y a pas d'hémorragie interne. Il devrait se réveiller bientôt.

— Dieu merci, dit Terry en fermant les yeux.

Les sourcils froncés, Ellen consulte encore les courbes.

— Que s'est-il passé, au juste ? demande-t-elle. Je ne comprends pas pourquoi il se promenait au milieu de nulle part, en plein orage.

Augusta détourne le regard. Comment avouer à Ellen qu'elle a failli tuer son fils ?

Lisa partage ses pensées.

— Papa, et si tu allais nous chercher des cafés à la cafétéria ? suggère-t-elle. Augusta, je crois que tu dois des explications à ma mère.

Le moment des aveux est venu. Ellen est la seule qui soit en mesure de la croire. Quant à Pat... Il est grand temps qu'elle avoue la vérité à sa mère.

Lisa serre la main de Leo dans la sienne, puis elle se lève et fait sortir son père, qui semble ravi d'avoir un prétexte pour quitter la tension qui règne dans cette chambre. Dès que la porte est refermée, Augusta prend son courage à deux mains et révèle la vérité à Ellen. Pour la centième fois, elle reprend depuis le début, de ses hallucinations à sa quête de Margaret, jusqu'au moment terrible où elle s'était rendu compte que Margaret avait pris possession de son corps. Elle conclut son récit par la cérémonie dans les bois. Si, parfois, sa mère avait semblé incrédule, Ellen hoche la tête d'un air entendu, surtout lors de la description du rituel visant à ramener Jack. Quand elle a terminé, Augusta baisse les yeux.

— Eh bien, fait Ellen en manipulant distraitement sa bague en turquoise. Je ne suis pas étonnée que Margaret ait tenté ce genre d'acrobatie, mais je suis contente que tu aies été la plus forte. J'étais folle d'inquiétude quand Leo t'a amenée à la maison et que j'ai compris ce qui se tramait. Puis il est parti si vite...

Elle se penche pour caresser le front de son fils.

— Cela aurait pu se terminer bien plus mal. Bien plus mal...

— Je n'arrive pas à y croire, marmonne Pat. Augusta, qu'est-ce qui t'a pris ?

Elle se sent soudain oppressée. Voilà ce qu'elle redoute depuis le départ. Même sa propre mère, qui croit pourtant aux malédictions familiales, la prend pour une menteuse. Leo, lui, l'avait crue. La jeune femme sent sa gorge se nouer.

— Quand il se réveillera, Leo confirmera ce que je viens de vous dire, déclare-t-elle.

Elle est certaine qu'il va se réveiller car il n'est que légèrement sédaté. Mais s'il n'était plus Leo ? Il était peut-être encore Jack, enfermé dans son propre corps, comme Augusta l'avait été. Pire encore, ils étaient peut-être partis tous les deux, ne laissant qu'une coquille vide.

Ellen est la seule à partager ses préoccupations. Elle croise le regard de la jeune femme, au-dessus de son fils endormi. Même dans la lumière vive de la chambre d'hôpital, il est beau, avec ses cheveux châtains collés aux tempes, ses lèvres charnues légèrement entrouvertes.

Et soudain, comme s'il avait l'impression d'être observé, il bat les paupières et ouvre lentement les yeux. Le médecin les avait prévenus qu'il serait groggy, voire désorienté à son réveil. Augusta retient son souffle, de peur de chasser son esprit en parlant trop fort.

— Leo ? souffle-t-elle.

Ellen se penche vers lui et lui prend la main. Le regard de Leo passe de l'une à l'autre pour s'arrêter sur Augusta. La reconnaît-il ? Sait-il que c'est vraiment elle, et non Margaret ?

— C'est moi… Augusta, fait-elle en posant une main sur son avant-bras.

Seuls le bruit des machines et les conversations du fond du couloir lui répondent. Il la dévisage longuement de ses grands yeux gris. Enfin, il esquisse un sourire.

— Salut, marmonne-t-il d'une voix rauque.

— Dieu merci !

Augusta s'écroule sur sa chaise tandis qu'Ellen ne peut retenir une exclamation de soulagement.

— Mon petit, dit-elle en l'embrassant sur la tempe. Tu nous as fait une de ces peurs !

— Je suis Pat, la mère d'Augusta. Nous nous sommes parlé au téléphone.

Que pense-t-il de cette réunion ? Augusta n'a aucun moyen de le savoir au milieu de l'agitation qui règne soudain.

Lorsqu'elle est enfin rassurée sur le fait que son fils n'a pas froid ou ne souffre pas, Ellen se lève.

— Allons voir si Terry et Lisa ont trouvé la cafétéria. Je crois que vous avez des choses à vous dire, tous les deux. À tout à l'heure, mon chéri.

Elle ne peut s'empêcher de déposer un dernier baiser sur son front.

— Et moi, Augusta, j'aurai quelques questions à te poser, déclare Pat. On en discutera plus tard.

Dès qu'ils se retrouvent enfin seuls avec les appareils et les écrans, Augusta cherche ses mots. Leo remarque son attelle à la cheville et son bracelet d'hôpital.

— Qu'est-ce que tu as ? demande-t-il, le regard plus sombre. Tu es blessée ?

— Quelques contusions, assure-t-elle. Ce n'est rien.

Il crispe les doigts sur sa couverture. S'il n'avait pas été aussi faible, il aurait sans doute cherché à se lever pour vérifier par lui-même qu'elle allait bien.

— Et Margaret ? Elle est partie ?

C'est une bonne question. Elle ignore si Margaret reviendra, si elle a la possibilité, mais elle a l'intuition qu'elle est définitivement partie. Après la lutte sur les rochers, un changement était intervenu en Augusta. Elle avait puisé tout au fond d'elle-même quelque chose dont elle ne soupçonnait pas l'existence. Quelque chose de puissant, de trop fort même pour Margaret. Augusta se sent plus assurée, plus compétente, quoique incapable d'identifier ce dont il s'agit.

— Elle est partie, déclare-t-elle. Leo… De quoi te souviens-tu ?

Il ferme les yeux et prend une profonde inspiration.

— Tu me passes un verre d'eau ?

Il le vide d'une traite.

— Je n'ai jamais eu aussi soif, dit-il comme s'il n'avait pas l'intention de lui répondre, puis il s'exprime si bas qu'elle doit se pencher pour l'entendre. Je me souviens de tout : Margaret, la cérémonie, Jack dans mon corps.

Augusta retient son souffle en attendant la suite. Leo observe longuement son gobelet avant de le poser sur la table de chevet. Ses yeux gris se mettent à pétiller de malice.

— Je me rappelle surtout avoir pensé que je serais furieux si une querelle d'amoureux vieille de cent cinquante ans m'empêchait de te revoir...

Il s'exprime d'un ton léger mais elle décèle dans son regard une interrogation, un soupçon de vulnérabilité.

— J'aurais été furieuse, moi aussi, admet-elle en prenant sa main dans la sienne.

— D'accord. Qu'est-ce que tu veux raconter à Jill et aux autres collègues de Harlowe ?

Augusta n'a pas envie de leur révéler la vérité. Ce qui lui est arrivé est un secret presque sacré. Si elle commence à raconter son expérience, les gens tenteraient de décortiquer son histoire, en quête de failles, de moyens de prouver qu'elle avait tout inventé. À l'image de sa mère, qui l'avait écoutée sans masquer son scepticisme.

— Je ne sais pas... Je peux expliquer une partie de mon comportement, dit-elle, mais pas tout. Pas comment j'en ai appris davantage sur la vie de Margaret ou pourquoi j'ai fait du mal...

Il serre sa main dans la sienne.

— On réglera ça plus tard, déclare-t-il. Rien ne presse.

Il a les paupières lourdes et semble sur le point de s'assoupir. À son corps défendant, Augusta lâche sa main.

— Je vais te laisser te reposer.

Il rouvre vivement les yeux et tend la main.

— Attends ! Ne pars pas.

Désarçonnée, elle secoue la tête.

— Tu as besoin de repos et je crois que ta mère veut passer un peu de temps à ton chevet.

Il ne la lâche pas. Face à l'intensité de son regard, la jeune femme a soudain la bouche sèche.

— Tu sais à quoi je pensais pendant que tout s'écroulait ?

Elle secoue négativement la tête.

— Je me disais que quand j'aurai à nouveau l'occasion de te prendre dans mes bras, je ne te laisserais plus t'éloigner, répond-il en l'attirant vers lui.

— Leo ! Je ne peux pas te rejoindre dans ce lit !

Il est relié aux appareils par plusieurs perfusions et semble épuisé.

— Tu ne *peux* pas ou tu ne *veux* pas ? demande-t-il avec un sourire canaille qui la fait fondre.

— D'accord, mais si mon infirmière de mère revient, je te laisse lui expliquer pourquoi sa fille est au lit avec un homme fraîchement anesthésié et recousu. Elle ne plaisante pas avec le protocole hospitalier.

— Marché conclu, dit-il en se redressant péniblement sur ses avant-bras et en s'écartant afin qu'elle puisse se blottir sur son épaule. Les parents m'adorent. Il paraît que je peux être charmant.

— Cela ne m'étonne pas.

Il bâille et quand elle lève les yeux vers lui pour voir s'il l'a entendue, elle constate qu'il a les yeux fermés, le souffle régulier, un sourire au coin des lèvres. En sentant la chaleur de son corps, elle comprend presque pourquoi Margaret a agi de la sorte. Presque, même si ce sentiment vaut la peine de prendre tous les risques.

Quand elle est certaine que Leo dort profondément, elle se détache de son étreinte et se rend au bureau des infirmières, au bout du couloir.

— Pourriez-vous biper l'infirmière Pat Podos, je vous prie ?

Sa mère apparaît quelques minutes plus tard, faisant grincer ses sabots en caoutchouc sur le lino.

— Il y a un problème ? Leo va bien ?

— Oui, ça va. Je voulais te parler.

— On pourra discuter plus tard, chérie, répond-elle en rangeant son bip. Je suis de garde et crevée.

— Attends… maman, fait Augusta tandis qu'elle s'éloigne.

Pat se tourne vers elle.

Augusta a envie de retourner au chevet de Leo pour vérifier que c'est bien lui, mais elle a des choses à dire à sa mère depuis leur dernière querelle. Qu'a-t-elle pu penser après sa disparition ?

— Écoute, je suis désolée, pour notre prise de bec…

Voyant que Pat ouvre la bouche pour l'interrompre, elle poursuit vivement avant de perdre courage.

— Laisse-moi finir. Tu es ma famille, mon unique famille et tu aurais dû tout me dire dès le départ. Je sais que c'était tendu entre papa et toi, à la fin, mais il était mon père et je tiens à entretenir son souvenir. C'est difficile quand l'autre personne qui l'a connu refuse de parler de lui.

Pat a les lèvres pincées, un signe annonciateur de tempête, en général.

— Tu as raison, concède-t-elle contre toute attente. Viens, asseyons-nous.

Elle entraîne sa fille vers un banc, à l'écart.

— Les choses étaient plus que tendues, entre ton père et moi. C'était atroce et il n'a jamais été très communicatif. Bien des fois, les choses sont devenues… physiques. J'étais sincère en te disant que je ne voulais pas salir l'image que tu gardais de lui.

Soudain, sa mère semble vulnérable. Est-ce l'éclairage de l'hôpital ou la vérité qu'elle vient de lui assener ? Augusta a toujours considéré les années où ses parents étaient encore ensemble comme les plus belles de sa vie. Ils formaient une petite famille heureuse, selon elle. Certes, son père était parfois distant et il se déplaçait beaucoup pour son travail. Mais il était ainsi, réservé, comme les gens de Boston.

— Je comprends, dit enfin Augusta en prenant la main de sa mère.

Elle avait failli tomber dans le même piège avec Chris et était restée avec lui par facilité malgré les signes inquiétants. Sans Leo et Margaret, aurait-elle fini par épouser Chris et être malheureuse en ménage ?

— Un jour, tu pourras m'en raconter davantage. Je veux connaître le bon comme le mauvais, si tu veux bien m'en parler.

Comme il est facile d'édulcorer le passé, de transformer une vérité douloureuse en souvenir merveilleux. Cependant, un souvenir terni vaut mieux que pas de souvenir du tout. Même un miroir craquelé brille encore à la lumière…

Chapitre 41
Augusta

En ce mois de janvier, les branches nues se balancent au gré du vent, derrière la lucarne du grenier. Augusta se laisse envelopper par le parfum familier de poussière et de vieux bois. D'en bas lui parviennent les murmures et les pas feutrés d'un groupe de visiteurs. Dans la lumière de cette fin d'après-midi, le carnet qu'elle a en main ne se distingue en rien des autres ouvrages anciens de la collection Harlowe. Ses pages jaunies ne trahissent aucun signe des sombres pouvoirs qu'elles recèlent. Augusta a déjà remis l'autre volume à Jill et Sharon. Selon elles, c'était l'une des découvertes les plus essentielles du musée, une véritable mine d'informations sur la vie des femmes de Tynemouth, leurs épreuves et leurs souffrances. Malgré tout ce que Margaret lui a pris, ce carnet est un don précieux. Des femmes qui seraient tombées dans l'oubli ont trouvé une place dans les annales de Tynemouth. Si Augusta ne parvient pas à détruire ce grimoire, elle ne peut pas non plus le laisser sortir au grand jour. Les sortilèges qu'il renferme sont trop puissants, trop cruels et sombres. Elle le remise donc sous le plancher, dans sa cachette d'origine, où il reposera pendant les siècles à venir.

En redescendant, la jeune femme croise le groupe et s'arrête un instant dans la salle à manger pour écouter le commentaire du guide :

— On suppose que ce tableau restauré depuis peu est un portrait de Margaret Harlowe, l'unique fille de Jemima et Clarence Harlowe. Des recherches récentes suggèrent qu'elle était peut-être l'enfant illégitime de la sœur de Jemima et qu'elle fut adoptée par les Harlowe. Si vous vous intéressez à Margaret et aux histoires d'autres femmes vivant à Tynemouth au XIXe siècle, notez dans vos tablettes qu'une grande exposition sur ce thème aura lieu en mai, dans notre nouvel espace d'exposition…

Le groupe s'éloigne, laissant Augusta seule dans la salle à manger, dans un silence que rompt le tic-tac de l'horloge. Pas de pas feutrés sur le sol, ni de livres ouverts apparus comme par enchantement sur son bureau, plus de picotements sur sa nuque, de malaises… Où que soit Margaret, elle n'est plus avec Augusta.

Elle se dirige ensuite vers la remise à voitures où Reggie s'affaire à peindre des panneaux au pochoir. En la voyant entrer, il l'accueille avec un sourire.

— Justement, je voulais venir te voir pour te demander ton avis sur la couleur des titres.

Augusta examine le nuancier qu'il lui propose.

— Ce bleu pâle est très joli, déclare-t-elle. Il contrastera avec le support foncé.

C'était aussi la couleur des yeux de Jack, se rappelle-t-elle non sans ressentir aussitôt un choc. Difficile de se débarrasser des souvenirs et des pensées de Margaret, mais aussi de sa vision du monde. Sans doute ne s'en départirait-elle jamais...

— C'est fait, répond Reggie en empochant son nuancier. Tu vois, ça commence à prendre forme.

La structure serait bientôt un espace d'exposition à la pointe de la modernité, avec des murs blancs rehaussés par les poutres anciennes. Assister à la genèse d'une exposition est magique. Une simple idée engendrait des heures de travail et une coopération de plusieurs musées de la région. Même si le projet est celui d'Augusta, chacun de ses collègues a apporté sa pierre à l'édifice. Elle pourra être fière de ce qu'elle a accompli et à quel prix ! Aurait-elle obtenu ce résultat exhaustif sans son expérience avec Margaret ? Et si c'était à refaire ?

Forte d'une nouvelle assurance, elle déambule dans la salle. L'équipe a réalisé diverses planches intégrant le portrait de Margaret et des extraits des lettres d'Ida. Il y aura aussi des agrandissements de nombreux documents d'archives. Les témoignages sonores recueillis par la jeune femme seront diffusés dans certaines zones.

Le précieux peigne en écaille de tortue trône dans une vitrine. C'est le seul objet ayant appartenu à Margaret, sans l'ombre d'un doute. Il n'avait pas été facile d'expliquer à Jill et Sharon comment elle se l'était procuré. Augusta avait dû prendre quelques libertés avec la réalité en affirmant l'avoir trouvé dans l'entrepôt du musée et non dans une boîte de souvenirs familiaux, sous son lit.

La navette de Phebe Hall, que Claudia avait accepté de prêter au musée, occupe une place de choix. Elle constitue une source d'informations inestimable, non seulement sur la vie de cette femme exceptionnelle, mais aussi sur l'histoire maritime très riche de la région et le rôle des femmes dans ce secteur. Le carnet de Margaret évoque longuement Phebe et son savoir sur les plantes et la médecine traditionnelle, sans oublier sa grâce et sa beauté. Hélas, l'histoire se terminait sur une note de regret car, si Margaret avait bel et bien une conscience, elle avait laissé d'immenses souffrances dans son sillage.

Claudia avait prêté au musée quelques-unes de ses œuvres en bois flotté qui orneraient l'entrée de l'exposition. Sa contribution était à l'origine d'un programme spécial. Dans l'avenir, l'association Phebe Hall financerait des expositions temporaires et itinérantes sur le passé de Tynemouth ainsi que des actions en faveur de la justice sociale. Cela n'effacerait pas le mal provoqué par Margaret, mais Phebe aurait été touchée.

Augusta est en train d'admirer une sculpture représentant un navire ailé quand elle sent une main dans le bas de son dos.

— C'est superbe, commente Leo. Tu peux être fière !

Lorsqu'il l'enlace, elle se love contre lui. Elle s'émerveille de constater chaque jour à quel point ils sont faits l'un pour l'autre.

— Je me demande ce qu'en penserait Margaret, dit-elle pour elle-même.

Si Margaret n'avait pas obtenu sa deuxième chance de vivre, elle ne serait pas oubliée. Tout le monde ne pouvait en dire autant.

Leo se crispait à chaque mention de Margaret. Le drame remontait à deux mois mais il ne se débarrasserait jamais de sa rage de cette nuit-là.

— Je m'en moque éperdument. Tout ce qui compte est ici, avec moi, ajoute-t-il en resserrant son étreinte.

Il a raison. Augusta ne doit pas laisser Margaret la définir ou façonner son avenir.

— Viens, allons à la plage. J'ai envie de contempler les vagues.

Margaret lui a au moins donné le goût du moment présent. Elle veut sentir le sable sous ses pieds, le soleil sur sa peau, avec Leo à ses côtés. Main dans la main, ils quittent la remise à voitures et ses vestiges d'un autre temps. Le peigne en écaille de tortue se met à scintiller dans la lumière de cette fin d'après-midi…

ÉPILOGUE

George était heureux d'être de retour à Tynemouth. Boston était une ville trop effervescente et son travail de bureau était monotone et éreintant. Il aurait préféré passer son temps en mer et, à Tynemouth, le respect de l'océan était sacré car il s'ouvrait sur le monde qui s'étendait au-delà de l'horizon.

Après s'être rabiboché avec Ida, il était impatient de revoir Margaret pour lui dire qu'elle avait raison, qu'il avait dû se battre pour garder sa fiancée, mais que le jeu en valait la chandelle.

Le lendemain matin, en descendant, George ne trouva pas sa sœur dans la salle à manger. Henry résidait dans la maison, comme souvent, ces derniers temps. Pourquoi leur père ne l'obligeait-il pas à se rendre utile au bureau ou sur les quais ? Ce n'était pourtant pas le travail qui manquait. Henry n'avait jamais été disposé à aider sa famille.

George garnit une assiette de galettes de poisson et d'œufs brouillés, puis il s'attabla pour lire le journal. La maison était très calme, ses parents étant à Boston et Molly partie s'occuper des habituelles tâches du matin. Au bout de quelques minutes, Henry entra d'un pas chancelant, le teint verdâtre et les yeux injectés de sang.

— Tu t'es couché tard ? s'enquit George en levant à peine les yeux de son journal.

Henry sursauta.

— Je ne t'avais pas vu, maugréa-t-il en se servant du café d'une main tremblante.

Sa voix traînante incita George à l'observer de plus près. Non seulement il avait trop bu, mais il avait la mine de rescapé d'un naufrage. George le savait d'expérience. Ces hommes-là étaient en état de choc, le regard vitreux, l'air hébété, incapables de surmonter leur traumatisme. Henry présentait le même air hanté mais, au contraire des marins échoués, il avait de la terre sous les ongles, comme s'il avait gratté le sol.

George n'avait jamais été proche de son jeune frère. Ce n'était pas faute d'avoir essayé, mais Henry avait dressé un mur de protection autour de lui. Il était sombre, sarcastique, agité, impatient. Il ne se confiait qu'à Margaret. En vérité, l'intérêt que Henry portait à leur sœur l'avait toujours mis mal à l'aise. Il avait pour elle des sentiments trop intenses et se montrait possessif jusqu'à l'obsession. Peu lui importait qu'ils soient en réalité cousins, ils avaient été élevés comme frère et sœur et Margaret était un membre à part entière de la fratrie.

Où diable était-elle passée ? Elle était toujours la première à prendre son petit déjeuner car elle se levait aux aurores pour cultiver ses plantes.

— Tu as vu Margaret, ce matin ? demanda-t-il à Henry, qui faisait tournoyer son café sans le boire. Elle doit se rendre en ville avec Ida pour faire des courses.

Henry releva vivement la tête. Il avait les yeux cernés, les traits tirés.

— Pourquoi l'aurais-je vue ? Je viens de me lever. Elle doit être dans les bois. Tu la connais...

Henry avait sans doute raison. Cependant, George décelait une inflexion troublante dans sa voix. Ayant terminé son petit déjeuner, il posa son journal.

— Je vais faire un tour, annonça-t-il. Je la croiserai peut-être en chemin...

Sans un mot, Henry le regarda s'éloigner.

Devant la maison, Shadow accueillit George en jappant. Le jeune homme fronça les sourcils. Margaret n'allait nulle part sans son chien. Un vent froid balayait le port, portant le son lugubre d'une corne de brume. Il sentit d'instinct que quelque chose n'allait pas.

Shadow s'agitait et jappait. À plusieurs reprises, il fit quelques pas vers les bois puis revint vers George comme pour l'inviter à le suivre. Le jeune homme lui emboîta donc le pas.

— Cherche, mon chien ! Cherche !

L'animal fila ventre à terre vers la forêt.

Les branches nues gémissaient sous le vent, dans le froid humide. Shadow ne cessait de vérifier si George le suivait, de plus en plus oppressé.

La neige commençait à tomber quand Shadow s'arrêta dans une clairière surplombant une pente rocheuse qui descendait vers la mer. Le chien se mit à renifler le sol en geignant. La terre venait d'être retournée et quelques branches avaient été disposées maladroitement pour dissimuler la fosse.

Sans hésiter, George se mit à genoux pour creuser. Shadow se joignit à lui en aboyant. Le jeune homme vit d'abord des cheveux trempés et emmêlés. Ceux de sa sœur. Il ne put réprimer un cri d'angoisse. Ne sentait-il pas dès le départ qu'il la trouverait là ? Il eut l'impression de se noyer, d'être maintenu sous l'eau, sans pouvoir respirer.

De ses mains froides et engourdies, il creusa encore et souleva Margaret dans ses bras en ôtant la terre de son corps. Elle était si légère, malgré ses vêtements trempés. Elle n'était plus qu'une poupée désarticulée. *Si j'avais un homme aussi digne de mon amour, je ferais n'importe quoi pour le garder. J'irais jusqu'au bout du monde pour lui, je livrerais toutes les batailles pour lui, je le ramènerais à la maison coûte que coûte, je le soignerais, je le garderais pour toujours. Je n'aurais de repos que quand il serait à mes côtés.*

Shadow les suivit, tête baissée, dans cette procession solennelle vers la maison. Enfin, George poussa la porte de service, le dos meurtri par son fardeau mais l'esprit clair.

Henry était au salon, un livre à la main. À l'entrée de son aîné, il leva la tête et lâcha son livre qui tomba à terre.

— Qu'est-ce… Où l'as-tu trouvée ? murmura-t-il.

— Enterrée dans les bois, répondit George d'une voix sourde presque irréelle.

Henry prit son verre vide et le reposa.

— Elle a dû faire une mauvaise rencontre, hasarda-t-il d'un ton monocorde. Ou alors c'est cette sorcière qu'elle fréquentait. On ne la voit plus depuis un moment.

Si ces théories étaient crédibles, la culpabilité de Henry était flagrante dans sa façon de crisper les poings, de baisser les yeux.

— Son assassin fumait, déclara George, qui avait trouvé un mégot de cigare de la marque préférée de Henry près du cadavre. Il était si indifférent qu'il a pris le temps d'allumer un cigare pendant que sa victime gisait à ses pieds.

Si l'identité du tueur ne faisait aucun doute dans l'esprit de George, il ne comprenait pas ses motivations.

— Pourquoi as-tu tué la femme que tu aimais ? Pourquoi la laisser pourrir dans les bois comme une bête ?

Henry ne dit rien. Il ne s'expliqua pas, ne nia pas, il ne croisa pas le regard de son frère. En observant le visage paisible de la défunte, George ne se sentait plus la force d'interroger son frère.

— Tu es un monstre, murmura-t-il. Tu as vécu sous ce toit pendant des années comme si de rien n'était, alors que tu avais une face plus sombre.

— Tu vas me dénoncer ? s'enquit Henry d'une voix fluette de petit garçon.

George le foudroya du regard.

— Nous sommes des Harlowe. Rendre justice à Margaret provoquerait la ruine de nos parents. La famille d'Ida lui interdirait de m'épouser. De plus, je ne suis pas certain que cette ville lui rendrait justice. Tant de gens l'ont traitée avec cruauté de son vivant ! Je crois que son unique vengeance sera de voir ta souffrance, tes remords. Tu marcheras librement dans les rues, tu poursuivras ta vie, mais son souvenir te hantera pour le reste de tes jours. Elle ne quittera jamais cette maison et tu sauras qu'elle est là, à t'observer. À te détester.

Henry étouffa une plainte et se leva d'un bond.

— Je l'aimais ! Tu n'imagines même pas ! Je l'aimais, je l'aimais, je l'aimais !

Laissant son frère écroulé sur le tapis, George longea le couloir et sortit dans le jardin. Il s'était exprimé avec conviction, quelques instants plus tôt. Obtenir justice pour Margaret était-il aussi important que la réputation de sa famille ou de celle d'Ida ? Aurait-il des motivations égoïstes ? Sa sœur avait eu maille à partir avec Phebe Hall ainsi qu'avec plusieurs hommes de la ville dont elle avait soigné les épouses. Un certain nombre d'habitants de Tynemouth avaient des comptes à régler avec elle. Rien ne garantissait qu'elle obtiendrait justice. George jeta ses scrupules aux orties car il voulait que sa sœur repose à jamais près de lui.

Elle avait été le rayon de soleil de cette maison, elle illuminait chaque pièce de son rire, de sa joie. Avant la mer, avant Ida, il y avait eu Margaret dans sa vie. Lors de ses périples, lorsque les journées lui semblaient interminables, il savait que sa petite sœur l'attendrait à son retour.

Pour la seconde fois de la journée, George creusa inlassablement la terre, sous les branches noueuses d'un pommier. Shadow, la tête posée sur ses pattes, l'observait, le regard plein d'un chagrin immense.

Il aurait au moins pu emmener Margaret au cimetière pour l'enterrer dans un lieu sacré, mais son cœur de marin avait pris le dessus. Quand un homme mourait en mer, il y avait deux solutions : placer le corps dans un cercueil de fortune et prier pour avoir des vents favorables afin de le ramener à bon port au plus vite ou rendre la dépouille à la mer. La première solution ne servait que la famille du défunt qui tenait à se recueillir sur une tombe. Quel marin digne de ce nom voudrait être remis aux siens dans un état de décomposition avancée, bouffi et malodorant ? George préférait reposer en mer. Il en était de même pour Margaret, pour qui la mer était cette maison. S'il avait pu l'enterrer sous la bâtisse, il l'aurait fait, car elle y aurait été à sa place.

Quand il eut enfin terminé, George avait mal aux épaules et les mains meurtries. Il enveloppa sa sœur dans son manteau et déposa un baiser plein de révérence sur son front.

— Tu es chez toi, à présent.

La première nuit, pas un animal ne se risqua à fouler le sol fraîchement retourné. Par la fenêtre, George vit Shadow allongé près de la tombe. Il refusait de penser à ce qui se passerait si ses parents rentraient de Boston pour découvrir que Margaret avait disparu et que Shadow se comportait bizarrement. Comme s'il sentait qu'il n'avait plus aucun rôle à jouer dans cette famille, Shadow partit le lendemain là d'où il était venu. Au fil des jours, la terre se tassa sous des feuilles et des brindilles, jusqu'à ce que la tombe passe totalement inaperçue. La neige la couvrit d'un manteau blanc vite parsemé de traces de pas d'un cerf en quête de nourriture. Puis des perce-neiges surgirent, annonçant le printemps. Leurs racines s'enfoncèrent dans le sol pour puiser dans le corps en décomposition la substance de leurs pétales blancs et de leurs feuilles tombantes. Un lapin affamé grignota les jeunes pousses avant de détaler. Dans l'air plus chaud, les fleurs moururent et la tombe fut ensevelie par les ronces. Un rouge-gorge dévora de gros vers bien gras grâce à ce sol riche et en emporta pour sa nichée. L'été s'écoula, puis George partit en expédition à des milliers de kilomètres de la modeste tombe du Massachusetts. Les feuilles d'automne tombèrent et tournoyèrent, portées par le vent marin. Les saisons s'enchaînèrent, les années passèrent. Ceux qui avaient connu Margaret grisonnèrent et perdirent la mémoire. Un beau jour, il ne resta plus personne qui se rappelle le son de sa voix, son sourire radieux et les pulsions plus sombres qui dominaient son cœur. Sa dépouille fut oubliée de tous sauf des arbres et des fleurs qui s'en nourrissaient. Le vent porta ses lamentations vers la mer, jusqu'à ce que, un jour, celle-ci les ramène…

Remerciements

Tous les auteurs devraient avoir la chance d'avoir une alliée, une amie et une collègue telle que Brittany Lavery. J'ignore si elle m'a aidée dans le but de transformer une esquisse de roman en un récit cohérent ou si elle cherchait simplement à me faire bénéficier de ses idées, mais je lui en suis particulièrement reconnaissante.

Merci également aux équipes de Graydon House et de Harlequin, notamment à Gina Macedo, à la révision, pour son regard acéré et son souci du détail, et à Erin Craig qui a donné vie à mon roman en créant la superbe couverture américaine.

Je tiens à remercier Jane Dystel, mon agent, pour son soutien indéfectible, ainsi que toute l'équipe de DG&B.

Merci à Jeannie Hilderbrand et Trish Knox pour leurs commentaires et leurs suggestions. Je dois également beaucoup à Nic Eaton, Caroline Murphy, Rachel McMillan et bien d'autres auteurs de romans sombres et gothiques qui m'ont soutenue et encouragée tout au long de ce projet.

Un grand merci aux blogueurs, bibliothécaires, libraires, critiques et influenceurs qui lisent et promeuvent mes ouvrages. J'apprécie énormément leur travail et je ne serais pas là sans eux.

Ce roman est le fruit d'une expérience dans le domaine des musées. Je tiens à exprimer ma gratitude et mon admiration pour tous les bénévoles et professionnels qui œuvrent pour rendre les musées plus accessibles à un large public.

Enfin, j'adresse tout mon amour et ma gratitude à Mike et à Florian.